Buch

So gut war's noch nie! ist ein erotischer Ratgeber der ganz besonderen Art: Männer und Frauen erzählen über ihre schönsten und aufregendsten Liebeserlebnisse und ihre außergewöhnlichsten Experimente.
Jerry erfüllte sich seinen geheimen Wunsch nach einer »strengen« Gefährtin. Alan und Diane stellten fest, daß man auf einem Tennisplatz beileibe nicht nur Sport treiben kann. Marika bescherte Alex den hinreißendsten Striptease seines Lebens – Anfassen erlaubt! Und Henry und Yvette feierten einen Hochzeitstag in ganz intimem Rahmen...
Angeregt durch die offenen Geständnisse dieser und vieler anderer Paare, werden die Leserinnen und Leser ermutigt, die eine oder andere dieser erotischen Eskapaden ebenfalls zu wagen und sie als Bereicherung ihres eigenen Liebeslebens zu nutzen.

Autoren

Iris Finz hat in den Vereinigten Staaten bereits mehr als hundert erotische Romane veröffentlicht. *Steven Finz* lehrt Jura an der Western State University in San Diego.

Im Goldmann Verlag liegt von Iris und Steven Finz
bereits vor:

Meine intimsten Wünsche. Sexuelle Phantasien (13606)

Iris Finz / Steven Finz

So gut war's noch nie!

Sexuelle Erfüllung in der Partnerschaft

Aus dem Amerikanischen von Astrid Werner

GOLDMANN VERLAG

Deutsche Erstveröffentlichung

Originaltitel: The Best Sex I Ever Had.
Real People Recall Their Most Erotic Experiences
Originalverlag: St. Martin's Press, New York

Umwelthinweis:
Alle bedruckten Materialien dieses Taschenbuches sind chlorfrei
und umweltfreundlich.
Das Papier enthält bereits Recycling-Anteile.

Der Goldmann Verlag
ist ein Unternehmen der Verlagsgruppe Bertelsmann

Made in Germany · 1/93 · 1. Auflage
© der Originalausgabe 1992 by Steven Finz
und Iris Finz
© der deutschsprachigen Ausgabe 1993
by Wilhelm Goldmann Verlag, München
German translation rights arranged with
The Sandra Dijkstra Literary Agency through
Agence Hoffman. All rights reserved.
Umschlaggestaltung: Design Team München
Umschlagfoto: Klepka, München
Satz: IBV Satz- und Datentechnik GmbH, Berlin
Druck: Elsnerdruck, Berlin
Verlagsnummer: 13623
Lektorat: AK/SK
Herstellung: Ludwig Weidenbeck
ISBN 3-442-13623-7

Inhalt

Vorwort   7

Kapitel 1: Verbotene Früchte   11
  Verführerisches Schicksal (Sukie und Jim)   13
  Höhere Erziehung (Jerry und die Dekanin)   24
  Tabu (Charlotte und Maurice)   36

Kapitel 2: Ein Traum wird wahr   43
  Reitphantasie (Barry und Gordon)   45
  Aprils geheimer Traum (April und Pat)   56

Kapitel 3: Spontanfick   69
  Ein Waldspaziergang (Donna und Hal)   71
  Liebe auf dem Tennisplatz (Alan und Diane)   77
  Die Matinee (Sheila und Dave)   86

Kapitel 4: So tun als ob   95
  Imaginäre Orgie (Jared und Carrie)   97
  Striptease-Show (Marika und Alex)   107

Kapitel 5: Die süße Qual der Vorfreude   119
  Es lohnt sich zu warten (Steffie und Ed)   121
  Entdeckungen (Lou und Tracy)   134

Kapitel 6: Das Element der Überraschung   145

   Ein erotisches Geschenk (Leslie und Rob)   147
   Köstliches Dessert (Carl und Lucy)   157

Kapitel 7: Mehr als zwei   167

   Gemischtes Doppel
   (Sid und Emily und Bruce und Lois)   169
   Las-Vegas-Zimmerservice
   (Harriet und Randy und Loni)   179

Kapitel 8: Sehen und gesehen werden   191

   Exhibitionisten (Marla und Dan)   193
   Camping (Neal und Karen)   204
   Erwachen (Sonia und Philip)   215

*Kapitel 9: Sexuelle Enthaltsamkeit und
erotischer Festschmaus*   223

   Der Hochzeitsschmaus (Michael und Sandy)   225
   Wochenendsklave (Gina und Frank)   237

Kapitel 10: Erotischer Urlaub   249

   Wochenendausflug (Ellen und Chuck)   251
   Hochzeitstag (Henry und Yvette)   264

Nachwort   275

Vorwort
Der beste Sex, den Sie je haben werden

Die meisten von uns sind in ihrem Herzen Hedonisten. Wir stellen unser Vergnügen vor unsere Verpflichtungen. Würden wir ganz nach unseren eigenen Vorstellungen leben, würden wir wahrscheinlich nie etwas Unangenehmes tun, es sei denn, wir wären von unseren persönlichen Bedürfnissen dazu gezwungen. Also richtete es die Natur als Teil eines wundervollen Plans so ein, daß Sex eine überaus angenehme Beschäftigung ist, um zu garantieren, daß die Menschen, wenn sie alt werden und schließlich sterben, durch ihre Nachkommen ersetzt werden.

Um zwei oder drei Kinder zu bekommen, muß ein Paar normalerweise mehr als zwei- oder dreimal miteinander schlafen. Um sicherzustellen, daß dies geschieht, machte die Natur die körperlichen Empfindungen beim Sex so intensiv und lustvoll, daß man sie niemals ganz vergessen kann. Das Ergebnis ist, daß wenige von uns an Fortpflanzung denken, wenn sie sich lieben. Statt dessen konzentrieren wir uns auf das Vergnügen unseres erotischen Kontakts – und erfüllen dabei den Plan der Natur.

Niemand braucht hinsichtlich der rein mechanischen Vorgänge bei der Paarung eine Anleitung. Sogar das ungelenke Liebesspiel von unerfahrenen Jugendlichen genügt, um den Zweck zu erfüllen, und ist lustvoll genug, um sie zur Wiederholung anzuregen. Und je reifer und kultivierter wir werden, desto mehr suchen wir nach Möglichkeiten, um unseren Genuß zu verfeinern.

Menschen, die Lust am Sex haben, suchen ständig nach Wegen, um guten Sex noch besser zu machen. Sie lassen ihre Phantasie spielen, geben geheimen Wünschen nach und versuchen, frischen Wind in ihre alten Gewohnheiten zu bringen. Sie experimentieren mit ihren Partnern, erfinden neue Techniken, die ihre Befriedigung erhöhen und ihre Empfindungen intensivieren. Manche betreiben sogar Studien über die menschliche Sexualität, um zu erfahren, warum sich bestimmte Handlungen besser anfühlen als andere.

Wir schrieben kürzlich ein Buch mit dem Titel *Meine intimsten Wünsche – Sexuelle Phantasien*.* Es handelt von den erotischen Phantasien, die sich Paare während ihrer intimsten Augenblicke ins Ohr flüstern. Wir baten Dutzende von Paaren, uns von ihren erotischen Lieblingsphantasien zu berichten. Häufig beschrieben die Paare, anstatt uns etwas über ihre Phantasien mitzuteilen, wirkliche Erlebnisse. Sie sagten, diese Erlebnisse seien so intensiv gewesen, daß sie selbst ihre wildesten Phantasien übertrafen.

Beim Sammeln dieser Geschichten stellten wir fest, daß wir viel über unsere eigene Sexualität lernten. Die meisten Dinge, die andere Leute antörnten, törnten uns auch an. Wir begannen alles auszuprobieren, von dem andere Paare behauptet hatten, es sei der beste Sex gewesen, den sie je hatten. Dabei entdeckten wir, daß unser Liebesleben, das immer sehr befriedigend gewesen war, sogar noch aufregender wurde.

Forscher wie Masters und Johnson oder Alfred Kinsey und seine Mitarbeiter regten ihre Versuchspersonen immer an, offen und geradeheraus über ihre Sexualität zu sprechen. Sobald sie jedoch die Ergebnisse aufschrieben, stülpten sie klinische Diagnosen und theoretische Konzepte darüber, bis das Verhalten, das sie untersucht hatten, seine erotische Qualität verloren hatte. Ihre Arbeiten geben vielleicht Aufschluß über die menschliche

---

* Iris und Steven Finz: *Meine intimsten Wünsche – Sexuelle Phantasien*. Goldmann Verlag, München, 1991.

Natur, helfen uns aber kaum, unser eigenes Sexualleben zu verbessern.

In diesem Buch gehen wir das Thema wesentlich direkter an. Wir versuchen nicht, Gründe zu analysieren oder zu erklären, sondern geben die erotischen Erfahrungen wieder, die für unsere Befragten besonders aufregend und befriedigend waren. Wir wollten diese Geschichten so wirken lassen, wie sie waren, und haben sie kaum überarbeitet.

Es gibt zwei Wege, in diesem Buch Anregungen Ihres eigenen Sexuallebens zu finden. Der einfachste ist der, die erotischen Erfahrungen von anderen wie eine Art Aphrodisiakum oder ein sexuelles Stimulans zu benutzen. In dem Kapitel mit der Überschrift »Sehen und gesehen werden« beschreiben mehrere Leute die besondere Erregung, die dabei entsteht, wenn sie anderen beim Lieben zusehen. Bis zu einem gewissen Ausmaß schlummert diese Neigung, »Voyeurismus« genannt, in jedem von uns.

Indem Sie hier miterleben, was andere als besten Sex, den sie je hatten, beschreiben, schauen Sie wie durch ein Schlüsselloch in fremde Schlafzimmer und können sich ganz Ihrem Hang zum Voyeurismus hingeben. Teilen Sie diese Erlebnisse mit Ihrem Partner (indem Sie beispielsweise Ihre Lieblingspassagen laut vorlesen), es wird Sie beide in immer höhere Höhen der Erregung heben, Sie dazu bringen, Ihre eigene Sinnlichkeit tiefer zu erforschen und neue Wege zu entdecken, den anderen zu stimulieren. Dadurch wird Ihr Sexualleben aufregender und intensiver als je zuvor.

Die andere Möglichkeit, von dieser Anthologie erotischer Erinnerungen zu profitieren, besteht darin, es als einen Schatz von Anregungen zu betrachten, als Menü sexueller Phantasien und Handlungen. Sie werden darin vielleicht eigene Wünsche und Phantasien wiederentdecken, die Sie aber nie tatsächlich in Handlung umgesetzt haben. Vielleicht schämen Sie sich, Ihrem Geliebten zu erzählen, was Sie denken. Vielleicht glauben Sie, daß die Idee zu unüblich ist, und sie daher niemand nachvollziehen kann. Dieses Buch soll Ihnen helfen zu erkennen, daß Sie mit

Ihren Wünschen nicht allein sind, daß Ihre Phantasie nicht pervers ist.

Auf der anderen Seite werden Sie durch die Geschichten vielleicht zu völlig neuen Ideen angeregt. Es ist Ihnen vielleicht noch nie in den Sinn gekommen, daß die Vereinbarung, sich für eine bestimmte Zeit sexuell zu enthalten, Ihrer Beziehung einen neuen Aufschwung geben könnte. Sie haben möglicherweise nie daran gedacht, so zu tun, als seien Sie ein bewaffneter Einbrecher oder eine Hure vom Zimmerservice. Der Gedanke, sich Ihrer Gefährtin als erotische Überraschung oder als persönlichen Sexsklaven für das Wochenende anzubieten, mag für Sie neu und erregend sein. Von sexuellen Handlungen zu lesen, die zwei Ihnen fremde Menschen entflammen und erregen, kann in Ihnen den Wunsch wecken, selbst einmal damit zu experimentieren.

Niemand hat ein Copyright auf sexuelle Aktivitäten. Wenn Sie auf eine neue Variante stoßen, die Ihnen gefallen könnte, liegt es an Ihnen, es auszuprobieren. Wenn Sie eine anregende Geschichte entdecken, lehnen Sie sich zurück und lassen Sie sie eine Weile auf sich wirken. Schließen Sie die Augen und malen Sie sich eine ähnliche Situation aus. Wenn es Sie immer noch erregt, zeigen Sie die Geschichte Ihrem Partner. Und wenn er oder sie darauf ebenso anspringt – tun Sie's! (Denken Sie jedoch daran, daß Sex mit Zufallsbekanntschaften tödlich sein kann, es sei denn, es werden richtige Schutzmaßnahmen getroffen.)

Schon allein die Tatsache, daß Sie dieses Buch gekauft haben, zeigt, daß Sie Ihrer eigenen erotischen Natur gegenüber offen sind. Sie denken vielleicht, daß Ihr Sexualleben bereits so erfüllt ist, daß es niemals noch besser werden kann. Dies trifft jedoch in den seltensten Fällen zu. Ganz gleich, wie aufregend Ihre Beziehung ist, seien Sie sicher, es ist immer noch eine Steigerung möglich. Die Geschichten in diesem Buch werden Ihnen zeigen, wie.

Kapitel 1
Verbotene Früchte

Jede Gesellschaft hat eine eigene Kosmogonie, eine Theorie über die Entstehung des Universums. Die alten Griechen sahen in der Schöpfung ein Spiel, das von Göttern gespielt wurde, die auf einem heiligen Berg namens Olymp residierten. Im Osten glauben manche Menschen, daß das Ewige Wesen die Erde und alles Leben darauf durch Imagination erschuf, damit Gott etwas hätte, was er lieben könnte. In der westlichen Welt folgt man meist der Erklärung der Genesis, dem ersten Buch des Alten Testaments.

Laut dieser Geschichte schuf der Schöpfer einen wundervollen Garten mit kühlen und klaren Flüssen und allem, was der Mensch für sein Wohlbefinden braucht, im Überfluß. Alles, was das erste Paar Homo sapiens tun mußte, war fruchtbar sein und sich vermehren, während sie die Früchte genossen, die an den Bäumen hingen. Bis auf einen Baum: An diesem hing eine Frucht, die sie nicht pflücken durften. Aber natürlich konnten sie da nicht widerstehen. Diesen Verstoß mußten sie teuer bezahlen, aber sie konnten nicht anders.

Viele glauben, daß in der Genesis die Entstehung der Welt faktisch richtig dargestellt ist. Andere nennen es Dichtung und bestehen darauf, daß ihre Bilder ein Versuch sind, symbolisch eine unendliche Wahrheit auszudrücken, die nicht direkt vermittelt werden kann. Niemand kann jedoch daran zweifeln, daß die Judas-Christus-Kosmogonie, so wie die Entstehungstheorien aller anderen Kulturen, eine bestimmte Auffassung der menschlichen Natur widerspiegelt.

Daß Adam und Eva außer Gnade gefallen sind, veranschaulicht eine Tatsache über die Menschen in unserer Gesellschaft. Ganz gleich, wie hoch das Risiko und der Preis sind: Wenn eine Frucht verboten ist, müssen wir sie probieren. Es ist sehr wahrscheinlich, daß wir diese verbotene Frucht danach zur allersüßesten erklären.

Für viele Menschen gilt dies vor allem für die Sexualität. Ärgerlich auf die Regeln, die ihr Leben bestimmen und gewöhnlich von anderen geschaffen wurden, suchen diese Menschen Gelegenheiten, sich über die allgemein akzeptierten Anstandsnormen hinwegzusetzen. Das treibt sie oft dazu, mit Sexualpartnern und sexuellen Verhaltensweisen zu experimentieren, die ihnen in ihrer Erziehung als verboten oder tabu dargestellt worden sind. Die Geschichten in diesem Kapitel wurden von Menschen erzählt, die behaupten, daß ihre erregendsten erotischen Erfahrungen mit dem Brechen der Regeln zu tun haben, zu deren Einhaltung sie erzogen worden sind.

Verführerisches Schicksal

Sukie, dreiundzwanzig Jahre alt, hat lockiges schwarzes Haar und haselnußbraune Augen. Sie ist mittelgroß und hat eine Figur, die man in der Fernsehwerbung als »vollschlank« bezeichnet – fleischig genug, um sexy zu sein, ohne jedoch als fett angesehen zu werden. Ihre schweren Brüste füllen die Vorderseite ihrer adretten weißen Krankenschwesterntracht, aber ihre Taille ist vergleichsweise schmal. Sukie trifft sich mit Männern, hat aber im Moment keinen festen Freund. Als sie gebeten wurde, ihre erotischste Erfahrung zu beschreiben, kam ihr eine kurze Begegnung an einem Nachmittag in den Sinn. Sie sagte, die Gefahr, erwischt zu werden, habe zu dem besten Sex geführt, an den sie sich erinnern könne.

Ich war immer stolz auf meine Brüste. Sie sind groß und weich, genau so, wie sie die meisten Männer mögen. Auf eine Art haben mich diese Titten in die Situation gebracht, von der ich Ihnen erzählen werde. Sie waren das erste, was Jim erwähnte, als er sich ernstlich an mich heranmachte. Aber ich nehme die Dinge vorweg. Lassen Sie mich von vorne beginnen.

Ich bin nicht gerade das, was man konservativ nennt, aber für gewöhnlich tue ich so etwas nicht. Ich glaube, es war das Frechste und Unanständigste, was ich je gemacht habe. Ich sollte mich wohl deshalb schuldig fühlen, aber, um die Wahrheit zu sagen, ich tue es nicht. Nicht im geringsten. Es war zu erregend. Ich denke, gerade die Tatsache, daß es so etwas Unanständiges war, machte es so erregend. Sie kennen ja das Sprichwort: »Verbotene Früchte schmecken am süßesten.«

Meine Neugierde war mehrere Monate lang gewachsen, und es war wirklich Gayles Schuld. In gewissem Maße ist sie dafür verantwortlich. Sie war so offen, nahm hinsichtlich ihrer Beziehung mit Jim kein Blatt vor den Mund. Sie gab praktisch damit an, erzählte mir alle intimen Details ihres Liebeslebens mit ihm. Immer wenn ich sie sah, hieß es »Jim dies, Jim jenes«.

Ich bin Krankenschwester, wissen Sie, und Gayle ebenfalls. Sie ist etwa so alt wie ich. Wir arbeiten im selben Krankenhaus und sehen uns fast jeden Tag. Man könnte sagen, sie ist meine beste Freundin. Das ist ein Grund dafür, daß alles so seltsam ist.

Nun, vor etwa sechs Monaten lernten sich Gayle und Jim näher kennen. Er spielte in einer Rock 'n' Roll-Band. Gayle zog schon nach wenigen Verabredungen bei ihm ein. Als sie mir davon erzählte, sagte sie, sie sei nicht wirklich verliebt in ihn, aber ihr Sex sei so großartig, daß sie nicht widerstehen könne. Sie sagte, er sei der beste Liebhaber, den sie je hatte. Oh, ich meine, sie schwärmte direkt von ihm.

Sie erzählte mir, daß er sie stundenlang lieben konnte, sie zu einem Orgasmus nach dem anderen brachte, ohne selbst zu kommen und ohne jemals schlaff zu werden. Sie sagte, er habe einen enormen Schwanz, und daß sie sich, wenn er ihn ihr reinstecke, total ausgefüllt fühle. Sie berichtete komplizierte Einzelheiten, erzählte mir von den Positionen, die sie benutzten, von den schmutzigen Dingen, die er ihr beim Vögeln ins Ohr flüsterte, wie er ihre Klitoris leckte, und sogar, wie er seine Fingerspitze in ihren Anus steckte.

Jedesmal, wenn wir solche Gespräche führten, wurde ich erregt. Eines Tages verbrachte sie die ganze Mittagspause damit, mir in allen Details zu beschreiben, was sie die Nacht zuvor getrieben hatten. Als sie fertig war, war ich total aufgegeilt. Ich hatte das Gefühl, den erstbesten Typ, der meinen Weg kreuzte, anspringen zu müssen. Schließlich ging ich auf die Damentoilette und machte es mir selbst, nur, um die Spannung loszuwerden.

Fast jeden Tag erzählte mir Gayle diese Geschichten über sich und Jim. Es machte ihr offensichtlich Spaß, mich mit ihren Beschreibungen verrückt zu machen. Ich wurde auf ihr erregendes Liebesleben eifersüchtig, und ich denke, sie wußte das genau. Es gab Zeiten, da hätte ich ihr am liebsten gesagt, sie möge die Details für sich behalten, aber ich schaffte es dann letztlich doch nicht. Die Wahrheit ist, daß ich wohl genauso süchtig danach war, alles zu hören, wie sie, davon zu erzählen.

Als sie mich fragte, ob ich am Abend vorbeikommen wolle, um ihn kennenzulernen, ergriff ich die Gelegenheit beim Schopf. Ich starb fast vor Neugier. Ich konnte es kaum erwarten, ihren Supermann mit eigenen Augen zu sehen. Ich glaube, ich erwartete eine Art griechischen Gott. Nun, davon war er allerdings weit entfernt.

Jim erwies sich als klein und eher zierlich, mit langen braunen Haaren, die er zu einem Pferdeschwanz gebunden trug. Er hatte tiefliegende Augen, was ihm eher das Aussehen eines Denkers verlieh. Seine Zähne waren ein wenig schief, aber er hatte ein unbekümmertes Lächeln und eine ungemein charmante Art. Als wir uns das erste Mal trafen, begrüßte er mich wie eine alte Freundin und benahm sich, als hätte er mich schon sein Leben lang gekannt.

Sein ständig flirtender Blick, die intime Art und Weise, wie er meine Hand oder Schulter berührte, wenn er mit mir sprach – mir war schnell klar, daß er es wirklich mit dem Sex hatte. Ich war von Anfang fasziniert von ihm. Vor allem war ich insgeheim neugierig auf seine Sexualität. Jedesmal wenn ich ihn ansah, stellte ich mir all die Dinge vor, die mir Gayle über ihn erzählt hatte. Wenn er sich bewegte, spannten sich seine Jeans eng über seinen Schritt, und ich erinnerte mich, was Gayle über seine Schwanzgröße gesagt hatte.

Es war offensichtlich, daß es ihm Spaß machte, über Sex zu reden. Ganz gleich, welches Gesprächsthema wir gerade hatten, Jim brachte es fertig, zu allem und jedem eine anzügliche Bemerkung fallenzulassen. Wenn ich sagte, ich müsse eine Diät machen, musterte er gierig meine Brüste und meinte: »Paß nur auf, daß du an deinen prachtvollen Titten nicht abnimmst.« Wenn ich etwas über das Essen sagte, das Gayle servierte, sagte er: »Es gibt noch andere Dinge, die es wert sind, daß man sie probiert.« Die Art, wie er eine seiner Augenbrauen hob und seine Lippen mit seiner hervorschnellenden Zungenspitze leckte, ließ allein schon sein Lächeln unanständig und anzüglich wirken.

Nach einiger Zeit begann ich, die beiden regelmäßig zu besuchen. Wir aßen zusammen zu Abend oder sahen fern. Jim flirtete immer mit mir, aber auf eine Art, die nicht bedrohlich oder lästig war. Eigentlich mochte ich es sehr gern. Es gab mir das Gefühl, attraktiv zu sein. Gayle schien es überhaupt nichts auszumachen. Ich denke, sie war auf die Tatsache stolz, daß sie einen Freund hatte, der so sexy war. Solange er sich nicht wirklich mit anderen einließ, hatte sie nichts gegen einen kleinen Flirt.

Eines Samstags, ich arbeitete im Krankenhaus, bekam ich einen Anruf von Gayle. Sie hatte an dem Tag frei. »Warum kommst du nicht rüber zum Mittagessen?« fragte sie. »Wir wohnen nur ein paar Blocks weiter, und du kannst doch bestimmt deine Mittagspause etwas strecken. Ruf mich einfach an, bevor du weggehst, dann mache ich alles fertig.«

Sie hatte recht, ich konnte mir für die Mittagspause ein wenig Zeit stehlen. Es war Samstag, und ich wußte, daß es niemand bemerken würde. »Sicher«, sagte ich. »Klingt gut, ich komme.« Ich schwöre, es war alles ganz ohne irgendwelche Absichten. Ich hatte keine Vorstellung davon, was passieren würde. Nicht im entferntesten.

Ich rief Gayle etwa um ein Uhr an, um zu sagen, daß ich mich auf den Weg machte. Ich informierte die anderen Krankenschwestern kurz über meine Problempatienten, so daß alles geregelt würde, wenn ich weg war. Dann ging ich zu Gayle und Jim.

Als ich an die Tür klopfte, machte Jim auf. »Hallo, Sexy«, sagte er und drückte meine Titten gegen seine Brust, als er mich mit einer warmen, bärigen Umarmung begrüßte. »Hast du Gayle unterwegs nicht getroffen?«

»Nein«, antwortete ich. »Wo ist sie?«

»Sie mußte ins Krankenhaus«, sagte er. »Der Diensthabende rief sie an. Eine Art Notfall. Sie meinte, sie werde jedoch bald zurück sein.«

»Das ist ja fein«, scherzte ich. »Sie lädt mich zum Mittagessen ein und läuft dann davon. Jetzt werde ich wohl verhungern.«

»Keine Sorge«, antwortete er mit einem Funkeln in den Augen. »Ich habe etwas zu essen für dich.« Er bildete mit seinen Händen einen Rahmen um den eng anliegenden Schritt seiner Jeans und drückte so den ausgewaschenen Stoff gegen seine Wölbung.

Ich hatte plötzlich nur noch seinen Schwanz vor Augen. Es war nicht meine Schuld, sondern Gayles. Sie erzählte mir immer, daß er den größten Schwanz der Welt hatte. Es war nur natürlich, daß ich angefangen hatte, darüber zu phantasieren. Denken Sie nicht, nur weil Krankenschwestern viele männliche Geschlechtsorgane zu sehen bekommen, seien sie nicht daran interessiert. Wir sind schließlich auch Menschen.

Ich spürte, wie mir die Röte ins Gesicht stieg. Ich wußte nicht, wo ich hinsehen sollte, vor allem weil ich wußte, daß ich damit deutlich meine Gedanken verriet. Ich wollte mich abwenden, aber es gelang mir nicht, ich wollte auch nicht abweisend wirken.

Jim bemerkte es natürlich. »Törnt es dich an?« fragte er grinsend. »Versuch nicht, es zu leugnen. Ich kann doch sehen, wie hart deine Nippel sind. Du hast prachtvolle Titten; das sieht man auf den ersten Blick. Ich wette, deine Nippel sind etwas Besonderes. Weißt du, wieviel Stunden ich damit verbracht habe, mir vorzustellen, wie es wäre, sie zu berühren?«

Ich wußte nicht, was ich sagen sollte. Ich spürte nur, daß meine Ohren immer heißer wurden. Meine Nippel wurden vor Erregung so hart, daß sie schmerzten.

Er kam näher. »Warum zeigst du sie mir nicht«, sagte er. »Nur ein kurzer Blick, das ist alles. Das kann ja wohl keinen Schaden anrichten, oder?« Während er sprach, legte er seine Hand auf meine Schulter. Mit einer Langsamkeit, die fast schmerzlich war, arbeitete er sich nach unten, bis er eine meiner Brüste durch den weißen Stoff hindurch streichelte. Seine Berührung war so leicht und zart, daß ich einen Augenblick lang nicht sicher war, ob sie überhaupt da war. Doch dann spürte ich deutlich, wie er mit seiner Fingerspitze einen kleinen Kreis um meine aufgestellte Brustwarze zog. »Nur ein kurzer Blick«, wiederholte er leise flüsternd.

Ohne auf meine Antwort zu warten, fing er an, die Knöpfe zu lösen. Ich stand einfach da und ließ ihn gewähren. Ich zitterte wie ein Mädchen beim ersten Mal. Ich kann mich nicht erinnern, daß sich jemals die Berührung eines Mannes so gut angefühlt hatte. Meine Tatenlosigkeit erhöhte sein Selbstvertrauen, und er öffnete weiter mein Kleid, bis die Spitzenborte meines Büstenhalters hervorschaute. Ich war zu aufgeregt, um nach unten zu sehen, aber ich wußte, daß die Fülle meiner Brüste über die Halbschalen des BHs quoll und ein tiefes und sinnliches Dekolleté schuf. Ich konnte das Gewicht seines Blickes fast spüren, als er auf meinen Busen starrte.

»Wunderbar«, murmelte er und öffnete die restlichen Knöpfe. Ohne ein Wort stieg ich aus dem Kleid und stand vor ihm in BH und Höschen. Ehe ich reagieren konnte, hatte er mir schon den Slip ausgezogen. Mein BH und mein Strapshöschen waren knapp und weiß, und die Spitze paßte zu dem oberen Rand meiner Strümpfe, die ich anstelle einer Strumpfhose trug.

Er trat einen Schritt zurück und musterte mich eingehend von oben bis unten. Er betrieb seine Studien langsam, geduldig, ganz ohne Scham. Die Art, wie er jeden Teil von mir betrachtete und dabei anerkennend murmelte, gab mir das Gefühl, die meistbegehrte Frau der Welt zu sein. Er umkreiste mich langsam, wobei er mich rundherum mit seinen Blicken liebkoste.

Als er schließlich nach dem Verschluß meines Büstenhalters griff, war ich so erregt, daß ich alles getan hätte, was er wollte. Da er nichts von mir verlangte, stand ich einfach da und ließ ihn mich mit seinen Augen und Fingerspitzen genießen. Liebevoll entfernte er den BH und streichelte meinen Rücken und meine

Schultern mit Händen, die hungrig, aber ohne Eile waren. Meine steinharten Brustwarzen sehnten sich nach seiner verführerischen Berührung, aber es schien eine Ewigkeit zu dauern, bevor er bei ihnen ankam.

Zuerst zog er die äußeren Rundungen meiner Brüste nach und schickte eine prickelnde Gänsehaut über meine Haut. Dann strich er mit seinen Fingerspitzen leicht über meinen Unterleib und näherte sich wieder meinen Brüsten, ohne sie jedoch zu berühren. Schließlich umschloß er sie liebevoll, wobei er in jeder seiner starken Hände eine hielt, ohne sie zu drücken oder irgendwie unangenehm zu behandeln. Ich konnte spüren, wie meine Beine zu zittern begannen.

Irgendwo tief drinnen war mir klar, daß er der Freund meiner besten Freundin war, und daß sie jede Minute zurückkommen und uns erwischen konnte. Aber anstatt daß dieser Gedanke mich abschreckte, steigerte er meine Erregung. Ich sagte mir ständig: »Nur noch eine Minute. Nur noch eine Minute.«

Zuletzt nahm Jim meine Nippel zwischen Daumen und Zeigefinger und rollte sie leicht, um ihre Erektion noch zu verstärken. Es durchzuckte mich vom Scheitel bis zur Sohle. »Ich wollte sie schon so lange spüren«, flüsterte er, und sein Atem kitzelte mein Ohr.

Ich konnte spüren, wie der Schritt meines Höschens naß wurde, als ich an seinen Schwanz dachte. Ich wollte ihn sehen, war aber unfähig, etwas anderes zu tun, als mich seinen geschickten Händen zu überlassen. Seine Daumen hakten sich in den Bund meines weißen Spitzenstrapshöschens ein und schoben es nur den Bruchteil eines Zentimeters nach unten. Obwohl es mich immer noch bedeckte, fühlte ich mich splitternackt. Ich wollte, daß er alles von mir sah. Ich wollte ihm meine intimsten Stellen zeigen, ihm Zugang zu meinen geheimsten Plätzen gewähren.

Langsam schob er mein Höschen Millimeter für Millimeter nach unten und liebkoste dabei meine Hüften mit seinen Fingern. Jetzt kam hinter dem Gummibund ein schmaler Streifen krauses schwarzes Haar zum Vorschein. Nun war mein gesamter

Venushügel unbedeckt. Schließlich spürte ich nur noch den feuchten Schritt des Spitzenhöschens an meinem Körper. Einen Moment später war ich nackt bis auf meine Strümpfe.

Er nahm mich wieder in seine Arme, und seine Hände streiften abenteuerlustig über meinen nackten Körper. Ich spürte, wie er die dunkle Spalte, die meine Pobacken trennte, erforschte und seine Fingerspitzen zwischen die Lippen meiner Vulva glitten. Mein Herz klopfte zum Zerspringen.

Ich langte ungeschickt nach seinem Schwanz, konnte aber meine Hand nicht zwischen unsere Körper schieben. Mein Verlangen fühlend, trat er zurück. »Hier«, sagte er und knöpfte seinen Hosenschlitz auf. »Das wird es dir leichter machen.« Er öffnete seine Jeans, schob sie über seine schmalen Hüften nach unten und stieg aus ihnen aus. Er trug keine Unterwäsche, und sein dicker Schwanz schnellte ungehindert nach vorne. Ich habe noch nie einen größeren gesehen. Er war riesig, ganz so, wie es mir Gayle berichtet hatte.

Bei dem Gedanken an Gayle bekam ich plötzlich Angst. Sie konnte jede Minute zurück sein. Was machte ich mit ihrem Freund, nackt und auf seinen Schwanz starrend? Ich wußte, ich hätte mich anziehen und gehen sollen. Aber gleichzeitig wußte ich, ich konnte nicht. Es war einfach nicht möglich.

Ich nahm dieses Mammutding in meine Hand und spürte seine Wärme mit meinen Fingern. Es pochte, wie ein Wesen mit eigenem Herzschlag. Unwillkürlich schauderte ich vor Lust, als ich mir vorstellte, wie es sich anfühlen würde, einen so großen Schwanz in mir zu haben.

»Komm mit«, sagte er sanft. »Ich will dich vögeln. Jetzt. Bevor Gayle zurückkommt.« Mit einer Hand räumte er die Kleider, die verstreut auf dem Boden lagen, zusammen. Mit der anderen nahm er mich am Ellbogen und führte mich zum Schlafzimmer. Ohne nachzudenken, nur von meiner Lust getrieben, ließ ich mich von ihm führen, wohin auch immer er wollte.

Das Bett war ungemacht, und ich stellte mir vor, wie Jim und Gayle darin nur wenige Stunden zuvor gevögelt hatten. Diese

Vorstellung erregte mich nur noch mehr. Perverserweise wollte ich, daß er mich an demselben Platz bumste wie sie. Die Vorstellung, daß uns Gayle erwischen würde, steigerte meine Erregung noch weiter.

Wortlos führte er mich zum Bett und drückte mich behutsam in Rückenlage. Ich sah ihn an und wartete, was er als nächstes tun würde. Ich fühlte mich total unterwürfig, völlig in seiner Hand. Er stand einen Moment lang da, sah mich hungrig an und streichelte seine gigantische Erektion. »Wir haben nicht viel Zeit«, sagte er.

Dann, ehe ich mitbekam, was geschah, war er auf dem Bett und kniete zwischen meinen geöffneten Schenkeln. Er kam näher, bis er meine Schamlippen mit seinem Schwanz berührte. Er hielt ihn in seiner Hand und führte ihn auf und ab, so daß er ihn mit den triefenden Säften meines Verlangens von oben bis unten naß machte.

»Ich werde dich jetzt bumsen«, sagte er. »Und ich werde nicht aufhören, bis du kommst.« Er neigte sich nach vorne und führte den Kopf seines Steifen in meine Vulva ein. »Verstehst du?«

Ich nickte benommen, fühlte seinen riesigen Schwanz in mich hineingleiten – tiefer, tiefer und immer tiefer. Als ich glaubte, meine Pussy würde nichts mehr aufnehmen können, ließ er ihn sogar noch weiter hineingleiten. Seine Größe füllte mich aus. Dann fühlte ich sein Schambein an meinen Hügel stoßen, und ich wußte, daß er nun völlig in mir drin war.

Das Wissen, daß ich mit Jim in Gayles Bett vögelte, erfüllte mich mit einem Gefühl von Gefahr. Aber sein Versprechen, mich kommen zu lassen, wischte alle anderen Gedanken aus meinem Kopf. Ich wollte es. Das war alles, was ich wußte. Ich wollte es um jeden Preis.

Er bewegte sich, als hätten wir alle Zeit der Welt, ließ seinen Schwanz fast ganz herausgleiten, bevor er ihn wieder hineinstieß. Er hatte mich so weit geöffnet, wie es ging, aber durch die Enge wurde die Reibung nur noch intensiver und erhöhte meine Lust bei seinen Stößen. Wenn er in den Tiefen meiner Vagina versank, konnte ich spüren, wie die Haare seines Hodensacks die Haut meines Anus streichelten. Ich warf mich ihm entgegen und schrie laut auf, wenn mich die Lust überkam.

Er erhöhte das Tempo seiner Bewegungen langsam, instinktiv sofort erfassend, was mir gefiel. Jedesmal, wenn er hereinkam, rieb seine fast haarlose Brust meine aufgerichteten Nippel und schickte so prickelnde Energieströme von meinen Brüsten zum Herzen meiner Pussy.

Ich stöhnte, als ich spürte, wie ich dem Höhepunkt immer näher kam. Ich wußte, wenn es einmal anfing, gäbe es kein Zurück mehr. Ich wußte, daß der Orgasmus eine erotische Ewigkeit lang meinen Geist dominieren würde, daß er alle anderen Gedanken verbannen würde. Die Angst, daß Gayle jeden Augenblick hereinkommen könnte, war immer noch da, aber sie hatte keine Macht mehr über mein Verhalten. Ich fühlte mich wie ein einziges Sexualorgan, das erfüllte, wozu es erschaffen worden war.

Für mich existierte nichts mehr außer der Ekstase der Sinnlichkeit, und ich schluchzte, als sich die Wellen der Erlösung zu brechen begannen. Die ganze Zeit hindurch hielt Jim das ständige Pochen seines Steifen in meinem Körper aufrecht. Er bewegte ihn in perfekter Harmonie mit der Melodie, die die Glückseligkeit meines schamlosen Orgasmus spielte, hinein und heraus. In diesem langen, endlosen Augenblick hatte ich das Gefühl, es würde niemals aufhören. Dann erreichte ich den Höhepunkt, und das lange Zurückgleiten in die Wirklichkeit begann.

Die Ausklingphase war fast beendet, als ich ein Geräusch hörte, das mir das Blut in den Adern gerinnen ließ. Es war das unmißverständliche Geräusch eines Schlüssels, der in ein Schloß gesteckt wird. Jim hörte es auch.

»Gayle ist zurück«, flüsterte er. »Hast du genug gehabt?« Sogar jetzt streichelte er mein Inneres noch mit seiner Erektion. »Habe ich mein Versprechen gehalten?«

»O Gott, ja«, antwortete ich. Mir blieb vor Panik die Luft weg. »Ich will nicht, daß sie uns erwischt. Oh, bitte.«

Ruhig, ohne ein Zeichen von Angst, rollte Jim von mir herunter und kam auf seine Füße. Fast als sei es eine alltägliche Erfahrung für ihn, sammelte er schnell meine Kleider zusammen und gab sie mir, wobei er in Richtung Badezimmer zeigte. Als ich losrannte, sah ich ihn gelassen in seine Jeans steigen und den Hosenschlitz zuknöpfen.

Durch die Badezimmertür hörte ich, wie er Gayle zärtlich und in dem gleichen verführerischen Ton begrüßte, den er gehabt hatte, als er mich auszog. Ich zog eilig meine Sachen an und drückte die Toilettenspülung. Als ich herauskam, waren Gayle und Jim in einer leidenschaftlichen Umarmung versunken, die deutlich darauf hinwies, daß sie sofort, nachdem ich gegangen sein würde, vögeln würden. Der Gedanke, daß sein Schwanz dann immer noch mit meinen Säften bedeckt sein würde, gab mir eine Art perverse Lust, die ich immer noch nicht verstehe.

Auf meine Uhr schauend sagte ich: »Nun, Gayle, meine Mittagspause ist vorbei, und ich muß zurück. Danke für das Essen.«

»Entschuldige«, sagte sie. »Das müssen wir einmal nachholen.«

»Das ist nicht nötig«, antwortete ich und sah Jim direkt in die funkelnden Augen. »Ich beklage mich ja nicht.«

Er lächelte fast unsichtbar, aber Gayle schien mich nicht einmal zu hören. Sie schenkte mir keine Aufmerksamkeit. Sie war ganz klar darauf aus, ihren Freund so schnell wie möglich ins Bett zu bringen. Ich erleichterte es ihr, indem ich auf der Stelle ging.

Ich bin immer noch mit Gayle befreundet und besuche sie weiter in ihrer Wohnung, aber ich habe es mit Jim nie wieder getan. Ich würde nicht in ihre Beziehung eindringen wollen, obwohl ich ein wenig neidisch bin. Nie jedoch werde ich diesen Nachmittag vergessen, als ich mit dem Freund meiner besten Freundin den besten Sex erlebte, den ich je hatte.

Höhere Erziehung

Jerry, zwanzig Jahre alt, ist knapp einen Meter achtzig groß und hat den hageren, sehnigen Körper eines Langstreckenläufers. Seine helle Haut verleiht ihm das Aussehen eines ordentlichen, typischen Amerikaners. Er trägt sein blondes Haar kurzgeschnitten, um den Windwiderstand zu verringern. Jerrys Leben ist das Laufen. Er ist der Star des Läuferteams einer kleinen Universität. Vor nicht allzu langer Zeit war seine Athletenlaufbahn gefährdet, seine Leistungen sanken. Seine durchdringenden blauen Augen leuchten, als er davon erzählt, wie dieser Vorfall zum besten Sex führte, den er je hatte.

Das Wichtigste am College ist für mich das Läuferteam. Ich weiß, das klingt nicht sehr akademisch, aber um die Wahrheit zu sagen, ich bin eigentlich kein Akademiker. Ich bin ein Läufer, seit ich denken kann. Als kleiner Junge rannte ich meilenweit, nur um dieses aufregende Gefühl zu spüren. In der High School schloß ich mich nur zum Spaß dem Läuferteam an. Ich hätte nie vermutet, daß sich das Laufen irgendwie auszahlen könnte.

Als ich noch Juniorläufer war, bekam ich Briefe von Kollegen, in denen sie mir alle möglichen Angebote machten. Ich plante nie, aufs College zu gehen, sondern ergriff die Chance, mit dem Laufen weiterzumachen und nicht darüber nachdenken zu müssen, einen Job zu finden. Jetzt stehe ich kurz vor dem Collegeabschluß und habe immer noch nicht begonnen, über einen Job nachzudenken. Mein Trainer sagte, man kann sich seinen Lebensunterhalt mit Langstreckenlaufen verdienen, allerdings nicht ausschließlich allein damit. Mein Vater sagt, es sei eine Schande, daß ich nicht Baseball oder Basketball oder Fußball spiele. Nun, dort ist das Geld. Aber es ist mir egal. Laufen ist mein Leben.

Vor etwa einem Jahr sah es so aus, als würde ich alles verlieren. Ich war nie ein fleißiger Student gewesen. Um ehrlich zu sein, ich wollte es nie. Ich bin kein Denker. Ganz gleich, wie sehr ich lerne, ich habe immer lausige Noten. Mein Trainer sagt immer, ich solle mir keine Sorgen machen, solange ich das obligatorische durchschnittliche C-Niveau aufrechterhalte. Die ersten paar Semester hielt ich den C-Schnitt, wenn ich auch deshalb auf dem Zahnfleisch ging.

Dann belegte ich Mathematik, um meine Allgemeinbildung zu vervollständigen, und das wäre fast das Ende des Ganzen gewesen. Ich habe es wirklich versucht. Ich habe mir sogar einen Tutor genommen. Aber ich habe es einfach nicht kapiert. Oh, ich kann addieren und subtrahieren, aber mit Algebra und Geometrie kann ich einfach nichts anfangen. Das sind für mich chinesische Dörfer.

Als ich das erste Mal durchfiel, hieß es, ich müsse es noch einmal machen. Ich machte es also, aber ich hätte genausogut versuchen können, auf das zweite F hochzusingen. Ich wußte, es war hoffnungslos. Das Problem daran war, daß alle meine anderen Noten an der Grenze waren, und wenn ich in Mathe wieder durchfiel, würde es mich unter den C-Schnitt zurückwerfen, den ich brauchte, um im Team zu bleiben. Ich ging zum Trainer und schilderte ihm das Problem, aber er sagte nur, wenn ich ein wenig fleißiger lernte, würde schon alles in Ordnung kommen.

Ich wußte nicht, was ich tun sollte. Dann bekomme ich zu all dem noch diesen Brief von der Dekanin Smith, in dem sie mir mitteilt, daß sie mich so bald wie möglich treffen wolle. Ich ängstigte mich zu Tode, daß sie mich rauswerfen wollte.

Als ich zu ihr ins Büro ging, war ich echt nervös. Aber es stellte sich heraus, daß sie eine sehr nette Lady war. Obwohl ich sie noch nie getroffen hatte, grüßte sie mich wie einen alten Freund. »Hallo, Jerry«, sagte sie. »Sie haben ja unser Läuferteam ganz schön umgekrempelt.«

»Danke, Frau Dekanin«, murmelte ich. Mann, fühlte ich mich unwohl in dieser Situation.

»Setzen Sie sich bitte«, lud sie mich ein und deutete auf einen Gästestuhl.

»Bin ich in Schwierigkeiten, Ma'am?« fragte ich und rutschte nervös auf dem Sitz hin und her.

Dekanin Smiths warmes, weibliches Lachen veranlaßte mich, sie zum ersten Mal richtig anzuschauen. Sie war vielleicht fünfzig Jahre alt, aber sie muß echt umwerfend ausgesehen haben, als sie jung war. Für eine Frau ihres Alters war sie immer noch sehr attraktiv.

Sie hatte kurzes blondes Haar und große blaue Augen, die irgendwie funkelten, wenn sie lächelte. Was mir am meisten an ihr auffiel, war ihr Körper. Sie hatte an allen richtigen Stellen tolle Kurven, und sie war so geschmeidig, als würde sie viel Wert auf Fitneß legen. Sie hatte wirklich nette Titten und einen irren Arsch, und sie trug Kleider, die das noch unterstrichen. Ihr eng anliegender Rock umschlang diese süßen Teilchen, und ihre kurzgeschnittene Seidenbluse zeigte genug Dekolleté, um einen abzulenken. Als ich mich dabei ertappte, ihre Figur zu studieren, sah ich schnell weg. Das letzte, was ich damals brauchte, war, den Ärger dieser Lady auf mich zu ziehen.

»Noch sind Sie nicht in Schwierigkeiten«, sagte sie. Ihre Stimme klang heiser und sexy. »Aber Sie müssen die Matheprüfung bestehen. Trainer Riley ist ein guter Freund von mir. Er sagte mir, unser Läuferteam sei seit zwanzig Jahren nicht so gut gewesen, was aus einer Reihe von Gründen für die Schule wunderbar ist. Der Trainer sagte, er könne es sich nicht leisten, Sie zu verlieren. So habe ich versprochen, daß ich versuchen würde, Ihnen da durchzuhelfen.«

Ich sah sie verwirrt an.

»Ich war Mathematiklehrerin, wissen Sie«, sagte sie mit einer

Spur von Stolz. »Ja, ich war Vorsitzende des Bereichs Mathematik, bevor ich Dekanin wurde.«

Ich konnte mir nicht vorstellen, worauf sie hinauswollte, bis sie mir einen Packen Arbeitsblätter hinhielt und sagte: »Ich will, daß Sie Ihr Bestes tun, um die Probleme in Kapitel Eins dieses Lernpakets zu lösen. Kommen Sie dann am Donnerstag direkt nach dem Lauftraining wieder. Und bringen Sie die Aufgaben mit.«

Ich konnte es nicht glauben. Die Dekanin schien vorzuhaben, mir Nachhilfe in Mathematik zu geben. Von meinen Teamkameraden konnte es auch keiner glauben. Es machte einfach keinen Sinn. Artie, ein Senior des Teams, hatte eine Theorie. »Ich habe Gerüchte gehört, daß die Dekanin gerne junge Schwänze vögelt«, sagte er. »Vielleicht will sie dir nur an die Hosen.« Alle im Umkleideraum lachten und johlten. Die Vorstellung war einfach zu lächerlich.

Ich arbeitete an den mathematischen Aufgaben und ging am Donnerstag, wie sie mir gesagt hatte, wieder zu ihr. Ihre Sekretärin ließ mich eine Minute im Vorzimmer warten. Dann kam die Dekanin selbst, um mich zu holen. Sie führte mich in ihr Büro, deutete auf die Couch und schloß die Tür hinter uns. »Setzen Sie sich«, sagte sie.

Sie trug ein Kleid mit einem weiten Rock und einem tiefen Ausschnitt. Als sie sich neben mich auf die Couch setzte, schlug sie lässig die Beine übereinander, wodurch der Rock so hoch rutschte, daß ich ihre wohlgeformten Schenkel recht lange zu Gesicht bekam. Für eine Dekanin war sie eine echt gut aussehende Frau.

Als sie näher zu mir herrückte, nahm ich den Duft ihres Parfums und die Wärme ihres Beines an dem meinen wahr. »Wo sind die Arbeitsblätter, die ich Ihnen gegeben habe?« fragte sie. Sie sah mir auf sehr ›undekanische‹ Art und Weise in die Augen. Ich fühlte mich ein wenig befangen.

»Ich habe sie hier«, antwortete ich und klopfte alle meine Taschen ab, um dann festzustellen, daß ich sie in meiner Hand hielt. »Oh, hier, meine ich.« Ich breitete die Papiere auf meinem Schoß aus.

Sie lachte melodisch und berührte leicht meine Schulter. »Seien Sie nicht nervös«, sagte sie. »Es tut kein bißchen weh. Nun, lassen Sie sehen, was Sie da haben.« Sie nahm ein Blatt von meinem Schoß und hielt es sich vor ihr Gesicht. »Hmmmm«, murmelte sie, während sie meine Arbeit studierte. »Das sieht ja nicht *total* hoffnungslos aus.« Sie legte das Arbeitsblatt zurück auf meinen Schoß, wobei ihre Hand wie zufällig über meinen nackten Schenkel strich. Meine Haut kribbelte an der Stelle, wo sie mich berührt hatte.

Ich hatte einige Erfahrung mit Sex. Sie wissen ja, wie die Mädchen auf Athleten stehen. Ich habe mein Teil davon abgekriegt. Aber an dieser fünfzig Jahre alten Frau war irgend etwas besonders sexy. Vielleicht die Tatsache, daß sie die Dekanin des Colleges war, was sie so jenseits von Gut und Böse stellte, wie man nur sein kann. Ich weiß nicht. Was auch immer der Grund war, ich bemerkte, daß es mich erregte, so neben ihr auf der Couch zu sitzen. Als sie mein Bein berührt hatte, war mein Schwanz steif geworden. Ich hoffte, sie hatte es nicht gesehen.

»Ein Fehler, den Sie machen, besteht darin, daß Sie die Gleichungen ständig umkehren«, sagte sie. Oder irgend so einen Mist. Die Wahrheit ist, ich bin nicht ganz sicher, was zum Teufel sie sagte, denn sie deutete dabei jedesmal auf meine Fehler auf dem Arbeitsblatt, das noch auf meinem Schoß lag.

Jedesmal, wenn sie mit ihrem lackierten Fingernagel auf das Papier tippte, spürte ich einen elektrischen Schock direkt durch meinen Schwanz laufen, der sich darunter befand. Sie berührte weiter das Papier, um ihren Standpunkt zu unterstreichen, und ich wurde bedrohlich steif. Ich wollte das Arbeitsblatt wegtun, bevor ich auffliegen würde, aber dann wäre mein Ständer offensichtlich geworden.

Nun begann sie, die Gleichungen auf dem Arbeitsblatt mit ihrer Fingerspitze zu unterstreichen und imaginäre Kreise um die Zahlen zu zeichnen. Obwohl ich sicher war, daß sie es nicht beabsichtigte, kitzelte und streichelte sie meinen Schwanz. Es fühlte sich gut an, obwohl ich vor Angst fast starb. Es wäre mir nie in den Sinn gekommen, daß sie es absichtlich tat.

Ich bemerkte, daß ihre andere Hand mit den Knöpfen auf der Vorderseite ihres Kleides zu spielen schien: Sie öffnete und schloß sie, ohne daß es ihr anscheinend bewußt war. Jedesmal, wenn sie einen Knopf aufmachte, erhaschte ich einen Blick auf die weiche weiße Haut ihrer Titten. Ich hoffte, daß ich nicht starrte, aber ich konnte einfach nicht wegsehen. Als sie plötzlich ihre Hand von den Knöpfen nahm, war ich sicher, daß sie mich ertappt hatte. Dann bewegte sie zu meiner Überraschung ihre Hand auf mein Bein zu und legte sie leicht auf meinen nackten Schenkel unter dem Rand meiner Shorts.

Ich fragte mich, ob sie wußte, was sie da tat. Sie sprach weiter über Mathematik, aber ihre Worte waren für mich völlig bedeutungslos. Während sie eintönig weiterredete, schien sich die Hand, die mein Bein berührte, leicht zu bewegen. Im selben Moment legte sie ihre andere Hand flach auf das Arbeitsblatt, um irgendeine Aussage, die sie machte, zu unterstreichen. Inzwischen war mein Schwanz voll erigiert.

»Dekanin Smith«, fing ich an und wollte irgendeine Entschuldigung finden, um die Sache abzubrechen, bevor ich mich in große Schwierigkeiten brachte.

Sie sah mir direkt in die Augen. »Ja, Jerry?« sagte sie fast gurrend. Jetzt streichelte sie offen mein Bein; ihre Finger glitten leicht an der Innenseite meines Schenkels auf und ab, und hier und da machten sie halt, um sanften Druck auszuüben. »Magst du dieses Gefühl?«

Ich konnte nichts sagen, aber mein Schwanz fing unkontrolliert zu pulsieren an. Mit einer schnellen Handbewegung fegte sie die Arbeitsblätter von meinem Schoß und legte die Vorderseite meiner Shorts frei, gegen die meine Stange drückte. Ich glaubte zu hören, wie ein weicher Seufzer ihrer Kehle entwich.

»Schön«, murmelte sie und schloß ihre Hand über dem Stoff. Ihre andere Hand glitt unverfroren in mein Hosenbein, ihre Fingerspitzen kamen der Ausbuchtung, die meine Eier in der Unterhose machten, immer näher. Unwillkürlich lehnte ich mich auf der Couch zurück und schloß meine Augen.

Ich ängstigte mich zu Tode, aber ich konnte nicht anders, als mich den wunderbaren Empfindungen hinzugeben, die sie mir mit ihrer geschickten Berührung bereitete. Die Dekanin! Die Dekanin dieses verdammten Colleges! Hier saß ich auf ihrer Couch, und sie rieb meinen Schwanz und meine Eier wie eine geile Studentin. Ich wußte nicht, was ich denken sollte. Ich beschloß, mich einfach von dieser Welle tragen zu lassen.

»Ich wette, du hast einen wunderbaren großen starken jungen Schwanz«, flüsterte sie. »Ich will ihn sehen.« Ihre Finger nestelten das Taillenband meiner Shorts auf und zogen sie zusammen mit meiner Unterhose runter. Ich half ihr ein wenig, indem ich meinen Hintern von der Couch hob. Das nächste, woran ich mich erinnern kann, ist, daß sie sie zusammen mit den Arbeitsblättern auf den Boden warf.

Mein Schwanz, endlich befreit, stand wie eine Fahnenstange. Ich konnte fühlen, wie sie ihn mit ihren hungrigen Augen verschlang, während ihre Hände fleißig arbeiteten, um ihn noch härter und steifer zu machen. Sie umfaßte den Schaft leicht mit ihrem Daumen und Fingern, strich sanft nach oben zur Spitze und wieder hinunter. In ihrer anderen Hand hielt und drückte sie meine Eier und behandelte sie wie wertvolle Juwelen.

Wenn sie auch Mathematiklehrerin und Dekanin war, in Handarbeit 101 hätte sie auch einen wunderbaren Unterricht erteilt. Mir haben ziemlich viele Mädchen meinen Schwanz gerieben, aber keine mit dem Stil und der Geschicklichkeit wie diese Lady mittleren Alters. Vielleicht bringt das die Erfahrung mit sich.

Sie schien sämtliche Stellen zu kennen, an denen ein Schwanz besonders empfindsam ist. Und was sie nicht kannte, entdeckte sie. Ihre Hände waren weich und liebevoll, als ihre Finger über die zarte Haut meines Schaftes glitten. Offensichtlich genoß sie, was sie da tat. Ihre Augen waren glasig und halb geschlossen. Ein verführerisches Lächeln umspielte ihre Lippen. Ihre Berührung jagte mir Schauer über den Rücken. Ich hatte das Gefühl, zu sterben und in den Himmel aufzufahren.

Aus den Augenwinkeln heraus sah ich zufällig ihr Namensschild auf ihrem Schreibtisch. Es erinnerte mich, wo ich war und bei wem ich war. Ich wußte, ich spielte mit dem Feuer, aber die Lust hatte mich an den Eiern, und wie immer siegte sie über den Verstand. Außerdem war es vielleicht das Gefährliche an der Situation, das sie so erregend machte. Können Sie sich vorstellen, was einem Dummkopf geschehen würde, der mit runtergelassenen Hosen im Büro der Dekanin erwischt wird?

Sie streichelte weiter mit einer Hand meinen Schwanz und meine Eier, während sie mit der anderen ihr Kleid vorne aufknöpfte und ihren schwarzen Spitzen-BH aufhakte. Als er sich öffnete, sprangen ihre Titten ins Blickfeld. Sie waren mittelgroß und spitz, mit Nippeln, so dunkel, daß sie praktisch braun waren. Ich wollte sie berühren, aber ich wußte nicht, ob dies erlaubt war. Sie muß meinen Wunsch gespürt haben, denn sie nahm meine Hand in die ihre und legte sie auf ihre Titten. Dann rieb und streichelte sie mich weiter.

Als ich diese Brüste in meinen Händen hielt, vergaß ich fast, wem diese Titten gehörten. Sie waren so fest wie bei einem jungen Mädchen. Ich umfaßte sie und streichelte sie und rollte die stehenden Nippel zwischen meinen Fingern. Sie stöhnte vor Lust.

Die ganze Zeit betete ich im stillen, daß ihre Tür abgeschlossen sei. Wenn dies nicht der Fall war, so hoffte ich zumindest, daß niemand die Geräusche hörte, die sie von sich gab, und hereinkam, um nachzuforschen. Dies war wahrscheinlich das Verrückteste, was ich je gemacht habe. Aber alles, was ich denken konnte, war, wie gut es sich anfühlte. Ihre Hände, die mit meinem Schwanz spielten, und meine Finger, die ihre Nippel hin- und herdrehten, schickten Wellen lustvoller Erregung durch unsere Körper. Der Gedanke, wer sie war und wo wir es taten, machte mich sogar noch heißer.

Sie legte eine Hand an meinen Hinterkopf und drückte mein Gesicht sanft gegen das weiche Fleisch ihres Busens. Ich drückte mich an ihre Titten und atmete das süße Parfum ihres Dekolletés tief ein. Sie faßte in mein Haar und bewegte meinen Kopf, bis einer ihrer braunen Nippel an meinen Lippen lag. Ich brauchte nicht lange, um zu verstehen, was sie wollte. Ich fing an, zu saugen und zu knabbern, wobei ich ihr Stöhnen an den Wänden ihres Büros wiederhallen hörte.

Nachdem ich ihre beiden Brüste mit meinem Mund bearbeitet hatte, wich sie zurück und stand auf. Ich sah entsetzt auf, denn ich war sicher, daß sie endlich wieder zur Besinnung gekommen war und dabei war, die Universitätspolizei zu holen. Statt dessen ging sie ein paar Schritte rückwärts zu ihrem Schreibtisch hin und ließ dabei meine pochende Erektion nicht aus den Augen.

Ohne ihren Blick von mir abzuwenden, beugte sie sich vor und faßte unter ihren Rocksaum. Einen Augenblick lang lag ein Ausdruck von Konzentration auf ihrem Gesicht, dann streifte sie ein hauchdünnes schwarzes Spitzenhöschen über ihre Fußknöchel.

»Komm her, Jerry«, sagte sie mit heiserem Flüstern. Während sie sprach, hob sie den Rock ihres fließenden Kleides dramatisch hoch, so daß ich das blonde Kraushaar ihres Busches sehen konnte. Ich konnte rosafarbene Lippen erkennen, die sich mir entgegenreckten. Ich erinnere mich an meine Überraschung, daß die Pussy einer Dekanin genauso aussah wie bei anderen auch. Ich war entsetzt. Aber ich war so geil, daß ich dachte, mein Schwanz würde explodieren. Die Kombination von Angst und Erregung machte mich wild.

Sich auf den Schreibtischrand setzend, hob sie ihren Rock bis zur Taille hoch und spreizte verwegen ihre Schenkel. »Komm her und fick mich, Jerry«, sagte sie. Ihre Stimme war fest und kontrolliert.

Ich zögerte einen Moment. Ich wußte, daß es kein Zurück geben würde, wenn mein Schwanz einmal in ihr drin war. Bis jetzt hatten wir nur ein wenig herumgespielt. Sie würde sich immer sagen können, daß zwischen uns nicht wirklich etwas vorgefallen ist. Aber wenn ich tat, was sie verlangte, würde es keine Diskussion mehr geben. Bumsen hinterläßt keine Zweifel.

»Fick mich«, sagte sie wieder.

Was konnte ich tun? Es war der Befehl einer Dekanin. Ich ging langsam auf sie zu, wobei mein Schwanz direkt auf ihre geöffnete Pussy zeigte. Ich war nervös, aber ich wollte sie mehr als alle Mädchen, die ich bis dahin gevögelt hatte. Mit denen war es Spaß. Aber mit ihr, das war ein dringendes Geschäft.

Der Gedanke, es mit einer Frau ihres Alters und mit ihrer Erfahrung zu tun, war wahnsinnig erregend. Das Beste daran war wohl, daß ausgerechnet sie, die Dekanin, in ihrem Büro ihre Beine für mich breitmachte. Auf der anderen Seite der Tür lief der Unterricht ab, aber hier drinnen knallharter Sex. Ich wollte etwas sagen, aber ich hatte Angst, den Zauber zu brechen. Schließlich platzte ich heraus: »Ja, ich will Sie ficken.«

Sie stöhnte und winkte mich heran. Als ich zwischen ihren Beinen stand, schlang sie ihre Arme um meine Taille, um mich zu sich heranzuziehen. Sie lehnte sich auf dem Schreibtisch zurück und schloß ihre Augen, als ich meinen Schwanz mit meinen Fingern in ihre Öffnung einführte. Die Erregung, die ich spürte, als ich tatsächlich in sie hineinglitt, war unbeschreiblich. Es war wie beim allerersten Mal. Ich konnte es einfach nicht glauben, was passierte. Aber das pulsierende Gefühl in meinem Ständer war sehr wirklich.

Ich wollte die Sache voll auskosten, so daß jede Sekunde eine eigene Erfahrung sein würde, an die ich mich später erinnern und über die ich mich freuen konnte, aber ihre Öffnung schien mich einfach zu verschlucken. Ihre Beine legten sich enger um mich, als sie mich mit einem einzigen kräftigen Ruck ganz in sich hineinzog. Ihre Pussy umfaßte meinen Schwanz mit warmem Griff, machte mich zum Gefangenen in den samtenen Tiefen ihres Körpers. Ich hielt einen Moment still und gab ihr etwas Zeit, sich an meine Größe anzupassen. Dann begann ich, rhythmisch hinein- und hinauszugleiten.

Die Bewegungen unserer Körper waren perfekt synchronisiert, was aber nicht mein Verdienst war. Ihre Hüften und Schenkel bestimmten unseren Rhythmus. Ihr Becken nahm meine Stöße so auf, daß ihr mein Schwanz größtmögliches Vergnügen bereitete. Mit jeder rollenden Bewegung wippten mir ihre Titten verführerisch entgegen.

Ich hatte damit zu kämpfen, meine Ladung nicht sofort abzugeben. Ich wollte sicher sein, daß sie vor mir kam. Ich dachte an die Möglichkeit, daß wir jede Minute ertappt werden könnten, und hoffte, daß mich die Angst dämpfen würde. Aber es machte mich nur noch heißer. Ich wußte, ich würde den Kampf verlieren. Ich wußte nicht, was ich dagegen tun sollte.

Dann fing sie an zu stöhnen, und ich wußte, daß alles in Ordnung kommen würde. »Oh, du starker junger Rammler«, stöhnte sie. »Oh, fick mich richtig mit deinem starken jungen Schwanz. Oh, gib es mir. Oh, ja, ja, ja. Fick mich. Fick mich. Fick mich. Oh, Gott, ich komme. Oh, ja, ich komme gleich.«

In diesem Moment hörte sie auf, die Dekanin zu sein, und wurde zu einem heißen läufigen Tier. Ich wußte, sie würde gleich ihren Orgasmus haben, und ich konnte meinen eigenen kommen lassen. Mein Stöhnen vermischte sich mit ihren Schreien, als ich meinen Saft in ihre Pussy pumpte. Ihre Augen waren fest geschlossen, und ihr Kopf rollte von einer Seite zur anderen. Das zeigte mir, daß sie mitten auf dem Höhepunkt war. Ich fuhr fort, in sie hineinzupumpen, bis nichts mehr in mir drin war.

Als mein Schwanz weich wurde, war klar, daß sie auch befriedigt war. Ihre Beine lockerten den Griff um meine Taille und ließen mich dann ganz los. Ich trat zurück. Sie lächelte und stand auf, knöpfte ihr Kleid vorne zu und zog ihren Slip wieder an.

»Danke, Jerry«, sagte sie. »Das war wunderbar.« Dann verschwand das befriedigte Lächeln aus ihrem Gesicht, und sie wurde wieder geschäftsmäßig. »Aber ich denke nicht, daß es eine gute Idee wäre, uns wiederzusehen.«

Mir war klar, daß ich wieder auf meinen Platz gewiesen wurde. Ich glaube, mir war es auch lieber so. Als ich meine Hosen wieder anzog, sagte sie: »Ich werde mit Dr. Hoffman reden. Er ist der Vorsitzende des Fachbereichs Mathematik. Ich bin sicher, er kann Ihnen helfen, Ihren Kurs zu bestehen.«

Ich habe sie nie mehr wiedergesehen, nicht einmal von weitem auf dem Universitätsgelände. Das ist wohl auch gut so. Ich denke jedoch die ganze Zeit an sie und diesen heißen Fick auf ihrem Schreibtisch. Sie war besser als alle Mädchen, die ich vorher oder seither hatte. Vielleicht war es ihre Erfahrung. Ein Großteil hatte sicher mit der Situation zu tun. Es ist nicht vorgesehen, daß Studenten ihre Dekanin, noch dazu in ihrem Büro und auf ihrem Schreibtisch, vögeln. All dies spielte dabei eine Rolle, daß es so anders und so erregend war.

Mein Vater glaubte, daß Baseball, Fußball und Basketball die einzigen Sportarten wären, die sich auszahlten. Er wird nie erfahren, wie sehr er sich irrte. Beim Laufen macht man vielleicht nicht viel Geld, aber eines weiß ich sicher: Durch das Laufen erlebte ich den besten Sex, den ich je hatte.

Tabu

Charlotte, sechsundvierzig, wurde kürzlich zum zweiten Mal geschieden. Sie ist einen Meter fünfundsechzig groß und hat strahlende blaue Augen. In jüngeren Jahren war sie ein hochbezahltes Fotomodell, dessen Gesicht die Zeitschriften der ganzen Welt schmückte. Die Schönheit ihrer Gesichtszüge, der schimmernde feuerrote Ton in ihrem weichen braunen Haar und die gut gepflegte Festigkeit ihres schlanken Körpers bezeugen immer noch ihre glänzende Karriere. Bei der Erinnerung an den besten Sex, den sie je hatte, geht Charlotte mehr als zwanzig Jahre zurück zu einer Nacht in Paris.

Ich wurde in eine reiche Familie aus New Orleans mit einem alten und angesehenen Namen geboren. In den vierziger und fünfziger Jahren wuchs ich mit dem Vorurteil auf, daß etablierte Familien mit altem Geld und einem Erbe, das Teil der reichen Geschichte des Südens war, tatsächlich von Gott auserwählt waren.

Meine frühe Erziehung pflanzte in mich den Glauben, daß Gott fünf Klassen von Menschen geschaffen habe. An erster Stelle stand die privilegierte Klasse, der meine Familie angehörte. Wir waren seit den Tagen der Sklaverei reich gewesen, und niemand war uns ebenbürtig. Dann gab es die Neureichen mit neuem Geld, das wir als nicht ganz sauber ansahen. Unter ihnen kamen die Mittelklassemenschen, fast ganz unten die Angehörigen der Arbeiterklasse, die wir als weißes Gesindel betrachteten. Und dann kamen die Schwarzen. Ich brauchte lange, bis ich aufhörte, wie eine reiche kleine Südstaaten-Idiotin zu denken.

Da Daddy fand, daß sich ein Mädchen meiner Position nicht mit einer Collegeausbildung beschmutzen sollte, schickte er mich in ein Pensionat. Obwohl es ein reines Mädchenpensionat war, war es eng mit einer bekannten Militärakademie in der Nähe verbunden. Bei mir standen die jungen Männer dutzendweise Schlange. Obwohl ich nie eine ernsthafte Bindung einging, hatte ich mit zwanzig mit mehreren von ihnen geschlafen. Es wäre falsche Bescheidenheit, wenn ich leugnete, daß ich hübsch war.

Daddy meinte, ich wäre hübsch genug, um auf dem Cover einer Zeitschrift zu erscheinen. Er sagte immer, daß ein Mädchen von meinem Stand keinen richtigen Beruf haben sollte, aber ein Fotomodell zu sein, war etwas anderes. Er arrangierte ein Interview mit einer Werbeagentur, die einem Freund von ihm gehörte. Sie waren sehr von mir angetan und stellten mich einem Agenten vor, der meine Karriere managte. Ich hatte nie mit dieser wahnsinnigen Hektik zu tun, wie die meisten Models, die von einem Fototermin zum nächsten hetzen, sondern arbeitete nur für sorgfältig ausgewählte Aufträge.

Ich war erst zweiundzwanzig, als mein Agent anrief, um mir zu sagen, daß ich nach Paris fahren würde, um für das Cover eines führenden Modemagazins Aufnahmen zu machen. Das fand ich schon ungeheuer aufregend. Als er dann hinzufügte, daß der Fotograf Maurice Jourdan sein würde, war ich außer mir. Ich hätte jederzeit, wenn ich es wollte, nach Paris gehen können, aber die Chance, von Maurice Jourdan fotografiert zu werden, war einzigartig.

Unter den Modefotografen war Maurice Jourdan außerordentlich geachtet, viele hielten ihn auf diesem Gebiet für den Besten. In Kombination mit seinem ungewöhnlichen Talent vertrat er eine wohlbekannte Philosophie.

Seiner Ansicht nach besitzt jede Frau ihre eigene spezielle Qualität. Er nannte es ihre »rätselhafte Essenz«. Ein Fotograf, so sagte er, müsse diese Essenz entdecken. Dann müsse er sie genau studieren. Dann und nur dann konnte er hoffen, sie auf dem Film einzufangen. Ein Jourdan-Fototermin dauerte länger als die meisten, weil er darauf bestand, sich Zeit zu nehmen, um sein Model kennenzulernen; erst dann kam es für ihn in Frage, Aufnahmen zu machen.

Als ich in meinem Pariser Hotel ankam, lag Aufregung in der Luft, und es herrschte allgemeine Betriebsamkeit. Die Halle war voll von Leuten, die darauf warteten, die Berühmtheit zu treffen. Mein Agent wies mich an, in meiner Suite zu bleiben, bis sich das Durcheinander gelegt habe.

Wenn Jourdan mit der Limousine vor dem Hotel auftauchte, hätte ich sowieso keine Chancen, in seine Nähe zu gelangen. Überall wimmelte es von Paparazzis, die ihre Kameras blitzen ließen. Journalisten von internationalen Modemagazinen schoben sich durch die Menge in der Hoffnung, mit diesem begabten Künstler der Linse ein Interview zu bekommen.

Ich erwartete neugierig in meiner Suite die Nachricht, daß Mr. Jourdan bereit war, mich im Hotelrestaurant zu treffen. Als mich mein Agent in den Raum geleitete, stand Maurice auf, um mich zu grüßen. Ich war schockiert. Das letzte, was ich erwartet hatte, war, einen Schwarzen vorzufinden. Der Fotograf war groß und sehr schlank, mit schwarzen Augen und Haaren. Seine Haut hatte die Farbe von Kohle. Ich bemühte mich, Haltung zu bewahren, als er mir einen Stuhl hinschob.

Ich war erstaunt, als er sich vorstellte. Ich hatte immer gedacht, daß sich ein schwarzer Mann nur auf ungebildete, sehr gewöhnliche Art und Weise vorstellen könne. Doch Jourdans ausgewählter französischer Akzent klang charmant und gebildet. Trotzdem fühlte ich mich bei dieser ersten Begegnung sehr unwohl.

Entsprechend der Überzeugungen, die mir durch meine Erziehung vermittelt worden waren, glaubte ich, daß alle schwarzen Männer mit dem Traum lebten, eines Tages mit einer weißen Frau ins Bett zu gehen. Ich war mir sicher, daß er mich jedesmal, wenn er mich ansah, im Geiste auszog. Im Laufe unserer Unterhaltung wurde mir jedoch klar, daß dies nicht der Fall war. Er studierte mich, hielt nach meiner rätselhaften Essenz Ausschau.

Wenn ich sprach, schaute er mir tief in die Augen. Einmal beugte er sich sogar über den Tisch und berührte meine Wange leicht mit den Fingerspitzen. Ich denke, es war das erste Mal, daß ich die Hand eines schwarzen Mannes auf mir spürte. Inzwischen hatte ich mich von meinem anfänglichen Unbehagen soweit erholt, daß ich erkannte, daß sein Interesse rein professioneller Natur war. Ich zwang mich selbst, meine gute Kinderstube zu zeigen und nicht entsetzt vor ihm zurückzuweichen.

Obwohl unser Austausch professionell war, spürte ich deutlich, daß darin eine Spur von Sinnlichkeit mitschwang. Seine Stimme war sanft und verführerisch, suggerierte ein heimliches Rendezvouz in opulenter Umgebung. Man merkte sofort, daß sein fotografisches Genie seiner aufrichtigen Liebe zu Frauen entsprang.

Jeder Lidschlag und jede Silbe, die von seiner Zunge rollte, machten dies deutlich. Und doch haftete seiner Art nichts Ordinäres oder Unsauberes an. Er verheimlichte seine Wertschätzung der Weiblichkeit nicht, sagte ganz ehrlich, daß er bei jeder Frau Schönheit fand.

Ich versuchte sehr, mich auf den Job zu konzentrieren, den wir machten, aber trotzdem driftete ich immer wieder in erotische Tagträume ab. So seltsam es mir vorkam, ich fühlte mich sexuell von ihm angezogen. Obwohl dies das Gegenteil von allem war, wozu man mich erzogen hatte, war meine Erziehung teilweise dafür verantwortlich.

Von der Zeit an, als ich alt genug war, um den Unterschied zwischen Mädchen und Jungen zu erkennen, wurde mir gesagt, daß es für weiße Mädchen tabu war, irgend etwas mit schwarzen Jungen zu tun zu haben. Man hatte mir beigebracht zu glauben, daß das einzige, woran alle schwarzen Männer immer denken, der Sex mit einer weißen Frau ist. Auf hundert verschiedene Weisen lernte ich, mir schwarze Männer als sexbesessene Tiere, die immer nur die Lust im Kopf hatten, vorzustellen.

Meine Erziehung machte es mir unmöglich, diesem schwarzen Mann an einem Tisch gegenüberzusitzen, ohne dabei an Sex zu denken. Mein Kopf war so von erotischen Vorstellungen überschwemmt, daß ich mich, wie ich fürchte, nur an wenig erinnere, worüber wir gesprochen haben. Ich erinnere mich, daß er, als wir vom Tisch aufstanden, sagte: »Sie sind sehr schön, Sie haben eine wunderbare Essenz. Ich freue mich darauf, mit Ihnen zu arbeiten. Wir werden morgen Punkt neun mit den Aufnahmen beginnen.«

Ich verbrachte den folgenden Tag im Freien, wo ich vor sämtlichen Sehenswürdigkeiten posierte, die die Welt mit Paris verbindet. Mit Maurice zu arbeiten, war unglaublich. Er wußte genau, was er von einem Model wollte, und hatte eine spezielle Art, es einem zu entlocken. Bevor ich mich umsah, war der Tag vorüber, und wir fuhren zum Hotel zurück. Als ich aus der Limousine ausstieg, sagte Maurice: »Ich werde Ihnen Bescheid geben, wenn die Fotos fertig sind.«

An diesem Abend war ich allein in meiner Suite, als das Telefon klingelte. Es war Maurice, der sagte, daß die Bilder fertig seien, und fragte, ob er kommen und sie mir zeigen könne. Ein paar Minuten später war er an meiner Tür.

Wir saßen zusammen auf dem Sofa im Wohnzimmer und sahen die Abzüge an. Sie waren einfach unglaublich. Das Gesicht auf den Bildern war zwar meins, aber es strahlte eine Persönlichkeit aus, die mir fremd schien. Die Frau, die in einem hochmodernen Kleid vor dem Eiffelturm stand, war der Inbegriff von Sex. Jede Pose knisterte von Erotik. Der Winkel einer Schulter, die Neigung des Kopfes, das Herunterhängen eines Augenlids, alles zusammen erzeugte ein Lustgefühl und barg Versprechen auf Erfüllung in sich.

Ich war so aufgewühlt von dem, was ich sah, daß fast eine halbe Stunde verging, bis mir aufging, daß ich mich allein in einer Hotelsuite mit einem schwarzen Mann befand. Aber es war schon zu spät. Maurice hatte mich mit seiner Vision meiner Essenz erobert. Ich konnte nicht anders als ihm nachzugeben, als er für einen Augenblick mein Haar streichelte und mich dann umarmte. Seine Lippen drückten sich sanft auf die meinen. Seine forschenden Finger ließen meinen hungrigen Körper erschauern.

Obwohl es allen meinen bisherigen Überzeugungen Gewalt antat, wußte ich, daß ich ihn wollte. Ich wollte spüren, wie er mich berührte, und ich wollte ihn berühren. Ich wollte meinen Körper seinem Blick aussetzen, und ich wollte hungrig den seinen mit den Augen verschlingen. Ich fühlte seine Lust an der Erotik und sehnte mich danach, dem nachzugeben. Er war in der Liebe genauso ein Meister wie in der Fotografie. Jede Berührung seiner Fingerspitzen brachte mich der Unterwerfung näher.

Bei alldem war mir völlig bewußt, daß er schwarz war. Ich kann nicht behaupten, daß es keine Rolle mehr spielte. Im Gegenteil, es schien die ganze Episode sogar noch erregender zu machen. Unser Kontakt war verboten, deswegen war er um so köstlicher. Ich hatte das Gefühl, Geheimnisse zu entdecken, die noch nie eine andere weiße Frau auf dieser Erde entdeckt hatte.

Wie benommen ließ ich mich von ihm ins Bad führen, wo wir uns auszogen und uns mit unseren Zärtlichkeiten erforschten. Ich war mit anderen Männern zusammengewesen, aber keiner hatte mich so zart oder sinnlich berührt wie dieser. Ich war nie zuvor zu solchen Höhen von Lust gelangt, zu denen er mich brachte. Jede Bewegung, jeder Kuß, jedes Streicheln war einzigartig auf meine geheimsten Wünsche zugeschnitten. Als er schließlich auf mich kam und in mich eindrang, fühlte ich, wie sich ihm mein ganzer Körper öffnete. Als er mich mit der Substanz seiner Männlichkeit erfüllte, schlang ich mich um ihn. Ich war er. Für diesen Augenblick war er mein Meister. Ich schenkte ihm sowohl meinen Geist als auch meine Seele und meinen Körper. Meine Sinne unterwarfen sich seinem Willen, waren darauf vorbereitet, ihm absolut zu gehorchen. Als seine Bewegungen meinen Orgasmus forderten, ließ ich mich fallen. Wir liebten uns, bis die Sonne draußen die feuchtglänzenden Straßen von Paris zu erhellen begann.

Am Morgen beim Frühstück am Bett bat ich Maurice, mir zu

sagen, welches die rätselhafte Essenz war, die er an mir entdeckt hatte. Er sagte, es sei meine ständig vorhandene Sexualität. Er sagte, daß Sex immer ein Teil von dem sein würde, was ich tat, Teil jeder Geste, die ich machte; daß die Erotik die Bewegung meiner Hand begleiten würde, wenn ich Zucker in meinen Tee tat, meinen Wagen fuhr oder in den Aufzug stieg.

In den folgenden Jahren lernte ich erst voll und ganz zu schätzen, wie richtig Maurices Urteil gewesen war. Er hatte etwas in mir gesehen, was ich nie selbst in mir gesehen hatte. Er erteilte mir in jener Nacht zwei wichtige Lektionen.

Die erste war die Wahrheit über meine sinnliche Natur. Indem er sie mir zeigte, lehrte er mich, den erotischen Aspekt in jedem menschlichen Kontakt zu sehen. Ich lernte, die Scham aus meinem Leben zu verbannen und mich der Erfüllung meiner sexuellen Bestimmung zu widmen.

Die zweite Lektion war, daß die wirklichen Unterschiede bei Männern nicht durch ihre Hautfarbe bedingt sind. Ich war zweimal verheiratet und hatte viele Liebhaber. Maurice war der perfekteste, den ich je hatte. Der Grund war nicht nur körperlich. Außer daß er schwarz war, war sein Körper wie der jedes anderen Mannes. Sein Penis war nicht größer oder härter oder dicker, wie ich es mir immer bei einem Schwarzen vorgestellt hatte. Seine Lust war nicht tierisch oder primitiv, ganz entgegen meinen anerzogenen Erwartungen.

Was Maurice so einzigartig machte, war seine Leidenschaft für Sex und seine aufrichtige Liebe und sein Respekt für alle Frauen. Dies machte seine Fotos zu den besten, die ich je sah. Und es machte unseren Sex zu dem besten, den ich je hatte.

Kapitel 2
Ein Traum wird wahr

Viele Leute haben schlechte Laune, wenn sie nicht genug Schlaf bekommen. Neuere Experimente weisen jedoch darauf hin, daß es möglicherweise nicht der Schlafentzug ist, der die Anspannung am nächsten Morgen bewirkt. Der wahre Grund für das Problem kann in einer unzureichenden Gelegenheit zu träumen liegen.

In diesen Experimenten schliefen zwei Gruppen von Versuchspersonen jede Nacht über eine Zeitspanne von mehreren Wochen lang unter kontrollierten Bedingungen. Die Mitglieder der einen Gruppe wurden unterbrochen, wenn ihre schnellen Augenbewegungen oder REMs (rapid eye movements) anzeigten, daß sie zu träumen anfingen. Die Mitglieder der anderen Gruppe wurden genausooft aufgeweckt, aber nur, wenn sie nicht träumten. Insgesamt hatten die beiden Gruppen annähernd gleich viel Schlaf, aber der einen wurde erlaubt zu träumen und der anderen nicht.

Diejenigen, die träumen durften, erfuhren keine auffallende Veränderung ihrer Stimmungen oder Verhaltensweisen. Die anderen jedoch, die am Träumen gehindert worden waren, zeigten schon nach relativ kurzer Zeit Zeichen von Spannung und Nervosität. Einige entwickelten Symptome schwerer Geisteskrankheit und mußten aus dem Programm entfernt werden. Diese Menschen erholten sich wieder, kurz nachdem sie zu ihren normalen Traummustern zurückgekehrt waren.

Die auf der Hand liegende Schlußfolgerung lautet, daß wir

unsere Träume brauchen. Träume erlauben unserem Unbewußten, Geheimnissen Ausdruck zu verleihen, die wir sogar vor uns selbst verbergen. Wenn diese Geheimnisse schön sind, sind unsere Träume angenehm. Wenn sie nicht erfreulich sind, haben wir Alpträume.

Die Träume, die wir während des Wachseins haben, nennt man *Tagträume* oder *Phantasien*. Anders als diejenigen, die uns im Schlaf aufsuchen, unterliegen sie gewöhnlich unserer bewußten Kontrolle. Das ist der Grund, warum wir im Wachzustand keine Alpträume haben.

Tagträume sind mindestens ebenso wichtig. Sie bieten uns eine Gelegenheit, die Realität beiseite zu schieben, die manchmal ungeheuer erdrückend scheint. Sie erlauben uns, das zu erleben, wozu wir sonst vielleicht keine Möglichkeit haben. Im Tagtraum können wir unsere unmöglichsten Wünsche erfüllen.

Die Dinge, die wir uns wünschen und von denen wir phantasieren, sind jedoch nicht immer unmöglich. Manchmal überrascht uns das Leben mit Erfahrungen, die wir phantasiert haben, aber von denen wir niemals dachten, daß sie sich wirklich ereignen würden. Wenn dies geschieht, haben wir das Gefühl, daß ein Traum wahr wird. Die Menschen, deren Geschichten in diesem Kapitel erzählt werden, hatten sexuelle Begegnungen, über die sie phantasiert hatten, ohne zu erwarten, daß sie sie jemals erleben würden. Die unerwartete Erfüllung ihrer geheimen Wünsche führte sie zu der Ansicht, daß diese Träume, die wahr wurden, der beste Sex waren, den sie jemals hatten.

Reitphantasie

Barry ist zweiundvierzig Jahre alt. Ihr einen Meter siebzig großer, äußerst üppiger und fleischiger Körper erinnert an ein Gemälde von Rubens. Sie trägt ihr welliges haselnußbraunes Haar lang und offen. Ihre Augenfarbe, eine Nuance dunkler als ihr Haar, verstärkt den Olivton ihrer Haut. Barrys Mann Gordon besitzt einen Autohandel, den er von seinem Vater erbte. Barry sagt, der beste Sex, den sie jemals hatte, fand an dem Tag statt, an dem Gordon der nette Prinz wurde, von dem sie als Teenager geträumt hatte.

Vor etwa vier Jahren fanden Gordon und ich das Feriendomizil, das wir gesucht hatten. Es ist ein altes Steinhaus in den Wäldern mit dreihundert Hektar Land im Herzen von Washingtons Waldlandschaft. Es liegt nur ein paar Fahrstunden entfernt von der Stadt, in der wir leben, aber man fühlt sich dort wie in einer anderen Welt. Sofort als wir es sahen, wußten wir, daß es für uns bestimmt war. Mir gefiel die Abgeschiedenheit, aber ich denke, was Gordon am meisten reizte, war, daß es dort eine Menge herzurichten gab. Er sagte, daß ihm das Herumwerkeln am Wochenende helfen würde, nach einer anstrengenden Woche in der Stadt zu entspannen.

Dieser Landstrich ist weithin mit Zedern, Pinien und Tannen bewachsen, aber das Gelände um unser Haus liegt frei. Es gibt ein paar Nebengebäude, eine kleine Scheune und einen Pferch. Als wir das Haus kauften, war ein weißes Pferd in unserem

Pferch. Es gehörte Fred Conklin, einem Nachbarn, der dabei war, auf seinem eigenen Grundstück eine neue Scheune zu bauen. Als wir einzogen, bot Fred an, das Pferd vorübergehend zu einem Unterstellplatz zu bringen, den er konstruiert hatte, aber ich sagte ihm, das sei nicht notwendig. Der Anblick des Pferdes dort gefiel mir.

Fred sagte mir, daß er nicht viel Zeit zum Reiten hatte und daß wir Gunner reiten konnten, wann immer wir wollten. Er sagte, Gunner sei ein altes, zuverlässiges Zugpferd, das mehr als zwanzig Jahre lang durch diese Wälder geritten worden war und diese wahrscheinlich besser kannte, als es je einem Menschen möglich sein würde. Er ließ Gunner häufig am Morgen hinaus, damit er sich die verschiedendsten wilden Gräser suchen konnte. Am Abend kehrte Gunner immer in den Pferch zurück, wo sein Hafer und sein Heu auf ihn warteten.

Fred sagte, wenn Gordon und ich uns wirklich mit unserem Eigentum vertraut machen wollten, müßten wir auf Gunners Rücken steigen und ihn einfach ganz nach seinem Willen laufen lassen. Früher oder später würden wir auf diese Art jeden Teil unseres Besitzes zu Gesicht bekommen. Fred sagte, Gunner sei stark genug, um zwei Leute zu tragen. Mir gefiel die Idee sofort.

Ich war als Mädchen ziemlich viel geritten. Tatsächlich hatte ich meine erste sexuelle Erfahrung, während ich auf einem Pferd ritt. Ich werde nie dieses erste Mal, als es passierte, vergessen. Meine Eltern hatten mir zum vierzehnten Geburtstag einen Fuchs geschenkt. Ich pflegte jeden Tag nach der Schule zu reiten.

Zuerst war ich echt nervös. Ich klammerte mich so an den Knauf meines Sattels, daß meine Knöchel weiß wurden. Nach einer Weile bekam ich jedoch mehr Zutrauen. Bald ritt ich sogar ohne Sattel. So ist es passiert.

Ich zäumte das Pferd und warf eine dünne Decke über seinen Rücken. Dann ritt ich die Wege in der Nachbarschaft entlang, wobei ich mich mit den Beinen festhielt. Als ich beim Auf- und Abhüpfen gegen das Rückgrat des Pferdes stieß, wurde mir ganz warm zwischen den Schenkeln. Ich wußte nicht so recht, was das war, ich wußte nur, daß es sich gut anfühlte. Manchmal, wenn ich in der Schule saß, spann ich Tagträume über das Reiten. Aber ich bin sicher, es war in Wirklichkeit dieses prickelnde Gefühl, über das ich nachdachte.

Eines Tages dann passierte es. Ich stieß und rieb mich absichtlich am Rücken des Pferdes und spürte, wie die Empfindung immer intensiver wurde. Der Schritt meines Höschens wurde feucht, und ich wußte genau, daß es nicht der Pferdeschweiß war, der mich naß machte. Plötzlich explodierte ich mit einem Ausbruch von Erregung.

Für Augenblicke, die mir wie eine Ewigkeit erschienen, verschwand der Rest der Welt. Ich hatte ein Gefühl, als würde ich mich im Strudel eines gigantischen Whirlpools drehen. Es erschreckte mich etwas, total die Kontrolle über mich und meine Empfindungen zu verlieren. Aber es war wunderbar. Ich hoffte, daß es niemals enden würde, und eine Weile dachte ich, daß es so wäre. Als es vorbei war, rang ich nach Atem und bemerkte plötzlich, daß ich mich noch immer auf einem Pferderücken befand und daß überhaupt nicht viel Zeit vergangen war. Ich ritt sofort nach Hause.

Am nächsten Tag beeilte ich mich, nach der Schule wieder zum Reiten zu gehen. Ich setzte mich so weit wie möglich nach vorne, so daß sich mein Becken eng an die Basis des Pferdehalses drückte. Mit jedem Schritt rieb sein hartes Rückgrat durch die Bewegungen seines Kopfes an den empfindlichen Geweben zwischen meinen Beinen. Ich war noch keine halbe Meile geritten, als ich spürte, daß die Explosion begann. Dieses Mal ritt ich weiter, bis es mir gelang, es ein zweites Mal herbeizuführen.

Danach hatte ich es im Griff. Ich konnte dieses wunderbare Gefühl erzeugen, wann immer ich wollte. Ein paar Monate später erwähnte ein Mädchen in der Schule das Wort *Orgasmus*, und die anderen Mädchen sagten, daß sie hofften, eines Tages einen zu bekommen. Da erkannte ich, was mir jeden Nachmittag, wenn ich mein Pferd ritt, passierte. Ich erzählte es den anderen Mädchen jedoch nie. Es war mein kleines Geheimnis.

Ich begann mit verschiedenen Gangarten und Geschwindigkeiten zu experimentieren, wobei ich unterschiedliche Sitzhaltungen einnahm. So wurde ich Expertin darin, auf Pferderücken zu masturbieren. Schließlich entdeckte ich, daß ich den Orgasmus schneller herbeiführen und ihn intensiver machen konnte, wenn ich keine Unterwäsche trug. Ich ritt in einem langen, ausgestellten Rock, den ich so um mich breitete, daß niemand wissen konnte, daß ich darunter nackt war oder daß ich mich durch die dünne Satteldecke an dem Pferd rieb.

Beim Nahen meiner Orgasmen phantasierte ich über einen großen, netten Märchenprinzen, der mich an sich reißt und mich auf dem Rücken seines glänzenden weißen Pferdes mitnimmt. Er liebte mich leidenschaftlich, während sein Pferd auf dem Weg zu seinem Schloß über Hügel und Täler trabte. Irgendwie waren wir in meiner Phantasie immer nackt, bis auf die Goldkrone, die er auf seinem Kopf trug und die nie hinunterzufallen schien.

Das waren die Gedanken, die mir das erste Mal, als ich Gunner ritt, durch den Kopf gingen. Fred Conklin hatte einen alten Sattel, aber er sagte, Gunner sei es gewohnt, ohne geritten zu werden. Als er mir eine Satteldecke anbot und vorschlug, ich solle sie einfach über Gunners Rücken werfen und aufsteigen, konnte ich nicht anders, als in mich hineinzulachen.

Ich war seit jener Zeit nicht mehr geritten, und es wäre mir nie in den Sinn gekommen, daß ich als Erwachsene diese wundervollen erotischen Gefühle auf dem Pferderücken noch einmal erleben würde. Aber es war so. Ich trug ein Paar alte, ausgewaschene Jeans, die ich schon so lange hatte, daß sie wie angegossen saßen. Als ich mein Bein über Gunners Rücken warf, spannte sich der Stoff eng über meinem Schritt, was mich auf seltsame, aber bekannte Weise erregte und eine heiße Welle in mir auslöste. Ich erkannte plötzlich, daß es nicht die Jeans waren, die mich so sehr erregten, sondern meine Erinnerung an jene Erfahrungen als Mädchen.

Ich brauchte eine Weile, um es mir auf dem Pferd bequem zu machen, und rutschte auf der Suche nach der richtigen Position ein wenig herum. Dabei konnte ich spüren, wie Gunners Rücken mein Geschlecht durch meine Jeans hindurch liebkoste. Ich wurde sofort feucht.

Ich folgte Freds Rat und ließ Gunner laufen, wohin er wollte. Nach ein paar Minuten begann ich, meinen Körper im Rhythmus mit seinen Schritten zu bewegen, wobei mir Dinge über das Reiten einfielen, die ich glaubte, vergessen zu haben. Bald fühlte es sich natürlich an, mit dem Tier zusammen einfach in Fluß zu sein. Ich mußte nicht einmal darüber nachdenken, was ich tat.

Als uns der Wald verschlang, sah ich mich um und genoß unbewußt die warme Empfindung an jenem geheimen Punkt zwischen meinen Beinen. Es war so, als würde ich meine früheren Erfahrungen noch einmal erleben. Nur war es jetzt besser. Als Teenager war jede sexuelle Empfindung neu für mich, und manchmal lenkte mich die Neuheit von der Lust ab. Aber jetzt war ich erwachsen. Ich wußte alles über Sex. Keine der Empfindungen war neu. Es gab keine Verwirrung, keine Unsicherheit. Es gab nichts als Lust. Ich war frei, es auf eine Art zu genießen, wie ich es als unschuldiges junges Mädchen nie gekonnt hätte.

Ich konnte nun fühlen, wie meine Brustwarzen hart wurden und gegen die Innenseite meines BHs stießen. Ich nehme an, daß das gleiche passierte, als ich vierzehn war, aber ich kann mich nicht erinnern, daß ich es damals wahrnahm. Ich drückte meine Handflächen gegen meine Brüste und spürte, wie sie bei meiner eigenen Berührung erschauderten. Die Hitze sexueller Leidenschaft stieg schnell in mir hoch.

Ich umklammerte Gunner mit meinen Beinen und begann, meinen Unterleib gegen seinen Rücken zu stoßen. Bei jeder Bewegung wurde ich nasser. Jeder seiner Schritte bewirkte, daß ich auf ihn prallte und mein Fleisch vor Lust pulsierte. Als ich spürte, daß ich einen Höhepunkt bekam, schloß ich fest meine Augen und kehrte zu der Zeit als Teenager zurück. Als die erste Welle der Ekstase über mich hereinbrach, hatte ich ein flüchtiges Bild eines nackten Märchenprinzen mit einer goldenen Krone, der mich mit seinem riesigen Penis penetrierte.

Danach ritt ich Gunner fast jedes Wochenende aus. Währenddessen bastelte Gordon gewöhnlich etwas im Haus. Gunner war leicht zu reiten, und ich hatte ein Gefühl totalen Vertrauens, wenn er durch den Wald trabte oder galoppierte. Ich genoß es, die Wälder ganz nach Lust und Laune des Pferdes zu erforschen. Am meisten aber genoß ich die geheimen Orgasmen, die ich auf Gunners Rücken hatte. Jedesmal, wenn ich kam, durchlebte ich erneut die Phantasie, auf einem Pferderücken Sex zu haben. Es war immer noch ein netter Prinz, der mich liebte, während er mich zu seinem Schloß entführte. Aber nun hatte der Prinz Gordons Gesicht.

Nach meinen Ausritten erzählte ich Gordon von den schönen Plätzen, die ich gesehen hatte. Aber ich sagte ihm nichts von den Orgasmen. Ich glaube, es machte mich ein wenig verlegen. Schließlich war ich kein Kind mehr; ich war eine verheiratete Frau. Ich fürchtete, daß sich Gordon fragen würde, warum ich nicht einfach zurückritt und mit ihm schlief, wenn mir nach Sex war. Ich fürchtete, er würde auf meine Ausritte eifersüchtig werden.

Eines Tages brachte mich Gunner zu einem Flecken, den ich nie zuvor gesehen hatte. Er lag tief im Wald, wo die Bäume so dicht standen, daß die Sonne nicht durchkam. Plötzlich betrat Gunner eine Lichtung, wo das Licht richtiggehend blendete. Ich hatte das Gefühl, in einer anderen Welt zu sein. Ich spürte den scharfen Kontrast zwischen der Hitze der Sonne, die mich traf, und der kühlen Feuchte des Waldes. Da war ein kleiner Teich, und bis auf das Zwitschern von Vögeln in den Baumwipfeln war es völlig still. Es war der malerischste Platz auf unserem Grundstück.

Ich konnte es nicht abwarten, ihn Gordon zu zeigen. Beim Zurückreiten paßte ich genau auf, so daß ich sicher sein konnte, den Platz wiederzufinden. Als ich ihn Gordon beschrieb, war er fasziniert. Er war einverstanden, das Fleckchen mit mir am kommenden Wochenende aufzusuchen.

Irgendwann in dieser Woche beschloß ich, meinen Teenagertraum mit Gordon zu versuchen und auszuleben. In Vorbereitung für das Wochenende kaufte ich in der Stadt in einem Laden für Western-Kleidung einen langen, weiten Rock mit Spitzen am Saum. Er erinnerte mich an den Rock, den ich trug, als ich als junges Mädchen ausritt. Ich weiß, es klingt seltsam, aber es erregte mich schon allein, ihn anzuprobieren. Ich kaufte zusätzlich eine locker sitzende weiße Bluse mit einem U-Ausschnitt, der mit kleinen Rheinkieseln besetzt war.

Ich war die ganze Woche vorher nervös, besessen von der Idee, meinen Traum wahr werden zu lassen. Ich konnte an nichts anderes denken. Es schien jedoch, als würde das Wochenende nie kommen.

Als wir am Samstagmorgen in die Wälder fuhren, erzählte Gordon fröhlich von den Arbeiten, die er im Haus machen würde. Aber ich hatte andere Gedanken. Sobald wir ankamen, rannte ich ins Schlafzimmer und zog meine Cowgirlbluse und den Rock an. Ich trug keinen BH und kein Höschen.

Als mich Gordon in meinem neuen Outfit sah, grinste er. Er sagte, die Bluse und der Rock stünden mir gut. Aber er hatte natürlich keine Ahnung, was sie für mich bedeuteten.

»Komm«, sagte ich. »Laß uns reiten. Der Tag heute eignet sich perfekt, dir den Teich zu zeigen, von dem ich dir erzählt habe.«

Bevor er eine Gelegenheit hatte zu antworten, nahm ich seine Hand und führte ihn zum Pferch. Als uns Gunner kommen sah, wieherte er und trabte zum Tor. Er stand geduldig da, als ich ihn aufzäumte und die Decke überwarf.

Gordon stellte einen Fuß auf einen Zaunpfahl und zog sich sportlich auf Gunners Rücken. Dann streckte er mir wie der Prinz meiner Träume seine Arme entgegen und hob mich hoch, so daß ich vor ihm zu sitzen kam. Das Pferd setzte sich selbstbewußt in Bewegung, es trug uns beide mit Leichtigkeit.

Ich übernahm das Kommando, als Gordon seine Hände um meine Taille legte. Obwohl Gunner daran gewöhnt war, seine eigenen Wege zu wählen, reagierte er willig auf die Signale, die ich ihm gab. An die starke Brust von Gordon gelehnt, dirigierte ich das Pferd in Richtung Teich. »Halt mich fester«, sagte ich. »Es fühlt sich so gut an.«

Gordon schlang seine Arme um mich und liebkoste meinen Körper mit seinen Fingerspitzen. Ich spürte, wie sich seine Hände nach oben stahlen, um die Unterseite meiner Brüste zu streicheln. Als er bemerkte, daß ich keinen BH trug, sog er seinen Atem ein. »Schlimmes kleines Cowgirl«, sagte er. »ich habe mich schon gefragt, was du im Schilde führst.«

Ich kicherte wie ein Schulmädchen und wiegte mich, meinen Rücken an ihm reibend, von einer Seite zur anderen. »Macht das nicht Spaß?« flüsterte ich. »Nur wir beide, zusammen über unser Grundstück reitend.«

Gordon antwortete, indem er mich leicht hinter meinem Ohr küßte. Die Berührung seiner Lippen erfüllte meine Lenden mit Begehren. Der Tag, das Pferd, die Szenerie, der Ritt, alles kam so perfekt zusammen. Meine Erregung wuchs, als ich an den Traum dachte, den ich seit meiner Teenagerzeit genährt hatte und den ich jetzt zu verwirklichen hoffte.

Der Wald wurde dichter und der Schatten nahm zu, während die Sonne vergebens damit kämpfte, das dicke Blätterwerk über uns zu durchringen. Dann, als die Dunkelheit allmählich fast bedrohlich wurde, trat Gunner in die Lichtung. Einen Augenblick lang waren wir von den plötzlichen Strahlen der Sonne auf der glatten Teichoberfläche geblendet.

»Wow«, stieß Gordon hervor. »Barry, ich glaube, wir haben gerade Shangri-La betreten.« Ich konnte seine Erregung spüren. »Ich hätte mir so etwas Schönes nie vorstellen können«, sagte er. »Und es gehört alles uns.« Er glitt von Gunners Rücken und ergriff meine Hand. Wir gingen zum Rand des Teiches und standen dort schweigend, während wir auf das Wasser sahen.

»Eines Tages sollten wir hier ein Picknick machen«, sagte ich. Dann nahm ich seine Hand und fügte hinzu: »Aber jetzt laß uns wieder auf Gunner steigen. Ich will dir etwas anderes zeigen.«

Gordon kletterte auf den Rücken des Pferdes und streckte seine Hand aus, um mir zu helfen. Ich trat jedoch auf einen

Baumstumpf, setzte mich rittlings auf Gunner und saß somit Gordon gegenüber.

Mein Mann lachte. »Hey«, sagte er. »Willst du zum Zirkus? Du sitzt rückwärts.«

»Nicht zum Zirkus«, sagte ich. »Aber die Show fängt erst an.«

Mit diesen Worten kreuzte ich meine Arme vor mir und nahm den Saum meiner Bluse in beide Hände. Ich sah Gordon einen Moment in die Augen und streifte dann mit einer einzigen schnellen Bewegung die Bluse über meinen Kopf.

Die kühle Waldluft strich über meine nackten Brüste, und ich spürte, wie meine Brustwarzen hart wurden. Gordon seufzte, bevor er sein Gesicht in das Tal zwischen meinen Brüsten grub. Ich brachte sein Haar mit meinen Fingern durcheinander und bewegte seinen Kopf, bis seine Lippen einen meiner geschwollenen Nippel umschlossen. Ich spürte, daß er hungrig saugte, wobei seine Zunge sanft über das empfindliche Fleisch strich.

Ich stöhnte, als Gunner zögernd einen Schritt vorwärts machte. Das Muskelspiel seines Rückens liebkoste meine bloße Vagina durch den dünnen Stoff der Satteldecke. Gordon, der noch nicht wußte, daß ich unter meinem Rock nackt war, leckte weiter meine Brüste. Als Gunner weitertrabte, lehnte sich Gordon zurück, um zuzuschauen, wie meine Brüste bei jeder Bewegung des Pferdes auf- und niederhüpften.

Es war erregend zu sehen, wie mich mein Mann auf diese Weise anstarrte. Ich lehnte mich lässig zurück gegen den Pferdehals und sah, wie sich Gordons Hose über seiner Erektion spannte. Er sah meinen Blick und grinste. »Denkst du, wir können es auf dem Pferderücken tun?« fragte er.

Ich lächelte nur, hob langsam meinen Rock und setzte so meine Knie und Schenkel seinem lustvollen Blick aus. Als ich den Rock höher hob, sah ich durch den Stoff seiner Hose hindurch seinen Penis zucken. Dann zog ich mit einer Bewegung den Rock ganz hinauf und zeigte ihm meine Blöße.

Ich streckte meine Hand aus, öffnete seinen Reißverschluß und befreite seinen riesigen Ständer von den Beengungen seiner

Hose. An seiner Spitze quoll ein Tropfen Feuchtigkeit hervor. »Ja, Gordon«, sagte ich. »Ich denke, wir können es auf dem Pferderücken tun.«

Gunner schien zu spüren, was wir vorhatten, und blieb in Erwartung seines nächsten Befehls stehen. Ich rutschte näher zu Gordon, schlang meine Beine um seine Taille, um mein Geschlecht näher an seinen steifen Penis zu bringen. Mich auf seinen Schoß ziehend, bewegte ich meine Hüften hin und her, bis meine nasse Öffnung die Spitze seiner Männlichkeit fand. Ich spürte, wie er mir langsam entgegenkam und sich vorwärtsschob, bis er ein kleines Stück in mich eingedrungen war. Ein heiseres Stöhnen entwich meiner Kehle.

Ich schloß meine Augen und stellte mir vor, daß ich wieder ein Teenager war und in den Armen meines Märchenprinzen lag. Wir ritten auf seinem vornehmen Roß durch die Wälder, die sein Schloß umgaben. Seine starken Hände umklammerten meine Schultern und zogen mich näher heran, als sein forschendes Glied sanft in meine taufeuchten Tiefen tauchte. Ich wollte es weiter in meinen Tunnel hineinziehen, aber ich blieb ganz passiv, unterwarf mich seiner Stärke und seiner Macht.

Jetzt hatte ich den Prinz meiner jugendlichen Phantasien gefunden. Er war dabei mich zu nehmen, mich vollständig zu der Seinen zu machen. Als unsere Körper zusammenkamen, konnte ich die goldene Krone auf seinem Kopf fast sehen. Ich hatte mich nie zuvor so erfüllt, so lüstern, so vollkommen gefühlt. Es war, als hätte ich auf diesen Augenblick seit jener ersten Urexplosion als Teenager immer gewartet. Es war, als sei mein ganzes Leben nichts anderes als ein Vorspiel für diesen Traum von der Liebe auf dem Rücken eines Pferdes gewesen.

In mir baute sich ein Höhepunkt von solcher Intensität auf, daß es mir den Atem raubte. Es war mit nichts vergleichbar, was ich jemals gefühlt hatte. Es war völlig neu. Es war unglaublich. Es war perfekt. Dann war es soweit. Als es mich überkam, warf ich mich wie wahnsinnig gegen Gordon und spürte dabei, wie Gordon genau im gleichen Moment explodierte.

Die Zeit blieb stehen. Das Universum gehörte uns. Wir füllten es mit unserer Ekstase, stöhnten und seufzten unsere Lustschreie in den stillen, geheimnisvollen Wald hinein. Es war einfach traumhaft. Es war mehr, als ich mir je hätte vorstellen können.

Eine Ewigkeit verging, bis wir unsere Umgebung wieder wahrnahmen, die nun, da sie die Kulisse für unsere Liebe gewesen war, sogar noch bezaubernder schien. Das Pferd setzte sich in Bewegung, steuerte ohne weitere Anweisung von mir zu unserem Haus zurück. Er schien zu wissen, daß unser Besuch im Wald vollendet war, daß es nichts mehr gab, was uns die Natur an diesem Tag noch schenken konnte.

Seither haben Gordon und ich uns oft im Wald geliebt. Gelegentlich kommen wir mit einer Decke zu unserem kleinen Teich und lieben uns leidenschaftlich im blendend hellen Schein der Lichtung. Wir haben beide das Gefühl, die perfekte erotische Erfüllung gefunden zu haben. Aber ich werde nie diesen wundervollen Tag vergessen, als mein Märchenprinz mich zum ersten Mal auf seinem schönen Roß liebte. Ganz gleich, was ich jemals erleben werde, ich denke, daß ich an diesem Tag den besten Sex erlebte, den ich je hatte.

Aprils geheimer Traum

April ist vierunddreißig und frisch geschieden. Sie ist einen Meter siebenundsechzig groß und schlank, mit einer knabenhaften Figur, die es ihr ermöglicht, die meiste Zeit ohne BH zu gehen. Ihr kurzes braunes Haar rahmt ein jungenhaftes Gesicht mit braunen kugelrunden großen Augen ein, die ständig neugierig gucken. April arbeitet als Sekretärin im Büro einer großen Versicherungsgesellschaft. Sie ist ein wenig nervös, als sie uns von einem Erlebnis erzählt, das sie sich häufig in Tagträumen ausgemalt hatte, ohne zu erwarten, daß es jeweils wahr werden könnte.

Meine Ehe mit Bill war von Beginn an ein totales Desaster. Ich glaube, unsere Persönlichkeiten waren einfach zu verschieden. Wir stritten uns wegen allem, hatten selten Spaß miteinander, und das Schlimmste, nicht einmal im Bett funktionierte es mit uns. Aus irgendeinem Grund, den ich immer noch nicht verstehe, habe ich es neun Jahre ausgehalten. Dann ging alles auseinander. Der einzige Weg für uns beide, geistig gesund zu bleiben, war die Scheidung. Ich denke, unsere Scheidung war ungefähr das einzige, worüber wir uns je einig waren.

Bill ist ein recht erfolgreicher Architekt, und ich mußte während unserer Ehe nie arbeiten. Sogar nach der Scheidung war er mit einer Unterhaltszahlung einverstanden, so daß ich immer noch nicht arbeiten müßte, wenn ich nicht wollte. Aber das erste, was ich tat, war, Kurse in Textverarbeitung zu machen, so daß ich mir einen Job suchen konnte. Andernfalls hätte ich wohl durchgedreht. Ich mußte unter Leute kommen, und das war der beste Weg.

Die Versicherungsgesellschaft, für die ich arbeite, ist in einem siebenstöckigen Gebäude untergebracht. Wir haben sogar unsere eigene Cafeteria und einen Fitneßclub. Ich habe dort ziemlich viele Freundschaften geschlossen. Leider sind alle Frauen. Es ist erstaunlich, wie viele Frauen in meinem Alter geschieden oder getrennt und in der gleichen Situation wie ich sind.

Wir reden die ganze Zeit über unsere Probleme, aber das löst sie nicht. Vor meiner Scheidung hatten Bill und ich kaum noch Sex. Nachher wurde es nicht besser. Wenn ich es mir nicht selbst machte, würde ich überhaupt nichts bekommen.

Ich habe nie viel masturbiert, auch als Kind nicht. Ich bin ziemlich streng religiös erzogen. Tief drinnen glaubte ich immer, daß Sex eine Sünde sei, es sei denn, er dient der Reproduktion. Nach der Scheidung jedoch gab es Zeiten, in denen mich mein Verlangen überkam und ich mich mit meinen Fingern rieb, bis ich Erleichterung fand. Ich kam dann sogar auf die Idee, einen Vibrator zu kaufen, nachdem mir eine Frau im Büro die Lust beschrieben hatte, die sie damit erlebte.

Es ist erstaunlich, wie offen die Gespräche am Mittagstisch in der Bürocafeteria sein konnten. Einige Frauen beschrieben ihre sexuellen Erlebnisse in so intimen Einzelheiten, daß ich für den Rest des Nachmittags ein brennendes Jucken in meinen Lenden spürte. Am Abend dann verbrachte ich Stunden allein im Bett, spielte mit meinem Vibrator und stellte mir die Szenen und Intimitäten vor, über die gesprochen worden war.

Einmal erzählte eine Frau, daß ihr Pat, eine Kollegin einer anderen Abteilung, einen Antrag gemacht hatte. Sie wies Pat ab und ergriff die erstbeste Gelegenheit, beim Mittagessen davon zu erzählen. Ich war geschockt, als ich erfuhr, daß Pat Lesbierin war. Sie war hübsch und sah sehr weiblich aus, mit blondem Haar, einer tollen Figur und der Art von großen Brüsten, für die

Männer bereit sind zu sterben. Ich konnte es einfach nicht glauben, daß jemand, der so aussah wie Pat, an Sex mit anderen Frauen interessiert war. Ich fragte mich, was Frauen wohl miteinander machten.

Später an diesem Abend, als ich mich im Bett selbst streichelte, stellte ich mir vor, daß Pat auf diese Art eine andere Frau berührte. Die Vorstellung erschreckte mich, aber sie faszinierte mich auch ein wenig, glaube ich. Als ich mir ausmalte, wie sich zwei Frauen liebkosten und sich gegenseitig ihre Brüste streichelten, bekam ich einen schnellen und heftigen Orgasmus. Danach beschwor ich diese Phantasie immer wieder herauf, um mich zu erregen, wenn ich masturbierte.

Ich hätte dies niemals einer Frau erlaubt, weil es so unnatürlich und sündig schien. Und doch kannte ich keine Phantasie, die erregender war. Wenn ich über Männer phantasierte, brauchte ich oft lange, lange Zeit, um zum Höhepunkt zu kommen. Aber die Vorstellung von zwei Frauen brachte mich immer zu einem schnellen und befriedigenden Orgasmus.

Wahrscheinlich war ich deshalb so nervös, als Pat eines Nachmittags an meinen Tisch kam, während ich allein zu Mittag aß. »Macht es dir etwas aus, wenn ich mich zu dir setze?« fragte sie.

Wenn mir eine glaubwürdige Entschuldigung eingefallen wäre, hätte ich sie gesagt. Aber mir kam einfach kein eleganter Ausweg. »Ganz und gar nicht«, sagte ich zögernd. »Ich bin sowieso gleich fertig.«

Die großbusige Sachbearbeiterin stellte ihr Tablett auf den Tisch und setzte sich auf den Stuhl mir gegenüber. »Ich bin Pat«, sagte sie mit freundlichem Lächeln. »Ich arbeite im fünften Stock.« Sie strahlte eine Wärme aus, bei der ich mich sofort wohl fühlte.

»Ich weiß«, sagte ich. »Ich habe dich schon gesehen.« Dann fiel mir ein, daß es sich gehörte, sich vorzustellen, und ich fügte hinzu: »Ich bin April.«

»So frisch wie ein Springbrunnen«, bemerkte Pat spielerisch.

Ich mochte diese Frau. Unsere Unterhaltung war so unbeschwert und leicht, daß ich eine Zeitlang sogar vergaß, daß sie lesbisch war. Sie war wie alle Menschen und netter als eine Menge Leute, die ich kannte. Wir quatschten über das Wetter und über die Ereignisse im Büro, sprachen über all die Dinge, über die Leute reden, wenn sie sich kennenlernen. Als die Mittagszeit vorbei war, waren wir Freundinnen geworden.

Erst später am Abend fiel mir Pats sexuelle Vorliebe wieder ein. Ich schaute fern, als meine Gedanken zu wandern anfingen. Ich ertappte mich, wie ich mir vorzustellen versuchte, wie sie ohne ihre Kleider aussehen und was sie mit einer anderen Frau tun würde. Die Gedanken erregten mich so stark, daß ich ganz naß wurde und mich kribbelig fühlte.

Ohne mir die Mühe zu machen, den Fernseher abzuschalten, holte ich meinen Vibrator, schlüpfte aus meinen Jeans und Höschen und begann mir Lust zu bereiten. Ich schloß meine Augen und stellte mir Pats große Brüste mit ihren rosafarbenen erigierten Nippeln vor. Meine Orgasmen kamen schnell, überrollten mich wie eine Flutwelle. Als es vorbei war, bemerkte ich zu meinem Entsetzen, daß das letzte Bild, das ich vor mir gesehen hatte, als ich der Ekstase entgegensteuerte, Pats nackter Körper gewesen war.

Als ich später im Bett lag, dachte ich über die seltsamen Gedanken nach, die ich hatte. Ich konnte nicht verstehen, warum ich mir beim Masturbieren eine nackte Frau vorstellte oder warum mein Geist immer wieder zu der Phantasie von zwei Frauen zurückkehrte. Ich wußte nur, daß ich die Vorstellung faszinierend und extrem erregend fand, und das machte mir Angst.

Es widerstrebte allen meinen Überzeugungen. Als ich jung war, lehrte man mich, daß Sex zum Kindermachen da war. Ich wußte, daß er zwar die meiste Zeit nicht dazu führte, aber daß zumindest zwischen einem Mann und einer Frau immer die Möglichkeit dazu bestand. Zwischen zwei Frauen konnte es nie mehr sein als reine Lust. Vielleicht war es das, was mich daran so faszinierte.

Ich lag die ganze Nacht mit Schuldgefühlen über meine Phantasien wach. Dann, gegen Morgen, begann ich, es in einem anderen Licht zu sehen. Phantasien sind wie Träume. Es ist nichts falsch am Träumen. Wenn mich der Gedanke an Sex zwischen Frauen erregte, durfte ich mich damit vergnügen. Solange es nur ein Gedanke war, wie sollte er schaden? Ich beschloß, mir die Schuldgefühle abzugewöhnen. Meine Träume waren harmlos, und es gab keinen Grund, sie zu unterdrücken.

Pat und ich aßen dann oft zusammen zu Mittag. Ich freute mich auf unsere Gespräche. Sie waren immer sehr persönlich und sehr ehrlich, aber das Thema Sex wurde nie angeschnitten. Sie erwähnte einmal, daß sie homosexuell war, aber keine von uns sprach es wieder an. Wir fingen an, uns außerhalb des Büros zu sehen, trafen uns gelegentlich zum Abendessen oder auf einen Drink. Pat wurde für mich eine meiner engsten Freundinnen.

Wenn ich manchmal abends allein zu Hause mit mir selbst spielte, erlaubte ich mir die Vorstellung, daß Pat etwas mit mir machte. Ich stellte mir vor, wie ihre Hände und sogar ihre Lippen den empfindlichen Stellen meines Körpers Lust bereiteten. Ich versuchte meine Finger so zu bewegen, wie ich dachte, daß sie es tun würde. Als ich mein Lustknöpfchen mit der Spitze meines Vibrators streichelte, tat ich so, als wäre es Pat. Zeitweise fühlte ich mich noch schuldig, aber ich erinnerte mich selbst daran, daß es nur ein Traum war und im wahren Leben niemals geschehen konnte.

Tagsüber, wenn ich mit Pat zu Mittag aus war und wir über unsere Alltagsaktivitäten sprachen, fragte ich mich, was Pat denken würde, wenn sie wüßte, welche Rolle sie in meinen Träumen spielte. Ich fragte mich auch, ob sie jemals phantasierte, mit mir Sex zu haben. Ich spielte kurz mit dem Gedanken, sie zu fragen, entschied dann aber, daß es das beste sei, wenn ich meine geheimen Träume für mich behielt. Ich befürchtete, daß es irgendwie unsere Freundschaft verderben würde, wenn ich das Thema Sex ansprach.

Mittlerweile hatte unsere Beziehung für mich große Bedeutung gewonnen. Deshalb war ich völlig durcheinander, als mir

Pat ihre Neuigkeit mitteilte. Sie sagte, ihr sei in einer anderen Stadt ein toller Job angeboten worden, den sie angenommen habe. Sie würde in nur wenigen Wochen wegziehen. Ich war fertig.

In der verbleibenden Zeit sahen Pat und ich uns öfter als je zuvor. Ich half ihr, ihren Umzug vorzubereiten, füllte Dutzende von Mitteilungskarten über ihre neue Adresse aus und schleppte aus der Lebensmittelhandlung leere Kartons zum Einpacken an. Ich wußte, ich würde meine neue Freundin schrecklich vermissen.

An ihrem letzten Tag im Büro fand eine kleine Party für sie statt. Es gab Drinks, und am Ende fühlte ich mich bereits ein wenig beschwipst. Nach der Arbeit ging ich mit Pat in ihre Wohnung, um ihr bei den letzten Vorbereitungen noch zu helfen. Nachdem wir das letzte Stück Packband um den letzten Karton geklebt hatten, nahm Pat eine Flasche Wein aus einer Truhe.

»Ich habe den guten Wein für unsere Abschiedsfeier aufgehoben«, sagte sie, entkorkte die Flasche und goß den Wein in zwei Gläser.

Ich prostete ihr zu. »Auf deinen weiteren Erfolg und die Zukunft unserer Freundschaft.« Pat umarmte mich herzlich, bevor wir zusammen tranken.

Wir leerten die Flasche und waren bei der zweiten, bevor ich mir dessen bewußt wurde. »Ich werde dich wirklich vermissen, Pat«, sagte ich, wobei mir dicke Tränen über die Wangen liefen. »Du bist die beste Freundin, die ich je hatte.« Meine Schultern zuckten, als ich zu schluchzen begann.

Pat setzte sich neben mir auf die Couch und legte tröstend einen Arm um mich. »Ich werde weiter Kontakt haben, April«, sagte sie. »Wir können jeden Tag telefonieren.«

Ihre Zärtlichkeit berührte mich so, daß ich noch mehr weinte. Pat hielt mich fest, strich über mein Haar und murmelte tröstende Worte. Als ich mein Gesicht in ihre Schulter grub und wie ein Kind weinte, küßte sie leicht meine Stirn. »Weine nicht, April«, flüsterte sie.

Das nächste, woran ich mich erinnern kann, war, daß sie mich auf die Lippen küßte. Zuerst war es ein weicher und freundschaftlicher Kuß. Ohne nachzudenken, erwiderte ich ihn. Es fühlte sich an wie ein natürlicher Austausch zwischen engen Freundinnen. Nach und nach drückte sie ihre Lippen fordernder auf meine, und ich tat das gleiche. Bevor wir wußten, was mit uns geschah, wurden unsere Küsse immer leidenschaftlicher.

Ich spürte, wie sie an meinen Lippen nuckelte, abwechselnd mit ihrer Zunge sanft über sie strich und ihre Lippen dann erhitzt auf meine preßte. Instinktiv reagierte ich, küßte sie, wie ich Bill nie geküßt hatte. Unsere Zungen spielten in unseren Mündern Fangen. Unser Atem wurde tief und heftig. Die Spannung, die ich zuerst gespürt hatte, löste sich, und ich lag wohlig entspannt in den Armen meiner Freundin.

Nachdem wir einmal angefangen hatten, wurde unsere Umarmung ohne Scham oder Zögern immer inniger. Pat umschlang mich mit ihren Armen und hielt mich so fest und sicher an sich gedrückt. Ihre Hände bewegten sich über meinen Rücken und streichelten mich, bis ich das Gefühl hatte zu schnurren. Sie preßte die Vorderseite ihres Körpers an den meinen, erregte mich mit der Weichheit ihrer Brüste. »Ich möchte dich berühren«, flüsterte sie und schob eine Hand unter meinen Pullover. Ich trug keinen BH.

Ich zitterte, nicht vor Angst, sondern vor brennender Erregung, als ihre kühlen Finger über die weiche Haut meines Körpers strichen, immer höher hinauf forschten, bis sie die kleinen Hügel meiner Brüste fanden. Zuerst fuhr sie in kleinen Kreisen um ihre bebenden Spitzen, als fürchtete sie, der direkte Kontakt würde den Zauber brechen. Meine Brustwarzen wurden hart, und ich wollte, daß sie sie berührte. Ich bewegte meinen Körper, um ihre Fingerspitzen mit den geschwollenen Knöpfen in Berührung zu bringen.

Als ich spürte, wie ihre Finger sie streiften, stöhnte ich leise vor Lust. Ermutigt von diesem Klang, nahm Pat die erigierten Kegel zwischen Daumen und Zeigefinger und rollte sie fachkundig, bis mein ganzer Körper in Flammen stand. Ich hatte mir das so oft in meiner Phantasie ausgemalt, daß sich ihre Berührung beinahe vertraut anfühlte. Ich schloß meine Augen und ließ den Wellen der Lust freien Lauf.

Ich wollte sie auch berühren. Mehr als alles andere wollte ich ihre Brüste sehen. Ich wußte nicht, was ich sagen sollte. Ich wußte nicht, was ich tun sollte. Als ob sie Gedanken lesen konnte, lehnte sich Pat zurück und knöpfte ihre Bluse auf. Ich wurde beim Anblick der weißen Spitze, die sie bedeckte, irrsinnig erregt. Ohne nachzudenken, streckte ich meine Hände aus, legte sie auf ihr Unterhemd und ließ meine Finger über den feinen Stoff gleiten.

»Ooh«, sagte ich. »Du hast so große, schöne Brüste.«

»Möchtest du sie sehen?« fragte Pat mit zitternder Stimme. Mir wurde klar, daß sie sogar noch nervöser war als ich.

»O ja«, antwortete ich und griff an ihren Rücken, um mit zitternden Fingern die Haken zu lösen. Anmutig hob sie ihre Arme und schlüpfte in einer schnellen Bewegung aus Bluse und Büstenhalter. Ihre Brüste waren hoch und rund, mit Nippeln, die sogar noch größer und rosafarbener waren, als ich mir vorgestellt hatte. Ich war voller Ehrfurcht. »Pat«, flüsterte ich. »Ich habe mir immer solche Brüste gewünscht. Sie sind wunderschön.«

Pat umfaßte die zwei Kugeln mit ihren Händen und hielt sie mir hin. »Ich war ganz wild darauf, sie dir zu zeigen«, sagte sie. »Und ich sehne mich danach, deine zu sehen.«

Ohne auf weitere Ermutigung zu warten, zog ich mir meinen Pullover über den Kopf. Ich hatte immer das Gefühl gehabt, daß meine Brüste zu klein und unweiblich waren, aber als Pat vor Erregung nach Luft schnappte, fühlte ich mich gut mit ihnen. »Ich liebe deine kleinen Titten«, flüsterte meine Freundin und brachte ihre Hände von ihren eigenen großen Brüsten zu meinen kleinen. Meine Nippel waren so hart wie Felsen. Ich schloß meine Augen und überließ mich ihrer Verführungskunst.

»Ich möchte dich ganz sehen«, sagte Pat voll gespannter Ungeduld. »Laß uns beide ganz nackt sein.«

Ich kann mich nicht daran erinnern, wie wir uns auszogen, aber innerhalb von Augenblicken lagen unsere Kleider nachlässig hingeworfen im Zimmer herum, und wir sahen hungrig unsere Körper an. Pat stöhnte, als sie meinen dichten, wirren Busch sah. Der ihre war spärlicher, das goldene Lockenhaar sah weich und seidig aus.

»Ich möchte deine Brüste anfassen«, murmelte ich nervös vor Erregung. Ohne noch eine Sekunde zu warten, nahm ich die reifen Hügel in meine Hände. Ich hatte noch nie zuvor die Brüste einer anderen Frau berührt. Ich konnte es kaum fassen, wie gut es sich anfühlte.

Als meine Hände das nachgiebige Fleisch zu kneten und drücken begannen, wurden ihre Nippel sofort kirschgroß. Instinktiv nahm ich einen in meinen Mund und saugte leicht daran. Dann hielt ich beide in meinen Händen. Pats lustvolles Stöhnen erregte mich. Es war herrlich, einem anderen Menschen so viel Befriedigung zu geben.

Ich lebte nun den Traum aus, den ich so viele einsame Nächte lang genossen hatte. Wie in der Phantasie fühlte ich Pats Hände auf meinen kleinen Brüsten, spürte, wie sie meine Nippel drehten. Ich versuchte, sie genau auf die gleiche Art zu berühren, wie sie mich berührte.

Lange saßen wir nackt auf der Couch, hielten uns gegenseitig unsere Brüste, zeigten uns, was uns am besten gefiel. Wenn ihre Finger eine besonders empfindsame Stelle auf meinen Brustwarzen fanden, suchte ich bei ihr nach dem entsprechenden Punkt. Wir lernten etwas über uns selbst und über die andere, während wir unsere gegenseitige Erforschung genossen.

Ich saugte an Pats Kirschnippel, rollte meine Zunge über sie, während ich dem lustvollen Stöhnen meiner Freundin lauschte. Ich lehnte mich zurück und schloß meine Augen, um sie an mir saugen zu lassen. Ihre Zunge zog Kreise um meine Brustwarzen, was mir mehr Lust machte, als ich jemals erlebt hatte.

Ich war so naß zwischen den Beinen, daß ich spüren konnte, wie die Feuchtigkeit die weiße Haut der Innenseite meiner Schenkel benetzte. In meinen Träumen hatte Pat da unten immer wundersame Dinge mit mir gemacht. Ich fragte mich, ob so etwas wirklich geschehen konnte. Je mehr ich daran dachte, desto mehr wollte ich es.

Während Pats Lippen an den Spitzen meiner Brüste knabberten, legte ich ihr mutig meine Hand auf ihren Hinterkopf. Mit leichtem Druck leitete ich ihr Gesicht nach unten, so daß ihr Mund tiefer und tiefer kam. Schließlich konnte ich ihren heißen Atem an den Lippen meiner Öffnung spüren. Einen Augenblick lang hatte ich Angst. Doch die Erregung verdrängte die Angst, als ich spürte, wie sie leicht mein weibliches Fleisch küßte.

Nichts in meinem Leben hatte sich jemals so gut angefühlt. Bill war mit seinem Mund nie in die Nähe meines Geschlechts gekommen. Wo ich es jemals zuvor erlebt hatte, war in meinen Träumen. Und dann war es immer Pat gewesen, die mich so berührte. Nun, als ihr Mund über meine Vulva glitt, mischte sich meine heiße Leidenschaft mit der Erregung, eine Phantasie auszuleben, von der ich nie erwartet hatte, daß sie wahr werden würde.

Nicht einmal in meinen Träumen hatte ich mir genau vorgestellt, was ihr Mund mit mir anstellen würde. Jede Berührung ihrer Lippen und Zunge war eine erregende Überraschung. Ich fühlte sie an meinen empfindsamen Häuten knabbern, und dieses weiche Weiden ihrer Lippen öffnete mich immer weiter. Dann spürte ich ihre Zungenspitze mit einer Sanftheit in mich hineinsinken, die ein Penis niemals fertigbringen konnte. Sie kam tiefer und tiefer, bis sich die Lippen ihres Mundes gegen die Lippen meines Geschlechts drückten.

Ich stöhnte mit fest geschlossenen Augen. Traumbilder wirbelten in meinem Kopf herum, während ich unter Schauern erotischer Erregung erbebte. Ich sah die Tropfen meiner Nässe, die aus mir herausquollen, fast vor mir. Ich konnte die Würze der Liebessäfte, die so frei flossen, fast schmecken.

Ich wollte mit Pat das gleiche machen, was sie mit mir machte. Ich wollte ihre Öffnung sehen, sie riechen, mein Gesicht an sie pressen. Ich wollte es ihr auf die gleiche Art mit der Zunge machen, wie sie es bei mir tat. Ich wollte ihr etwas von der Lust zurückgeben, die ich empfing.

Pat muß meinen Hunger gespürt haben. Mit den Händen auf meinen nackten Hüften schob sie mich von der Couch auf den Teppich. Ich lag mit weit gespreizten Beinen auf dem Rücken, meine Weiblichkeit vollständig ihrem Blick, ihrer Berührung und allem, was sie mit mir tun wollte, ausgesetzt. Pat setzte sich rittlings auf mich, ihre Knie seitwärts an meinen Kopf, ihr Gesicht zu meinen Füßen gewandt. Die offene Spalte ihrer geschwollenen Vagina war genau über meinem Mund.

Ich hatte das Geschlecht einer Frau noch nie aus solcher Nähe gesehen. Nicht einmal mein eigenes. Das von Pat war schön. Es sah aus wie eine exotische Blume, eine liebliche rosafarbene Orchidee. Sie neigte ihr Gesicht, bis ihre Lippen und Zunge sich wieder in meiner weiblichen Öffnung gruben. Sie senkte ihren Schritt nach unten, bis er direkt über mir schwebte.

Ich roch den würzigen Moschus ihrer erregten Weiblichkeit. Ich wollte sie schmecken. Leicht meinen Kopf hebend, preßte ich meine Lippen auf die glänzenden Häute. In meinen Träumen war ich immer die Empfängerin der Lust gewesen. Nicht einmal in meiner Vorstellung hatte ich das getan, was ich jetzt tat. Meine Erregung überkam mich jedoch, und ich ließ voll Verlangen meine Zunge hervorgleiten, um fasziniert an Pats Schamlippen zu lecken. Ich konnte es nicht glauben, wie exotisch gut sie schmeckte.

Mutiger werdend, begann ich ihre Spalte mit der gleichen Begeisterung zu lecken, mit der sie meine leckte. Wir tauchten gleichzeitig mit unseren Zungen in unsere Tiefen, wobei wir die Säfte der anderen einsogen. Ich spürte, wie sich ihr Mund höher hinaufarbeitete, auf den bebenden Lustpunkt meiner Klitoris zu. Das Gefühl, als sie diesen sorgfältig mit ihrer Zungenspitze abtupfte, war wahnsinnig. Ein unfreiwilliger Schrei der Erregung entwich meiner Kehle. Dadurch ermutigt, begann Pat an meinem kleinen Liebesknopf hungrig zu saugen. Ich schluchzte vor Entzücken und schnappte nach Luft.

Da ich ihr genauso viel Lust geben wollte wie sie mir, begann ich, nach dem Zentrum ihres Geschlechts zu suchen. Ich bewegte meine Zunge in immer größeren Kreisen, bis sie ihrer aufgestellten Klitoris begegnete. Ihre Hüften bogen sich wild, preßten ihre Feuchte gegen mein Gesicht. Ich fuhr fort, sie mit meiner Zunge zu erforschen, auf der Suche nach ihrem empfindsamsten Punkt.

Pat stöhnte als Reaktion auf mein sanftes Saugen an ihrer Klitoris laut auf. Der Laut ließ ihre Lippen und Kehle vibrieren, reizte meine erregten Häute so, daß ich dachte, ich würde vor Lust sterben. Sie umkreiste in Achten meinen Knopf und löste Reihen von überschäumenden Wellen in meinen Lenden aus. Ich gab ihr das gleiche zurück, saugte an ihrem Geschlecht, als hätte ich es mein Leben lang gemacht.

Als ich ihr Zucken spürte, wußte ich instinktiv, daß sie dem Höhepunkt nahe war. Mein eigener formte sich ebenfalls, wie ein Vulkan unter der Oberfläche meines Geschlechts. Er ging auf wie eine Knospe, baute sich mit jedem Atemzug, den ich nahm, größer und höher auf. Ich wollte ihn so lange wie möglich hinauszögern, damit ich meine ganze Energie auf meine Freundin und ihre Befriedigung richten konnte.

Ich öffnete meine Augen und versank in der triefenden Öffnung ihres Geschlechts, wobei ich weiterhin fieberhaft ihre Klitoris bearbeitete. Ich war sicher, die Säfte ihres Orgasmus schmecken zu können. Ihr Körper zuckte und bog sich, die Wellen der Lust raubten ihr jegliche Kontrolle. Als sie den Gipfel der Ekstase erreichte, schrie sie lange und laut.

Ich wußte, dies war das Signal für mich, mich selbst gehenzulassen. Stöhnend und seufzend ließ ich die aufgestaute Energie verströmen. Blitze der Lust schüttelten meinen Körper, mein Körper wand sich unter ihr. Die ganze Zeit fuhren ihre Lippen fort, an mir zu knabbern, lösten in meinem explodierenden Becken eine schaudernde Welle nach der anderen aus. Ich hätte mir nie träumen lassen, daß sich etwas so gut anfühlen könnte. Es war der längste und beste Orgasmus, den ich je erlebt hatte.

Wir schienen für eine Weile in einen traumartigen Zustand zu gleiten. Als ich meiner Umgebung wieder gewahr wurde, fand ich uns erschöpft Seite an Seite am Boden liegend. Pat war besorgt, hatte offensichtlich Angst, daß diese unerwartete Erfahrung unsere Freundschaft zerstören würde. »April«, sagte sie. »Ich hatte das nicht geplant.«

Ich kicherte nur. »Es war der beste Sex, den ich je hatte«, sagte ich zu ihrer Beruhigung. »Ich werde mich mein ganzes Leben daran erinnern.«

Ich hatte kein weiteres sexuelles Erlebnis mit Pat, und auch nicht mit einer anderen Frau. Ich bin sicher, dies wird auch nie wieder geschehen. Ich denke, es war einfach eine einmalige Sache. Aber ich bereue es kein bißchen. Manchmal erscheint es mir einfach wie eine meiner Masturbationsphantasien, die ich träume, wenn ich abends mit mir selbst spiele. Trotzdem, es hat sich in der Wirklichkeit ereignet. Ich bin froh, daß mein Traum wahr geworden ist.

Kapitel 3
Spontanfick

Eine Eheberaterin riet einem Paar, daß sich ihre Beziehung verbessern würde, wenn sie in ihrem Sexualleben mehr Spontaneität zuließen. »Anstatt es zu planen, schlafen Sie einfach miteinander, wann immer Ihnen danach ist«, riet sie ihnen. Beim nächsten Besuch in ihrer Praxis berichtete das Paar, daß sie ihrem Rat gefolgt seien, und daß sich zwar ihre Ehe gebessert habe, sie jedoch in ihrem Lieblingsrestaurant nicht mehr willkommen seien.

Sexuelle Bedürfnisse sind nicht das Produkt von Disziplin oder Training. Sie brodeln ständig in den Tiefen unseres Unbewußten. Wie Lava ergießen sie sich, sobald sie eine Öffnung finden, ungeachtet dessen, ob es zeitlich oder räumlich paßt.

Vorher festzulegen, wann und wo man sich liebt, ist, wie zu versuchen, die Kräfte der Natur selbst zu bändigen. Das Ergebnis ist oft niederschmetternd. Sex verliert den Reiz des Neuen, wenn er nach Zeitplan abläuft oder Routine wird. Dies kann dazu führen, daß eine Beziehung abgestanden und lustlos wird. Die Erregung, die entsteht, wenn man der im Moment auftauchenden Lust nachgibt, kann den alten Glanz wiederherstellen, selbst wenn es den Oberkellner beleidigt.

Es gibt natürlich einen goldenen Mittelweg. Das Leben bietet viele Gelegenheiten, erotische Wünsche auszuleben, ohne auf den Boden des örtlichen Supermarktes niederzusinken oder mitten im Geschäft auf dem Kopiergerät zu kopulieren. Abenteuerlustige Paare finden immer einen Ort für spontanen Sex, ohne zu riskieren, wegen Erregung öffentlichen Ärgernisses eingesperrt zu werden.

Die Menschen, die in diesem Kapitel ihre Geschichten erzählen, sind unterschiedlichen Alters und stammen aus verschiedenem Milieu. Was sie gemeinsam haben, ist, daß sie die Vorteile sexueller Spontaneität entdeckten. Die Freude, die mitschwingt, wenn sie von ihren Erfahrungen erzählen, ist ein Vorgeschmack auf die Freuden, die auf diejenigen warten, die gewillt sind, ihre Pläne von einem Augenblick auf den anderen zu ändern, um ihren sexuellen Bedürfnissen nachzugehen.

Ein Waldspaziergang

Donna ist Ende fünfzig und versucht nicht, dies zu verbergen. Sie trägt kein Make-up. Ihr graues Haar ist kurz geschnitten, auf einfache, natürliche Art zurückgekämmt. Ihre leuchtenden blauen Augen und gleichmäßigen weißen Zähne geben ihr ein gesundes Aussehen. Sie ist einen Meter achtundfünfzig groß und schlank. Ihre Haut ist straff und glatt. Ihr Mann Hal, einundsechzig, hat früher bei der Post gearbeitet. Donna lächelt, als sie sich an einen Nachmittag etwa vor einem Jahr erinnert, als sie und Hal ihren besten Sex erlebten.

Alle scheinen heutzutage von körperlicher Fitneß besessen zu sein, aber Hal und ich haben uns nie wirklich damit befaßt. Was man bei uns allenfalls Sport nennen kann, sind unsere Spaziergänge. Wenn das Wetter schön ist, versuchen wir, zwei- oder dreimal die Woche rauszukommen. Manchmal müssen wir uns ziemlich aufraffen, weil wir im Grunde beide schrecklich faul sind.

Wenn wir einen schönen Wanderweg finden, gehen wir normalerweise öfter dort. Das ist irgendwie ein Anreiz, damit wir unseren Hintern hochkriegen. Einmal entdeckten wir einen wunderbaren Weg an einem See. Vom Parkplatz, durch den Wald, zum Seeufer und zurück waren es etwa zwei Meilen. Genau richtig für zwei so Stubenhocker wie uns.

Als wir das erste Mal dort waren, waren wir überrascht, daß wir das ganze Gebiet für uns hatten. Der Spaziergang dauerte etwas weniger als eine Stunde, und wir trafen die ganze Zeit keine Menschenseele. Das gefiel uns natürlich. Es war so ungestört und friedlich. Wir beschlossen, am nächsten Tag wieder zu kommen. Das war ein Samstag. Wir sahen ein paar Leute, aber es war immer noch ziemlich ruhig.

Das dritte Mal, als wir hinfuhren, war ein Wochentag, und wir waren sicher, daß wir alleine sein würden. Die Sonne brannte heiß, und nachdem wir zehn Minuten oder so gelaufen waren, beschloß Hal, sein Hemd auszuziehen und es sich um die Hüfte zu binden. Danach konnte er nicht aufhören, darüber zu reden, wie gut sich die Sonne auf seiner nackten Haut anfühlte. Ich wurde direkt eifersüchtig.

»Das ist nicht fair«, sagte ich. »Wenn du ohne Hemd gehst, sollte ich das auch tun.« Ich glaube nicht, daß ich es ganz ernst meinte, aber Hal griff die Idee auf.

»Los«, sagte er. »Zieh dich aus. Ich möchte deine Brüste hüpfen sehen. Das würde den Spaziergang viel interessanter machen.«

Vielleicht dachte ich, daß er nur Spaß machte, ich weiß es nicht. Ich weiß nur, daß ich, als ich meine Bluse aufknöpfte, erwartete, er würde mich stoppen. Aber er tat es nicht. Ich fragte mich, was er wohl tun würde, wenn ich meinen Büstenhalter auch auszöge. Er war von der Sorte, die vorne zugemacht werden. Ich fing an, an dem Verschluß herumzunesteln, wobei ich absichtlich Zeit schindete, um zu sehen, wie Hal reagieren würde. Zu meiner Überraschung sagte er: »Hier, laß mich dir dabei helfen«, und schon hatte er das Ding auf, noch bevor ich wußte, wie mir geschah.

Es war das erste Mal in meinem Leben, daß ich im Freien oben ohne war. Es war ein merkwürdiges Gefühl. Zuerst bildete sich auf meinen Brüsten eine Gänsehaut, nicht weil mir kalt war, sondern nur, weil ich nervös war. Ohne es zu merken, kreuzte ich meine Arme vor meiner Brust und sah mich um. »Was ist, wenn jemand kommt?« fragte ich.

»Das ist unwahrscheinlich«, antwortete Hal. »Es ist Mitte der

Woche. Alle ehrenhaften Leute arbeiten. Komm, wir sind hier zum Spazierengehen. Laß uns weitergehen.« Mit diesen Worten ging er los, und ich begab mich an seine Seite.

Nach ein paar Minuten verließ mich die Nervosität, und ich begann, die Sonne auf meinen nackten Brüsten zu genießen. »Ich kann verstehen, warum einige Leute Nudisten sind«, sagte ich zu Hal. »Das fühlt sich wirklich gut an.«

»Ja«, antwortete Hal, den Blick auf meine wackelnden Brüste geheftet. »Und es ist großartig, dich sehen zu können. Hey«, fügte er hinzu, »was hälts du davon, wenn ich meine Hosen ausziehe?«

Die Idee schien mir so frech, daß sie mir sofort gefiel. »Einverstanden«, antwortete ich. »Aber nur, wenn ich es auch mache.« Wir kicherten wie zwei Teenager, beide von der Vorstellung erregt, so etwas Unkonventionelles zu tun.

»Zum Teufel«, sagte Hal mit einem Grinsen. »Laß es uns beide tun. Was könnte natürlicher sein?« Während er sprach, schälte er sich aus seinen Shorts. Sein halb erigierter Penis stand ein wenig im Weg.

»Du kannst mich keine Minute lang zum Narren halten«, sagte ich und tat so, als würde ich ihn schelten. »Natürlichkeit hat damit gar nichts zu tun. Du bist einfach ein alter Lüstling.«

In Wahrheit war ich selbst ganz scharf darauf, nackt zu sein. Mit zitternden Fingern öffnete ich die Knöpfe meiner Shorts und streifte sie ab. Einen Moment lang überlegte ich, in meinen Unterhosen zu gehen, aber der Ausdruck von Verlangen auf Hals Gesicht ermutigte mich, ganze Sache zu machen. Er sah verspielter aus als in den ganzen letzten Jahren, und das erregte mich.

»Möchtest du, daß ich deine Kleider trage?« fragte Hal, wobei er mich mit seinen Augen verschlang.

»Laß uns wirklich mutig sein«, schlug ich mit einer Stimme, die nur noch ein Flüstern war, vor. »Wir lassen einfach unsere Kleider hier unter einem Felsen zurück. Wir können sie am Rückweg wieder holen.«

Mein Mann zögerte, aber nur für einen Augenblick. Seine Augen begannen auf eine Art zu blitzen, auf die ein Teenager stolz gewesen wäre. »Gut«, sagte er. Sein Penis stellte sich in voller Erektion auf.

Nachdem wir unsere Kleider verstaut hatten, machten wir uns Arm in Arm auf den Weg, aber es war klar, daß wir nicht sehr weit kommen würden. Hals steifes Glied sprang bei jedem Schritt auf und ab, und meine Schenkel wurden feucht. Die Brise liebkoste meine nackten Brustwarzen, bis sie wie zwei Leuchtfeuer glühten. Hals Hand glitt von meiner Taille nach unten, um spielerisch meinen Hintern zu streicheln.

»Ich mag es, deine Pomuskeln zu spüren, wenn du läufst«, murmelte er und schlüpfte mit seinen Fingerspitzen zwischen meine Pobacken, um meine empfindlichen Gewebe leicht zu streicheln.

Ich drehte mich zu ihm, schlang meine Arme um seinen Hals und preßte meine Brüste gegen seine haarige Brust. »Liebe mich«, forderte ich, gleich zur Sache kommend.

Hal nahm mich bei der Hand und führte mich vom Weg weg zu einer Baumgruppe. Das Blätterwerk war nicht so dicht, daß wir nicht gesehen werden könnten, wenn jemand käme, aber irgendwie fühlte es sich ein wenig sicherer an als der Weg. Ich glaube, es war uns beiden sowieso gleichgültig. Wir waren so scharf wie zwei Junge und konnten außer an unsere Lust an nichts anderes denken. Ich fühlte mich freier als je zuvor. Und erregter.

Wir machten an einem Baumstumpf halt und umarmten uns erneut. Ich stellte einen Fuß auf den Baumstumpf, beugte mich leicht nach vorne und lud so meinen Mann ein, von hinten in mich hineinzukommen. Ich konnte die weiche Haut seines Organs an der Innenseite meiner Schenkel entlangstreichen spüren, als er nach meiner Öffnung suchte.

Dann war er dran. Nur mit seiner Spitze bohrte er sich sanft in mein Geschlecht. Ich beugte mich ein wenig mehr nach vorne und bewegte meine Beine so, daß ich mich für ihn öffnete. Meine

Erregung machte mich naß, erleichterte es ihm, weiter in mich einzudringen. Zuerst zögernd, dann immer sicherer drängte er vorwärts und grub sich mit voller Länge in meine Vagina.

Ich hob mich ihm entgegen, schlang ihn tief in mich hinein. Ich konnte die Sonne und die Luft spüren, die mich liebkosten, als er in mich hinein- und wieder hinausglitt. Er legte eine Hand auf meine Hüfte, um mich bei seinen harten Stößen an sich zu drücken. Die andere Hand erforschte meine Brüste, spielte mit ihrem Fleisch und kniff meine Nippel.

Wir bewegten uns heftig und schnell, so wie in jüngeren Jahren. Jedesmal, wenn er vorstieß, warf ich mich ihm nach hinten entgegen, wobei ich spürte, wie seine schlenkernden Hoden gegen die Rückseite meiner Schenkel rieben. Er war wie ein Jugendlicher, voller Energie, fähig, ewig weiterzumachen, mich mit seiner Kraft füllend, bis ich total befriedigt war.

Ich weiß nicht, wie lange wir es trieben, aber ich weiß, daß keiner von uns das Gefühl hatte, sich beeilen zu müssen. Nach ein paar Stößen veränderte einer von uns immer leicht seine Position, gerade so, daß sich wieder andere Körperteile berührten. Hal fand bei mir Stellen, an denen er, da war ich sicher, noch nie zuvor gewesen war. Als ich das Nahen meines Orgasmus fühlte, geschah dies ohne jene besessene Dringlichkeit, die gewöhnlich mit einem Höhepunkt einhergeht. Ich fühlte mich wohl und zufrieden.

»Oh, Hal«, seufzte ich. »Ich komme.«

»Ja, Donna«, antwortete er. »Ich habe auf dich gewartet.«

Ich spürte ihn hart gegen mich stoßen, als wir in den berauschenden Strudel des Orgasmus eintauchten. Die Bäume, der Himmel, die Sonne, die Luft, alles war Teil unseres erotischen Fluges. Die Felsen und Blätter schienen mit uns zu kommen. Es war wunderbar, einer der wunderbarsten Augenblicke meines Lebens.

Danach standen wir lange Zeit da, umarmten und küßten uns unter einem Dach aus Eichenblättern. Dann schlenderten wir langsam und lässig zurück zu der Stelle, an der wir unsere Kleider gelassen hatten. Die Welt gehörte uns. Wir waren ihre einzigen Bewohner. Es gab keine andere Seele im Universum.

Wir zogen uns langsam an, hatten eigentlich noch keine Lust, unsere Haut wieder vor der Sonne und der Luft zu verschließen. Ich verstaute meine Brüste in den Körbchen meines BHs und zog in aller Ruhe meine Bluse an. Gerade als ich den ersten Knopf zumachte, hörten wir Stimmen. Ich sah vier junge Wanderer den Weg vom Parkplatz her kommen.

»Guten Tag«, rief einer, als sie forschen Schritts vorbeigingen.

»Wunderbarer Tag«, antwortete Hal und winkte freundlich hinüber. Als sie außer Sicht waren, sah er mich an und lächelte.

»Wir haben es einfach getan«, sagte er. Zusammen brachen wir in lautes Gelächter aus.

Ich kann mich nicht erinnern, jemals so viel Spaß gehabt zu haben. Ich weiß, wir hatten nie zuvor aufregenderen Sex. Ich hoffe, wir werden das gelegentlich wieder tun. Wir können es jedoch nicht planen. Es muß etwas sein, was einfach passiert.

Liebe auf dem Tennisplatz

Alan ist einen Meter achtundsiebzig groß und hat einen schmal gebauten, sportlichen Körper. Ohne daß er sich darum bemüht, bringt er es fertig, eine jugendliche Erscheinung zu wahren, die seine einundfünfzig Jahre Lügen straft. Sein Silberhaar ist sorgfältig gekämmt, so daß es die immer größer werdende kahle Stelle bedeckt. Seine grünen Augen funkeln in einem durch häufigen Aufenthalt im Freien gebräunten Gesicht. Er arbeitet als Verkaufsmanager für ein größeres pharmazeutisches Unternehmen. Er sagt, den besten Sex habe er auf einem Tennisplatz mit einer Frau erlebt, die halb so alt war wie er.

Barbara und ich waren mehr als zwanzig Jahre verheiratet. Unser Sexualleben war in Ordnung, aber nie wirklich aufregend. Das machte mir aber nichts aus, weil ich immer ein oder zwei Mädchen nebenbei hatte. Im nachhinein betrachtet, kann ich sehen, daß ich ein schrecklicher Ehemann war. Im Grunde wußte meine Frau immer, daß ich es mit anderen Frauen trieb, aber sie machte die Augen zu. Sex war ihr sowieso nie so wichtig. Sie interessierte sich mehr für unseren gehobenen Lebensstil.

Es änderte sich alles, als ich Diane kennenlernte. Sie ist nur etwas mehr als halb so alt wie ich, aber sie ist absolut das aufregendste Wesen, das ich je getroffen habe. Am Anfang unserer Bekanntschaft ging es mir nur um Sex, wie bei allen Frauen, mit denen ich mich traf. Bevor ich wußte, was mir geschah, war ich Hals über Kopf in sie verliebt – oder vielleicht einfach von ihr besessen. Manchmal ist es schwer, den Unterschied festzustellen. Ich hatte dies nicht geplant, es ist einfach passiert. Nachdem ich angefangen hatte, mich mit ihr zu treffen, wollte ich keine andere Frau mehr.

Dies hat meine Ehe zerstört. Solange meine Affären beiläufig waren, verlor Barbara kein Wort darüber. Als sie jedoch von Diane erfuhr, weigerte sie sich, es zu tolerieren. Ich bin sicher, Dianes Alter war für Barbara ein Problem, aber was sie am meisten störte, war die Tatsache, daß ich sonst mit niemandem mehr ausging. Das verlieh meiner Beziehung zu Diane eine gewisse Ernsthaftigkeit. Da reichte Barbara die Scheidung ein. Bis auf einige finanzielle Probleme war mir die Scheidung völlig gleichgültig. Ich hatte nun mehr Zeit für Diane.

Ich denke, was Diane so sexy macht, ist, daß sie völlig ungehemmt ist. Wenn ich mit ihr ausgehe, weiß ich nie, wo oder wann wir es tun werden. Sie plant es nicht. Sie hat eine so spontane Natur, daß sie alle möglichen Situationen beim Schopfe packt. Ich liebe die Abenteuer, die wir miteinander haben. Wir hatten zu den unüblichsten Zeiten und an den unüblichsten Orten, die man sich vorstellen kann, Sex. Ich glaube, am besten war es eines Abends auf dem Tennisplatz.

Tennis bildete für unsere gesamte Beziehung eine Art Hintergrund. Das erste Mal, daß ich sie sah, war im Tennisclub. Ich gehe dort ein paarmal die Woche mit einigen Arbeitskollegen hin. Wir spielen seit Jahren miteinander Doppel. Ich mag Tennis, weil es mir hilft, fit zu bleiben, aber auch aus gewissen anderen Gründen.

Ich genieße es, die Frauen in ihren kurzen Röckchen anzuschauen, vor allem, wenn sie sich bücken, um die Bälle aufzuheben. Die Unterwäsche von Frauen wirkte schon immer besonders erregend auf mich. Ich denke, das gilt wahrscheinlich für die meisten Männer meines Alters. In unserer Jugend gab es keine Zeitschriften wie *Playboy* oder *Penthouse* mit Fotos von nackten Frauen. Was uns bestenfalls zur Verfügung stand, war die Sonntagsbeilage mit der Werbung für Büstenhalter und Höschen. Ich erinnere mich, wie ich diese Modelle anschaute, die sittsam in ihrer baumwollenen Wäsche posierten, und mir dabei einen runterholte, bis meine Ellbogen wund waren. Bis heute erregt es mich, wenn ich, und sei es nur kurz, einen Blick auf die Unterwäsche einer Frau erhaschen kann.

Mir ist natürlich klar, daß die Höschen, die die Frauen unter ihren Tennisröcken tragen, eigentlich keine Unterwäsche sind. Es sind einfach Sporthosen, nur knapper. Darunter tragen sie die eigentliche Unterwäsche. Trotzdem, wenn eine Frau sich bückt und unter dem Röckchen kommen diese kleinen Tennishöschen hervor, kann ich nichts gegen meine Erregung tun. Manchmal lasse ich mich davon so ablenken, daß ich froh sein kann, wenn ich nicht einen Ball ins Auge kriege. Meine Tenniskumpel ärgern mich immer damit, aber das hält mich nicht davon ab.

Eines Nachmittags, als wir spielten, fiel mein Auge auf Diane. Sie machte sich gerade auf dem Platz nebenan zum Aufschlag bereit, balancierte auf den Zehenspitzen und hielt ihre Arme hoch, wobei sich ihr Rocksaum gefährlich hob. Nur ein Blinder konnte sie nicht bemerken.

Sie war etwa einen Meter sechzig groß und trug ihr dunkelbraunes Haar lang und offen. Sie hatte einen festen kleinen Körper, mit hervorstehenden Titten und dem süßesten Arsch, den ich je sah. Ihre muskulösen Beine waren perfekt geformt, sogar in ihren flachen Tennisschuhen waren die Rundungen wohlproportioniert.

Ihre Kleidung war wie üblich weiß, aber ihr Rock war kürzer als bei anderen. Sie mußte ihn absichtlich gekürzt haben. Ich starrte sie offen an, wartete darauf, daß sie sich bückte, damit ich einen Blick auf das erhaschen konnte, was sie darunter hatte. Dann passierte es, mir blieb der Mund offenstehen. Sie trug knappe weiße Spitzenhöschen. Sie waren so hoch geschnitten, daß sie sie vorne kaum bedeckten und den Großteil ihrer Pobakken freigaben.

Als meine Freunde sahen, was ich entdeckt hatte, kam unser Spiel vorübergehend zum Erliegen. Dieses Mal gafften sie auch mit, anstatt über mich zu lästern. Wortlos sahen wir ihr beim Spielen zu. Als sie sich bückte, stöhnte einer meiner Kumpel. Sie mußte ihn gehört haben, aber sie tat so, als sei nichts. Es war offensichtlich, daß sie es genoß, eine kleine Show abzuziehen.

Danach klopften wir noch ein paar Bälle, aber keiner von uns war mehr am Spielstand interessiert. Als sie den Platz verließ, schien auch unser Spiel keinen Sinn mehr zu machen. Die anderen wollten lieber herumstehen und über sie und ihre sexy Bekleidung reden, aber ich hatte Wichtigeres zu tun. Ich wußte, ich mußte sie treffen.

Ich sprang unter die Dusche und zog mich in Rekordzeit an, so daß ich da sein konnte, wenn sie aus der Damenumkleide kam. Sobald sie herauskam, ging ich zum Angriff über. Ich begab mich an ihre Seite und sagte: »Ich denke nicht, daß wir uns schon einmal gesehen haben, und ich möchte mich Ihnen gern vorstellen.«

Sie lächelte. »Ich habe mich schon gefragt, wie lange Sie brauchen würden«, sagte sie nüchtern. »Sicherlich werde ich mit Ihnen einen Drink nehmen.«

»Ich erinnere mich nicht, daß ich Sie darum bat«, sagte ich. Ich war sofort hin und weg. »Mein Gedächtnis muß mich im Stich gelassen haben«, fügte ich hinzu.

»Ja«, sagte sie, und ihre blauen Augen strahlten. »Diese Wirkung habe ich auf viele Männer.«

Wir fuhren mit meinem Wagen zu einer Cocktailbar in der Nähe des Tennisclubs und verbrachten dort einige Stunden, in denen wir uns näher kennenlernten. Diane war siebenundzwanzig und Kunsthändlerin mit einer kleinen, aber teuren Galerie in einem noblen Stadtviertel. Ich sagte ihr gleich, daß ich verheiratet war, aber sie lachte nur. Sie sagte, daß sie nichts dagegen habe, im Gegenteil. Wir verabredeten uns für den nächsten Abend zum Essen.

Als ich sie von ihrer Wohnung abholte, war sie angezogen und fertig, aber sie lud mich zu einem Drink ein. Als sie einschenkte, sah ich mich in ihrem Wohnzimmer um. Alles war teuer und edel.

Die Bilder an den Wänden zeigten alle erotische Motive. Auf einem sah eine nackte Frau in einen Spiegel, während sie ihre eigenen Brüste liebkoste. Ihre Pose und ihr Ausdruck fesselten meine Aufmerksamkeit. Ich wurde erregt, als ich es studierte.

»Mögen Sie es?« fragte Diane und gab mir ein Glas.

»Ja«, sagte ich. »Es ist sehr erotisch.«

»Das finde ich auch«, antwortete sie mit sanfter Stimme. »Es ist eines meiner Favoriten. Jedesmal wenn ich es ansehe, werde ich ganz heiß.«

»Ich bin froh, daß Sie das sagen«, gab ich zu. »Denn auf mich hat es auch diese Wirkung. Ich war nicht sicher, ob das eine legitime Reaktion auf Kunst ist.«

»Natürlich ist es legitim«, antwortete sie. »Hat das Bild Sie erregt?«

Ich war zwar verwirrt von ihrer Direktheit, aber nicht im geringsten unangenehm berührt. »Ja, das hat es«, bekannte ich.

»Lassen Sie mich sehen«, sagte sie, trat vor mich und legte ihre Hand auf meinen Schritt. Mein Ständer drückte sich gegen sie. Schnell öffnete sie meinen Reißverschluß und zog mein geschwollenes Organ heraus, noch ehe ich wußte, wie mir geschah.

Sie ließ nicht mehr los, streifte mir meine Kleider ab und nahm meine sexuelle Hardware in ihre Hände. Innerhalb von Sekunden lag sie rücklings auf dem Boden, den Rock hochgeschoben und die Beine gespreizt, und zog mich hinunter zu sich. Ohne irgendein Vorspiel war ich in ihr. Unsere Schreie begannen und verebbten gleichzeitig. Als wir hinterher unsere Kleider ordneten, sagte ich: »Wow, das war eine nette Überraschung. Die meisten Frauen tun es lieber *nach* dem Abendessen.«

»Vielleicht tun wir es nach dem Abendessen auch«, antwortete sie. »Das hängt davon ab, wie wir uns danach fühlen. Aber mir war einfach danach, es jetzt zu tun.«

»Machst du es immer, wenn dir danach ist?« fragte ich.

»Ich bin dafür, aus dem Augenblick heraus zu leben«, antwortete sie. »*Carpe diem!* Nütze den Tag.«

In den kommenden Monaten konnte ich feststellen, daß sie diese Philosophie wirklich lebt. Wir haben Sex egal zu jeder Zeit und egal an welchem Ort, immer, wenn sie die Lust überkommt. Wenn wir in ihrer Wohnung im Bett liegen, kann es stundenlang dauern. Aber wenn wir in einer unvorhergesehenen Situation einen Überraschungsquickie machen, können wir innerhalb von Sekunden kommen und wieder angezogen sein. Sie schafft es immer wieder, mich in den unmöglichsten Situationen damit zu überraschen.

Das ist es wahrscheinlich, was mich an ihr so fasziniert. In meinem Alter ist normalerweise alles schon zur Routine geworden. Diane hat dies alles verändert. Mit ihr ist nichts vorhersehbar. Manchmal verhält sie sich total konventionell, und einen Augenblick später macht sie etwas total Unerwartetes. Sie ist wie ein Kind – bis auf eins allerdings: Wenn es um Sex geht, ist sie ganz Frau. Mit dem Ergebnis, daß ich, seit ich Diane kenne, einfach keine anderen Frauen mehr brauche.

Ich denke, der beste Sex, den wir je hatten, war auf dem Tennisplatz. Wir hatten beide lange gearbeitet und waren um neun Uhr zu einem kurzen Spiel im Tennisclub verabredet. Die Anlage ist immer bis zehn erleuchtet, so hatten wir eine Stunde zu spielen. Diese Gelegenheit wollten offenbar viele nutzen, denn als wir anfingen, waren alle Plätze besetzt.

Nachdem wir uns ein paar Minuten aufgewärmt hatten, machten wir ein Spiel. Von Zeit zu Zeit schlug ich den Ball absichtlich gegen den Zaun, so daß sie sich bücken mußte, um ihn aufzuheben. Inzwischen wußte ich, daß Diane beim Tennis immer Spitzenunterhöschen trug. Dies gab dem Spiel für mich eine ganz neue Dimension. Anstatt meine Vorstellungskraft mit diesen weißen Nylonhosen zu beschäftigen, die Frauen gewöhnlich auf dem Platz tragen, wartete ich darauf, daß mir Diane ihr hauchdünnes Höschen zeigte.

Nach fünfzehn Minuten Spiel war ich so angetörnt, daß ich befürchtete, über meinen Steifen zu stolpern, während ich die Bälle schlug. Jedesmal, wenn sich Diane besonders tief gebückt hatte, sah sie mich an und sagte so etwas wie: »Hat dir das gefallen?« Einmal schlug sie den Ball ins Netz, so daß ich, als sie ihn aufhob, ihren spärlich bedeckten Hintern aus nächster Nähe sehen konnte.

Ich hatte gerade den Aufschlag, als alles dunkel wurde. Man konnte hören, wie die Spieler auf den anderen Plätzen über die Unterbrechung schimpften. Es war stockdunkel, nicht einmal im Clubhaus gab es Licht. Eine Stimme rief: »Stromausfall, Leute. Bleibt einfach, wo ihr seid. Wir werden in ein paar Minuten wieder Licht haben.«

Ich ging vorsichtig zum Netz. Als sich meine Augen langsam an die Dunkelheit gewöhnt hatten, sah ich Diane, die mich von ihrer Seite des Netzes her mit verschwörerischem Grinsen ansah. Sie hielt ihren Rock hoch. Ihre Höschen lagen auf dem Boden neben ihr. Sie hatte sie in der Dunkelheit abgestreift und zeigte mir ihre Nacktheit. So eine Einladung mußte man einfach annehmen.

Ich sprang über das Netz und legte meine Arme um sie. Diane fummelte an dem Gürtelband meiner Shorts, streifte sie mir herunter und ließ sie zusammen mit meiner Unterwäsche neben ihr Höschen fallen. Sie hob ihr Röckchen wieder und begann, ihr Schamhaar an meinem Ständer zu reiben.

»Hey«, sagte ich. »Das Licht kann jede Minute wieder angehen. Wir sind hier nicht allein.«

Diane klammerte sich um meinen Hals und schlang ihre Beine um meine Taille. »Dann sollten wir lieber schnell machen«, murmelte sie und senkte sich, um mich in sich zu nehmen.

Als sie ihr Becken in rhythmische rollende Bewegungen versetzte, hörte ich auf, mich um das Licht zu sorgen, und überließ meinem Schwanz das Denken. Ihre sanfte Nässe sog mich immer tiefer in sie hinein. Dies war im Augenblick alles, was zählte. Ich umfaßte ihre nackten Pobacken, um sie meiner Erektion entlang auf und ab zu führen.

Zuerst erregte mich die Spontaneität unserer Vereinigung so wie immer, wenn mich Dianes ungehemmte Lust überrascht.

Als ich jedoch in immer schneller werdendem Rhythmus in sie hinein- und herausglitt, wurde mir klar, daß es dieses Mal etwas ganz Besonderes war. Wenn das Licht wieder anginge, würden wir mitten auf dem Platz wie auf dem Präsentierteller stehen. Dieser Gedanke entflammte uns beide immer mehr.

Diane flüsterte mir wilde Obszönitäten ins Ohr, machte mich völlig wahnsinnig. Ich stieß sie heftig und tief, tauchte in den Strudel ihres Geschlechts ein. Wir rasten auf einen schnellen Höhepunkt zu, lebten ganz in diesem Augenblick und sorgten uns nicht um die Zeit. »Komm in mich«, befahl sie. »Komm jetzt, schnell!«

Damit brachte sie mich auf Hochtouren, und ich merkte, wie es mir auf der Stelle kam. Als ich zu pumpen begann, wurde sie von ihrem Orgasmus überrollt. Sie drückte ihre Schenkel eng um mich, ihre Kontraktionen ließen mir kein Entkommen. Gemeinsam ließen wir uns hinwegtragen, ganz im Tornado unserer Leidenschaft gefangen. Innerhalb von Sekunden erreichten wir seinen Gipfel und begannen den langsamen Abstieg, der uns wieder in die Welt zurückbrachte.

Als unser gemeinsames Beben abflaute, lockerte Diane den Griff ihrer Beine um meine Hüften. Wir standen in fiebernder Umarmung da, ihre Arme noch immer um meinen Hals geschlungen und meine Hände noch immer auf ihrem Hintern. Unsere Zungen umspielten einander in zärtlichem Nachspiel-Küssen, als plötzlich das Licht anging. Ich bemerkte es sofort, obwohl meine Augen geschlossen waren.

Mir wurde plötzlich klar, daß wir beide halb nackt dastanden, und ich versuchte, mich aus unserer Umarmung zu lösen, aber Diane hielt mich fest. Ich spürte die Blicke der anderen Tennisspieler auf uns und hielt meine Augen geschlossen, um sie nicht sehen zu müssen. Als Dianes Griff nachließ, trat ich einen Schritt gegen das Netz zurück. Ich sah mich schnell um, aber alle schienen eifrig woandershin zu schauen. Diane als Schild benutzend, eilte ich zu meinen Sachen und stopfte ihre auf dem Boden liegenden Höschen in meine Tasche.

Ich konnte es nicht erwarten, endlich dieser peinlichen Situation zu entkommen. Als wir dann im Wagen waren, lachten wir darüber. Die Erregung dieses Augenblicks war mir viel stärker im Gedächtnis als die Angst. Diane sagte, sie sei stolz auf mich, ich hätte mehr Mut als ein Zwanzigjähriger.

Niemand im Tennisclub erwähnte jemals den Vorfall, so daß ich nie sicher wußte, ob uns jemand gesehen hatte oder nicht. Um die Wahrheit zu sagen, es ist mir eigentlich gleichgültig. Das Leben ist zum Leben da, und es zahlt sich nicht aus, sich darum zu kümmern, was andere Leute denken. Zur Hölle mit ihnen.

Langsames Lieben, von der Art, die die ganze Nacht dauert und sich langsam zu einem poetischen Höhepunkt aufbaut, ist wunderbar. Aber schöne Erfahrungen müssen nicht alle so sein. Sie können auch in einem flüchtigen Augenblick stattfinden. Obwohl es nur einen Lidschlag lang dauerte, machte Dianes Spontaneität diese Minute auf dem Tennisplatz zum besten Sex, den ich je hatte.

Ich bin noch mit Diane zusammen. Wir heiraten vielleicht sogar einmal. Das heißt, wenn uns danach ist und wenn der Zeitpunkt stimmt. Ich habe mittlerweile ihre Philosophie angenommen: *Carpe diem!*

Die Matinee

Sheila, eine charmante, sinnliche Frau von einundvierzig, trägt ihr langes braunes Haar gewöhnlich hinten zusammengebunden, damit es ihr nicht über die dunklen Augen fällt, wenn sie in ihrer speziell ausgestatteten Küche arbeitet. Sie betreibt mit ihren selbstgebackenen Pasteten für viele örtliche Restaurants von zu Hause aus ein erfolgreiches Geschäft. Wenn ihr Mann Dave nicht Pasteten ausliefert, hilft er ihr in der Küche. Bei eine Größe von einem Meter zweiundsechzig hat Sheila etwa fünfundzwanzig Pfund Übergewicht. Die überflüssigen Pfunde verbirgt sie unter lockerer Kleidung. In ihrer Stimme schwingt ein Kichern mit, wenn sie erklärt: »Trau niemals einem dürren Bäcker!« Sheila sagte, daß der beste Sex, den sie und Dave je hatten, unerwartet eines Sonntagnachmittags stattfand.

Ich liebe es, zu Hause zu arbeiten. Dadurch kann ich eine Menge Zeit mit den Kindern verbringen. Dave und ich haben zwei Teenager. Millie ist fünfzehn, und Tess ist zwölf. Wir lieben sie schrecklich, aber manchmal können einem Kinder wirklich auf die Nerven gehen. So war es jedenfalls an jenem Tag.

Es war ein Sonntag vor wenigen Monaten. Wir arbeiten die ganze Woche über hart, manchmal zehn oder elf Stunden am Tag. Sonntags haben wir frei. Normalerweise hängen wir dann im Haus herum, sehen fern und entspannen uns. Aber dieser Sonntag, um den es geht, fühlte sich gar nicht nach Erholung an.

Zum einen hatte uns Millie dazu gebracht, für einen Geldgeber an ihrer High School Plätzchen zu backen, womit wir fast den ganzen Morgen über beschäftigt waren. Von wegen, daß ein Bäcker Urlaub hat. Dann jammerte Tess über alles mögliche und machte mich ganz verrückt. Als das letzte Blech mit Plätzchen aus dem Ofen kam, nahm ich meine Schürze ab und warf sie Millie hin.

»So«, sagte ich. »Das ist dein Projekt. Du kannst saubermachen. Dein Vater und ich gehen ein wenig raus.« Dave starrte mich nur an, ohne ein Wort zu sagen, und folgte mir durch die Haustür nach draußen.

Sobald wir draußen waren, sagte er: »Hey, Schatz, was ist denn los? Wo gehen wir hin?«

»Ich weiß nicht«, antwortete ich. »Ich mußte nur hier weg.« Ich stand einen Moment in der Einfahrt und sah mich um. Weil mir nichts anderes einfiel, sagte ich dann: »Laß uns zum Supermarkt gehen. Nicht zu dem um die Ecke, sondern zu dem lustigen am anderen Ende der Stadt. Ich könnte einen schönen langen Spaziergang gebrauchen.«

»Sicher, Schatz«, antwortete Dave und kam an meine Seite. »Du bist gestreßt. Ich kann es sehen. Ein schöner Spaziergang wird uns beiden guttun.«

Die ersten paar Blocks liefen wir sehr schnell und ließen so einigen Dampf ab, der sich aufgestaut hatte. Als ich mich dann ein wenig entspannter fühlte, schraubte ich unser Tempo zu einem lässigen Schlendern herunter. Ich sah mich in der Nachbarschaft um. Wir waren in einem Geschäftsviertel angekommen, und es gab an der Straße eine Menge interessanter Läden.

Normalerweise fahre ich überall mit dem Auto hin, wobei ich mich mehr auf die Straße als auf die Umgebung konzentriere. Dieser spontane Spaziergang machte Spaß. »Schau die ganzen Läden an«, sagte ich zu Dave. »Ich habe nicht einmal gewußt, daß es die hier gibt.«

Wir blieben einen Moment bei dem Schaufenster eines Antiquitätenladens stehen und bewunderten die alten Uhren und all den Schnickschnack. Das nächste Geschäft war eine Juwelier, vor dem ich stehenblieb und die Diamantringe begutachtete. Nach einer Minute nahm mich Dave am Arm und sagte: »Komm, laß uns weiterlaufen.«

»Entspann dich«, sagte ich scharf. »Es kostet doch nichts, nur zu schauen. Und außerdem besteht keine Gefahr, der Laden ist sonntags geschlossen.« Ich stichelte nur ein wenig, in Wirklichkeit war ich gar nicht so interessiert.

Wir liefen in ziemlich schnellem Tempo weiter, aber plötzlich blieb Dave vor einer Auslage mit Reizwäsche stehen. Ich stand neben ihm und achtete mehr auf ihn als auf die Sachen im Fenster. Sein Gesichtsausdruck beim Betrachten der Spitzenfähnchen, die als Büstenhalter verkauft wurden, und der kleinen Nichtse, die sie Unterhöschen nannten, faszinierte mich.

»Gefällt es dir?« fragte ich ihn.

Er grinste verlegen. »Ich stellte mir gerade dich in solchen Sachen vor«, sagte er.

Ich bemerkte, daß er in seinen Hosen steif wurde. Ich wußte sehr wohl, daß mein breiter Hintern niemals in diese zierlichen Minislips passen würde, aber ich war schon froh, daß es Dave nicht von dieser Seite betrachtete.

Als ich so vor dem Fenster mit der Reizwäsche stand, fiel mein Blick auf mein Spiegelbild in der Scheibe. Ich trug ein formloses geblümtes Kleid, das wie ein Sack an mir hing. Meine Güte, welch ein Anblick! Ich war ohne BH aus dem Haus gegangen. Ja, und ich hatte nicht einmal einen Slip an.

Dave war so mit der Auslage voller Reizwäsche beschäftigt, daß ich zweifelte, ob er es überhaupt merkte. Sonst interessierte er sich überhaupt nicht für Schaufensterbummel. Und nun mußte ich ihn regelrecht dort wegzerren.

In der Mitte des nächsten Blocks entdeckte ich ein Filmtheater. Ich hatte keinerlei Absicht, hineinzugehen, aber ich sehe immer gern die Fotoplakate mit Filmszenen an, die sie vor den Kinos aufhängen. Ich beschleunigte meinen Schritt, weil ich neugierig war, was gespielt wurde. Als wir ankamen, war ich einigermaßen verblüfft.

Das Kino schien zur selben Kategorie wie der Wäscheladen vorher zu gehören. Es war mit vier großen X gekennzeichnet. Die Filme trugen Titel wie *Geile Sexkätzchen* und *Appetit auf Lust*.

Ich ging in die Nähe des Kartenschalters, um die dort ausgestellten Fotos anzuschauen. Auf einem war eine Frau mit großen Brüsten mit gespreizten Beinen auf ein Bett gefesselt. Sie war nackt, aber ihr Geschlecht wurde von einem kleinen schwarzen Balken verdeckt. Um das Bett herum standen vier nackte Männer, ebenfalls mit schwarzen Balken. Einer hatte einen Balken, der ihm fast bis zum Knie reichte. Ich fragte mich, ob sein Ding wirklich so groß sein konnte.

Daneben hing ein anderes Bild mit einer Frau zwischen zwei Männern. Einer der Männer zeigte der Kamera seinen Rücken. Niemand hatte sich die Mühe gemacht, über seinen Hintern einen Balken zu machen. Ich sah es eine Minute an, wobei ich über die Frau auf dem Bild nachdachte.

Ich konnte nicht genau sehen, was geschah, aber ich konnte es mir natürlich vorstellen. Es sah so aus, als ob die Männer ihre Öffnungen gleichzeitig ausfüllten. Ich fand den Gedanken herrlich erregend. Ich fragte mich, ob der Film die Szene detaillierter und unverhüllter zeigte.

Dave zog an meinem Arm. Er sah ein wenig nervös aus. »Komm, Schatz«, sagte er eindringlich. »Ich denke nicht, daß dies der Platz ist, an dem du vor mir stehen willst. Laß uns gehen.« Ich rutschte mit meinen Schuhsohlen über das Pflaster, als er mich wegzuziehen versuchte.

Plötzlich war mir ganz schelmisch zumute. »Warte eine Minute, Dave«, sagte ich. »Warum lädst du mich nicht ins Kino ein?« Es sollte nur ein Scherz sein, aber kaum daß die Worte ausgesprochen waren, wurde mir klar, daß ich diesen Film unbedingt sehen wollte.

»Bist du verrückt?« fragte er mit ungläubigem Gesicht. »Du kannst doch nicht in so etwas hineingehen. Da sind alle Arten von Perversen drin.«

»Na und?« sagte ich. »Ich habe doch dich, damit du mich beschützt. Komm. Ich habe noch nie einen Pornofilm gesehen. Ich muß endlich mal erfahren, was da vor sich geht.«

»Nicht jetzt«, sagte er und suchte nach einer Ausrede. »Die Kinder warten zu Hause auf uns.«

»Laß sie warten«, antwortete ich. »Ich habe noch keine Lust, wieder nach Hause zu gehen. Komm, Dave. Bitte!«

»Ich glaube fast, du meinst es ernst«, sagte er lachend.

»Du hast verdammt recht, ich meine es ernst«, beharrte ich. »Bitte, Dave. Ich bitte dich.«

Ich beobachtete, wie sich Daves Gesichtsausdruck veränderte. Er konnte dringende Bitten nie abschlagen. Ohne ein weiteres Wort kramte er Geld aus seiner Tasche und ging zum Kartenschalter. »Zwei, bitte«, sagte er. Die Karten vor meinem Gesicht hin- und herschwenkend, nahm er meinen Arm und führte mich hinein.

Als wir eintraten, flackerten Bilder über die Leinwand, aber der Raum war so dunkel, daß ich stolperte. »Hier«, flüsterte Dave heiser. »Laß uns hierhin setzen, bis sich unsere Augen an die Dunkelheit gewöhnt haben.«

Ich wollte weiter nach vorn, aber Daves Vorschlag schien gut zu sein. Wir bahnten uns unseren Weg über ein paar Sitze, bis wir in der Mitte der letzten Reihe ankamen. Plötzlich fühlte ich mich ein wenig nervös. Besorgt schaute ich herum, versuchte zu erkennen, ob irgendwelche Perversen in unserer Nähe saßen.

Das Kino war praktisch leer. Es saßen nur ein paar Leute verstreut im ganzen Raum. Es waren alles Männer, und sie schienen mir ziemlich normal auszusehen. Ich fühlte mich ein wenig sicherer und wandte mich der Leinwand zu.

Das Timing war perfekt. Vor mir sah ich die Sandwich-Szene von dem Bild draußen. Die Frau war jung – Mitte Zwanzig, würde ich sagen. Irgendwie hatte ich mir immer vorgestellt, daß Pornoschauspielerinnen müde alte Hexen waren. Ich war überrascht, wie gut diese aussah.

Die zwei Männer, die mit ihr zusammen waren, halfen ihr

beim Ausziehen. Sie war schon in Büstenhalter und Höschen. Der eine Mann stand hinter ihr und öffnete ihren BH, während der andere den Gummi ihres Höschens verschob. Ihre Unterwäsche war nur ein Hauch von Spitze. Sie sah aus, als käme sie direkt aus dem Schaufenster unten in der Straße, das Dave so fasziniert hatte. Ich muß sagen, der Anblick der beiden Männer, die das letzte bißchen Kleidung von ihrem Körper entfernten, erregte mich.

Als sie ganz nackt war, ging die Kamera auf Nahaufnahme, zeigte zuerst ihre großen Brüste mit den aufgerichteten rosafarbenen Nippeln. Dann wanderte die Kamera nach unten. Obwohl die Frau platinblond war, war ihr Schamhaar dunkelbraun. Ich fragte mich, was sie wohl dachte, als sie so mit nacktem Hintern dastand, damit alle Welt sie ansehen konnte.

Die Männer waren bereits ausgezogen. Der eine, der hinter ihr gewesen war, hatte den größten Schwanz, den ich je gesehen habe. Er mußte der Mann sein, der auf dem Bild draußen diesen großen Balken hatte. Der andere war auch ganz gut gebaut, aber kein Vergleich zu seinem Gefährten. Sie standen neben einem Bett.

Der mit dem großen legte sich mit dem Rücken auf das Bett. Sein Steifer stand wie ein Fahnenmast in die Luft. Ohne irgendein Vorspiel kniete sich das Mädchen breitbeinig über ihn. Die Kamera ging rechtzeitig in Nahposition, um zu zeigen, wie er langsam in ihre Möse glitt. Es schien ewig zu dauern. Ich konnte mir einfach nicht vorstellen, daß eine Frau so viel Fleisch aufnehmen konnte.

Der andere Typ stand am Bett, sah zu und streichelte sich selbst, bis er felsenhart war. Dann, als sich das Mädchen rhythmisch auf der riesigen Rute auf und ab bewegte, ging er hinter sie in Position. Diesmal richtete sich die Kamera auf ihren Hintern, füllte die Leinwand mit ihren pumpenden Pobacken. Ihren Hintern mit einer Hand spreizend, führte er sein Organ zu ihrer kleinen dunklen Öffnung.

Ich spürte, wie ich zwischen den Beinen naß wurde, als ich die

Schwänze von zwei Männern auf einmal sah. Als der zweite begann, in ihren Arsch zu dringen, dachte ich, ich würde mich in Rauch auflösen. Ich fragte mich, wie sich diese Frau fühlte. Einen Augenblick lang vergaß ich, wo ich war und mit wem ich war, aber das Geräusch von Daves schwerem Atem brachte mich zurück.

Ich riß meine Augen von der Leinwand und sah zu meinen Mann. Er schien in Trance zu sein. Sein Mund war leicht offen, seine Augen glasig. An seinem Schritt spannten sich seine Hosen eng über seine arg gedrückte Erektion. Fast unwillkürlich streckte ich meine Hand danach aus. Als sich meine Finger um den gespannten Stoff schlossen, hörte ich ihn nach Luft schnappen.

Ohne weiter nachzudenken, zog ich seinen Reißverschluß auf. »Hey«, explodierte er mit heiserem Flüstern. »Was zum Teufel tust du? Doch nicht hier.«

Mittlerweile hatte ich seinen Steifen draußen und streichelte ihn mit meiner Hand. »Sei still und genieße es«, murmelte ich und wandte mich nach vorne, um den Film anzuschauen. Ich hatte so etwas noch nie gemacht, es gefiel mir außerordentlich gut.

Dave hörte auf zu protestieren, seine Erregung war stärker als seine Angst, entdeckt zu werden. Ich rieb einfach weiter auf und ab, während ich atemlos auf die Leinwand sah. Die Frau stöhnte bei der doppelten Penetration, ich konnte es fast am eigenen Leib spüren.

Plötzlich tat ich etwas, was ich in einer Million Jahren nicht für möglich gehalten hätte. Ich stand auf und setzte mich mit dem Rücken zu ihm, so daß wir beide auf die Leinwand sehen konnten, auf den Schoß meines Mannes. Ich zog mein Kleid so hin, daß es uns beide bedeckte, und bewegte meine Hüften, um mich auf seinen Ständer zu heben. Ich war vor Erregung so naß, daß er sofort hineinglitt.

Ich spürte, wie sich Daves Hände in die Armlöcher meines Kleides tasteten, bis er meine beiden Brüste umfangen hielt. Er drehte meine harten Nippel mit seinen Fingern und warf sein Becken gegen mich, um ganz in mich zu kommen. Ich hob und senkte mich mit ihm, wobei ich versuchte, unsere Bewegungen dem Dreier auf der Leinwand anzupassen.

Ich sah mich im Kino um, konnte kaum glauben, daß ich wirklich tat, was ich tat. Meine Erregung war es, die mir diesen seltsamen Mut verlieh. Ich strengte mich nicht einmal an, meine Schreie zurückzuhalten, als ich den Orgasmus kommen spürte. Die Geräusche der drei in dem Film waren ohnehin laut genug, um mich zu übertönen, aber mir war es an dem Punkt völlig gleich, ob mich jemand hörte.

Eine Sekunde, nachdem mein Höhepunkt begonnen hatte, spürte ich das Pochen von Dave in mir. Ich konnte an der Art, wie er meine Titten drückte, erkennen, daß er mit mir kam. Ein paar Augenblicke später saß ich wieder auf meinem Sitz und zog mir züchtig meinen Rock über die Knie.

Dave kommt normalerweise nicht so schnell, und ich schon gar nicht. Die meiste Zeit brauche ich ewig, um zum Orgasmus zu kommen. Aber an diesem Nachmittag im Kino ging es bei mir innerhalb von Sekunden los. Es war wohl eine Kombination von mehreren Dingen: die ungewöhnliche Umgebung; die anderen Leute, die nur ein paar Reihen von uns entfernt saßen; die Sexszene, die sich vor meinen Augen abspielte. Ich denke, die größte Rolle spielte jedoch die Tatsache, daß wir es machten, ohne es vorher geplant zu haben. Es war etwas, was einfach geschah, etwas total Unerwartetes.

Wir haben so etwas noch nie zuvor erlebt. Ich hoffe, wir werden es irgendwann wieder erleben. Aber fürs erste sind Dave und ich uns einig, daß dies der beste Sex war, den wir je hatten.

Kapitel 4
So tun als ob

Wäre es nicht nett, wenn es einen Zauberteppich gäbe, der uns überallhin bringen und uns erlauben würde, alles zu tun, was wir wollten? In der Tat, jeder von uns besitzt einen solchen Zauberteppich – die Phantasie. Für einen Menschen, der sich nicht fürchtet oder schämt, sie zu nutzen, ist die Phantasie ein Fahrzeug, mit dem man zu Orten reisen kann, die sonst unzugänglich wären.

Unsere Vorstellungskraft beginnt fast sofort nach unserer Geburt zu arbeiten, liefert uns Nonstop-Phantasien, die sich ständig in verborgenen Winkeln unseres Geistes abspielen. Als Kinder lebten wir diese Phantasien meist in Spielen aus. Wenn wir etwas tun wollten, wozu wir noch zu jung waren, machten wir ein So-tun-als-ob-Spiel daraus.

Diese Spiele dienten unserer Unterhaltung, stellten aber zusätzlich auch wichtige Teile unserer Erziehung dar, da sie uns, indem wir durch sie die Wirklichkeit vorwegnahmen, für das Leben vorbereiteten. Natürlich enthielten unsere »Haus«-Spiele niemals Hypothekenzahlungen; wir fielen, wenn wir »Schule« spielten, nie in Mathe durch, und wenn uns andere »Cowboys« erschossen, waren wir nie lange tot. Dies war das Beste beim So-tun-als-ob. Die Dinge passierten nur, wenn wir es wollten.

Einige Menschen glauben, daß Erwachsene nie die Realität aus dem Blick verlieren sollten, daß Spiele und Phantasien nur für Kinder sind. Diese Menschen verpassen eine Menge Spaß. Andere wissen, daß solche Spiele nicht mit dem Ende der Kindheit aufhören müssen. Sie spielen Völkerball oder nehmen an mysteriösen Mord-Partys teil, wobei sie Erfahrungen nachspielen, in denen keine Gefahr tödlich ist und alles ein Happy-End hat.

Die Paare in diesem Kapitel lernten, diese Technik auf ihr Liebesleben anzuwenden. Sie sagen, daß sie ihren besten Sex hatten, wenn sie vorgaben, sich an Orten oder in Situationen zu befinden, die sie faszinierten, aber in denen sie in Wirklichkeit nie hätten sein wollen. Sie erlaubten ihrer Phantasie, Bildteppiche und Geschichten zu weben, auf denen sie wie auf Zauberteppichen zu märchenhaften Zielen reisten. Vielleicht werden Sie durch ihre Erzählungen inspiriert, eines Abends oder Nachmittags auf Ihren eigenen Zauberteppich zu klettern und sich von Ihrer Vorstellungskraft auf Ihre ganz eigene erotische Reise mitnehmen zu lassen.

Imaginäre Orgie

Jared ist siebenunddreißig Jahre alt, einen Meter fünfundsiebzig groß und wiegt 165 Pfund. Seine Augen wirken hinter seiner Brille mit der schwarzen Fassung eulenhaft groß. Jared und seine Frau Carrie, zweiunddreißig, sind beide bei verschiedenen Firmen angestellt. Jared sagt, er und Carrie hätten ihren besten Sex gehabt, als sie eine langweilige Party in eine imaginäre Orgie verwandelten.

Die Steuerberatungsfirmen, in der Carrie und ich beschäftigt sind, setzen auf Partnerschaft. Das heißt, wenn wir genügend Geschäftskontakte machen und viele Stunden abrechnen, werden unsere Namen, zusammen mit einer Million anderer, eines Tages auf dem Briefkopf erscheinen. Dadurch kommen wir viel auf Partys und pflegen den Kontakt mit den richtigen Leuten, was genauso Teil unseres Berufs ist wie die Steuerberatung selbst.

Jeder, der auf diese Partys geht, sitzt in demselben Boot wie wir. Sie wären alle lieber anderswo, aber es ist wichtig, zu sehen und gesehen zu werden. Besonders wichtig ist, souverän und wohlhabend auszusehen. Man sagt, nichts überzeugt mehr als der Erfolg.

Die Männer tragen alle Armanis. Die Frauen kleiden sich in knapp geschnittene Chanels. Dieses hochmodische Outfit bedingt immer ein üppiges Bankett von Dekolletés, und die meisten Frauen lieben es einfach, zu zeigen, was sie haben. Was mich betrifft, so meine ich, daß die ganzen Veranstaltung ohne Dekolletés noch langweiliger wäre. Natürlich kann ich nicht anders als immer wieder hinschauen.

Carrie wußte das und zog mich eines Abends, nachdem wir von einer Party ihrer Firma nach Hause gekommen waren, damit auf. »Deine Augen müssen wirklich müde sein«, sagte sie. »Schließlich ist es harte Arbeit, immer an der Vorderseite dieser Kleider runterzuschauen.«

»Wovon redest du?« protestierte ich, wobei ich versuchte, unschuldig zu klingen. Es verwirrte mich ein wenig, von meiner Frau erwischt worden zu sein. »Die Vorderseite welcher Kleider runterschauen?«

Carrie schnaubte spöttisch. »Komm schon«, neckte sie mich. »Wenn du es noch offener gemacht hättest, hätte man dich bald Peeping Tom nennen können. Aber ich hätte mich bei der ganzen Fleischshow sowieso über die Hormone der Männer gewundert, wenn sie nicht hingeschaut hätten.«

Als ich bemerkte, daß sie mir wegen meiner abschweifenden Blicke nicht böse war, fühlte ich mich erheblich wohler. »Wie kannst du mir Vorwürfe machen?« fragte ich. »Die Party war so langweilig, daß der Inhalt dieser Kleider das einzig Interessante war, was ich den ganzen Abend sah. Außerdem kann man auf diese Weise eine Menge über Leute erfahren.«

»Also wirklich«, sagte Carrie in zweifelndem Ton. »Aufregend vielleicht. Aber was zum Teufel hast du über die Leute erfahren?«

»Oh, du wärst überrascht«, sagte ich zu ihr. »Wußtest du zum Beispiel, daß die Büromanagerin deiner Firma einen kleinen Schmetterling auf ihrer rechten Brust tätowiert hat?«

Überrascht wäre zu untertrieben. Carrie sah geschockt aus. »Du machst Scherze«, stotterte sie. »Judith hat eine Tätowierung? Auf ihrem Busen? Ich kann es nicht glauben. Das paßt einfach nicht. Sie ist so prüde.«

Es fing an, mir zu gefallen. »Und Frank Wilsons Frau«, fuhr ich fort. »Du weißt, wen ich meine. Alte Pflaume? Würdest du es glauben, daß sie die fleischigsten, härtesten Nippel hat, die du je gesehen hast? Und sie haben die Farbe von süßem rosafarbenen Kaugummi.«

»Willst du damit sagen, du hast ihre Brustwarzen gesehen!« rief sie aus. »Junge, wenn du schaust, dann schaust du wirklich.«

»Gewußt wie«, prahlte ich. »Wenn du den richtigen Moment zum Gucken erwischst – beispielsweise wenn sie sich nach vorne beugen, um von der Couch aufzustehen oder sich über den Kaffeetisch neigen, um einen Drink zu holen – kannst du alles sehen. Im Laufe eines Abends sehe ich vielleicht zwei Dutzend Titten aus der Vogelperspektive. Deine nicht mitgerechnet.«

Das Gespräch begann mich zu erregen. Meiner Frau zu beschreiben, was ich gesehen hatte, und ihre Billigung zu erhalten, war seltsam erotisch. Ich konnte ihr ansehen, daß meine Beichte auf sie eine ähnliche Wirkung hatte. Carrie öffnete mit einem vor Erregung geröteten Gesicht die Knöpfe ihres Kleides. Als sie das Kleid von ihren Schultern streifte, drückten sich ihre Nippel hart gegen den feinen Stoff ihres durchsichtigen BHs.

»Ich glaube nicht, daß es fair ist«, sagte sie in gespieltem, leicht pikiertem Ton. »Du bekommst die ganzen weiblichen Brüste zu sehen, aber wir armen Frauen haben nie solche Gelegenheiten. Zu schade, daß die Männermode nicht so viel enthüllt wie bei Frauen. Ich denke, ich würde Partys mehr genießen, wenn ich gelegentlich einen Blick auf ein paar Schwänze erhaschen würde.« Der rauhe Klang ihres Atems sagte mir, wie erregt sie war.

Ich trat hinter sie, legte ihr meine Hände auf die Schultern und begann, mit meinen Fingerspitzen leicht über ihre nackte Haut zu streichen. Ich beschnupperte ihren Nacken, wissend, daß dies ihre Hitze immer erhöhte. Mit geübtem Griff hakte ich ihren BH auf und entließ ihre schweren Brüste aus ihrem Gefängnis.

Ich nahm ihre weiche Festigkeit in meine Hände. »Ich habe ein paar Schwänze im Umkleideraum im Club gesehen«, flüsterte ich. »Möchtest du, daß ich dir davon erzähle?«

Sie wendete ihren Kopf, um mich leidenschaftlich auf die Lippen zu küssen. Mit einander leicht berührenden Zungen schoben wir uns zum Schlafzimmer. »Hast du Frank Wilson jemals nackt gesehen?« fragte sie mit einer Spur von Nervosität in der Stimme.

»Ja«, murmelte ich. »Du würdest ihn gerne sehen, in Ordnung. Er trainiert die ganze Zeit und hat einen irren Körper. Er hat echt Riesenmuskeln und einen dazu passenden Schwanz. Er ist lang und dick, hat einen großen runden Kopf, der wie ein Pilz geformt ist.« Um ihre wachsende Erregung weiter zu steigern, fügte ich hinzu: »Er ist sogar dann beachtlich, wenn er schlaff ist. Ich kann nur raten, wie groß er wird, wenn er ihn auf seine pflaumengesichtige Frau anwendet.«

»Deidre. Sie heißt Deidre«, kicherte Carrie und zog mich neben sich auf das Bett. »Vielleicht dachte Deidre über den Steifen ihres Mannes nach, als du ihre Nippel zu Gesicht bekamst. Vielleicht waren sie deshalb so groß und hart.« Ihr Gesichtsausdruck wurde nachdenklich. Dann fügte sie so leise, daß ich es fast nicht hörte, hinzu: »Wäre es nicht lustig, wenn alle nackt auf diese Partys kämen?«

Die Idee gefiel mir. Ich sagte: »Es wäre sogar noch lustiger, wenn alle vögelten, anstatt diese doofen Gespräche zu führen.«

Carrie seufzte. Dieses Geräusch war mir vertraut, aber ich bekam es gewöhnlich nur zu Ohren, wenn wir uns liebten. Die Phantasie schien ihr Verlangen anzuheizen. »Wen würdest du vögeln, Jared?« fragte sie.

»Natürlich würde ich dich vögeln, Baby«, antwortete ich. »Aber wäre es nicht großartig, es in einem Raum voller Leute zu tun, die alle das gleiche machen?«

Carrie, die es irgendwie geschafft hatte, aus ihrem Kleid zu schlüpfen, ergriff meine Hand und preßte sie zwischen ihre Beine. Ich konnte ihre Hitze durch den Stoff ihres Höschens spüren. Ich bewegte meine Handfläche in kleinen Kreisen, um ihre Leidenschaft zum Kochen zu bringen. Als ich über den feuchten Stoff, der an ihrem Fleisch klebte, strich, hörte ich sie wieder seufzen.

»Sag mal«, bat sie mit erregtem Flüstern. »Wen würden wir sehen? Was würden sie tun?«

»Nun«, begann ich und liebkoste weiter mit meiner Hand ihren Schoß. »Ich bin sicher, Frank Wilson wäre da mit seinem Pflaumengesicht. Ich kann sie zusammen in der Nähe des Kamins stehen sehen. Er hat einen Drink in der Hand, aber sie hat seinen großen Dicken in ihren Händen. Sie streichelt ihn langsam, macht ihn immer härter. Sein knolliger Kopf wird purpurfarben. Deidres Nippel sind aufgerichtet, die rosa Knöpfe reiben an seiner nackten Brust. Als er seinen Kopf zurücknimmt, um an seinem Martini zu nippen, fällt sie auf die Knie und macht sich dran, seinen Steifen zu verschlingen.«

Ich glitt mit meinem Finger in den Schritt ihres Höschens und strich mit der Spitze an ihrem nassen Schlitz auf und ab. Sie küßte mein Ohr, fuhr mit ihrer Zunge darin herum und nahm es völlig in ihren heißen Mund. Ich konnte mich nicht erinnern, sie jemals so schnell erregt gesehen zu haben. »Schau, da drüben«, sagte ich, wobei ich vage auf die andere Seite des Raumes deutete. »Wen siehst du, und was tun sie?«

»Ich sehe Judith, die nackt und ausgestreckt auf der Couch liegt«, begann Carrie sofort. »Ihre Beine sind weit gespreizt, so daß jedes Detail ihres Geschlechts für jeden sichtbar ist, der es sehen will. Ihr Mann Ned küßt ihren Schmetterling, denjenigen, den sie auf ihre Brust hat tätowieren lassen. Ihre Nippel sind hoch aufgerichtet und zeigen nach oben. Sie sind hellrot, wie ein Paar reifer Kirschen. Jetzt saugt er an einem von ihnen. Hör zu, Jared. Kannst du ihr lustvolles Stöhnen hören?«

»Klar kann ich«, antwortete ich und half meiner Frau aus ihrem Höschen. »Das kann auch Mr. Benjamin, der Vizepräsident deiner Firma. Siehst du ihn? Er steht in der Nähe der Couch und sieht Ned und Judith zu, wobei er seinen eigenen Schwanz streichelt. Er ist lang und dünn, und da quillt ein kleiner Tropfen aus seiner Spitze. Zu schade, daß er Junggeselle ist und sich selbst einen runterholen muß.«

»Nein«, improvisierte Carrie. »Hier kommt Michelle, seine

Sekretärin. Sie ist immer da, um sich um seine Bedürfnisse zu kümmern. Schau. Sie greift nach seinem Schwanz. Da. Sie wird ihn für ihn streicheln. Dadurch bekommt er seine Hände frei, um mit ihrem Po zu spielen.«

»Sie hat wirklich einen süßen kleinen Arsch«, warf ich ein. »Paßt zu ihrem kleinen Körper.« Während ich sprach, wanderten meine Hände frei über Carries nackten Leib und hielten dann inne, um ihre Nippel zu kneifen. Das gefiel mir sehr.

»Erzähl mir von Judith und Ned, während ich dich lecke«, sagte ich. »Was tun sie jetzt?« Ich brachte meine Lippen mit dem Brunnen ihrer überfließenden Weiblichkeit in Berührung. Ihr Hintern hob sich vom Bett, um ihr Geschlecht gegen mein Gesicht zu pressen.

»Da ist eine Gruppe Nackter, die um sie herumstehen«, flüsterte Carrie und rang nach Luft, als meine Zunge ihre Öffnung ertastete. »Alle Männer haben Erektionen, und einige Frauen streicheln sie. Aller Augen sind auf Judith und Ned gerichtet. Judith ist auf der Couch auf ihren Knien. Sie beugt sich über eine Sofalehne, wobei sie ihren nackten Arsch Ned und dem Publikum zustreckt. Jeder kann die Öffnung ihres Geschlechts sehen.

Ned kniet hinter ihr. Als sie sich nach vorne bewegt, um die Spitze seiner Erektion an ihren offenen Schlitz zu bringen, werden einige Leute im Publikum von Leidenschaft überwältigt. Ich höre Lustschreie und bin nicht sicher, ob sie von Judith kommen oder von den Leuten, die zusehen, wie Ned in sie dringt.«

Carries Körper wand sich jedesmal unkontrolliert, wenn meine Zungenspitze den pulsierenden Knopf ihrer Klitoris fand. Einen Augenblick lang hörte sie zu sprechen auf, füllte die Luft mit dem Klang ihrer heiseren Seufzer. Dann fuhr sie mit verführerischem Flüstern fort:

»Ned hat jetzt seinen Schwanz ganz in seiner Frau«, sagte Carrie. »Man kann seinen Steifen leicht raus- und reingleiten sehen, und sein Hoden klatschen bei jedem Stoß gegen die Rückseite ihrer Schenkel.« Ich hatte nie bemerkt, daß meine Frau eine so ausgefeilte erotische Phantasie hatte.

»Der Anblick törnt jeden an«, fuhr sie fort. »Andere Paare machen sich dran, das gleiche zu tun. Die Eastmans versuchen, Judith und Neds Stellung nachzumachen, nur, daß sie auf dem Fußboden sind. Mrs. Eastman ist auf ihren Händen und Knien, und ihr Mann besteigt sie von hinten. Sie befinden sich mit dem Gesicht zu uns und sehen zu, was du mit mir machst.«

Der Gedanke, es für ein Publikum zu tun, erregte mich sogar noch mehr, verstärkte die Hitze, die durch meinen Körper strömte, als mein Mund die Vulva meiner Frau verschlang. Mein Schwanz war so hart, daß er allmählich weh tat. Ich drehte ihn zur Seite, als wollte ich ihn dem Paar zeigen, das uns vom Boden her beäugte.

»Ja«, nahm Carrie, deren Phantasie auf meine eingestimmt war, den Faden auf. »Mrs. Eastman starrt auf deinen Steifen. Sie kann ihre Augen gar nicht von ihm abwenden. Das kann ich ihr nicht verdenken. Er ist der größte und beste im ganzen Raum.« Ihre Worte machten mich wild.

»Mr. Eastmans Augen kleben an meinen Titten«, murmelte sie. »Ich hoffe, es macht dir nichts aus. Ich halte sie in meinen Händen, um sie ihm zu zeigen. Ich drehe meine Nippel mit meinen Fingern, während deine Zunge mir Schauder durch den Körper jagt. Den alten Eastman bringt unser Anblick zum Sabbern. Jetzt halte ich meine Brüste richtig hoch, so daß er sie wirklich gut sehen kann.«

Ich weiß, daß es mir in Wirklichkeit nicht gefallen würde, wenn jemand außer mir die Titten meiner Frau sehen würde, aber in der Phantasie war die Vorstellung ungeheuer erregend. Mein Gesicht von ihrem erhitzten Geschlecht nehmend, sagte ich: »Öffne deine Beine weit. Laß ihn alles sehen.«

Meine Worte durchfuhren Carrie wie ein Elektroschock. Sie stöhnte leidenschaftlich und tat mir den Gefallen, indem sie ihre Schenkel spreizte, um sich den imaginären Augen zu enthüllen, die sie ansahen. Zuerst zögernd, dann mutiger streichelte sie selbst ihre heißen Häute und lieferte den imaginären Paaren, die um uns herum Sex machten, eine heiße Show. Jetzt kamen in unserem Phantasiespiel wir beide an die Reihe.

»Leg deinen Schwanz zwischen meine Titten«, schlug Carrie vor. Ihre großen Brüste in ihren Händen haltend, beugte sie sich zu mir und lud meinen Steifen ein, in dem Tal zwischen ihren Brüsten Platz zu nehmen. Ich streichelte meinen Dicken mit meiner Hand, stellte mir vor, daß alle Augen im Raum auf uns gerichtet waren. Dann kniete ich breitbeinig über meiner Frau und legte meine pulsierende Erektion auf die samtene Weichheit ihrer Haut.

Sanft drückte Carrie ihre Brüste zusammen und hüllte mein geschwollenes Glied mit ihrem weichen Fleisch ein. Ihre Nippel berührten sich praktisch. »Fick mich«, murmelte sie. »Fick meine Titten.« Carrie drückte sich gewöhnlich nicht so aus, wenn wir uns liebten, aber wir waren auf einem sexuellen Höhenflug, der keinen Raum für Hemmungen oder Zögern ließ. »Fick meine Titten, während uns alle zuschauen.«

Ich pumpte mit meinen Hüften vor und zurück, tauchte durch die schweißnasse Weichheit ihres Busens. Mein Schwanz pochte vor Erregung, tief eingegraben in den Tunnel zwischen ihren Zwillingsbergen. Ich konnte die starrenden Blicke der anderen Leute auf der Party fast fühlen.

Mit geschlossenen Augen sah ich sie in allen möglichen Stellungen, auf Sofas, Stühlen, dem Teppich und selbst an die Wand gelehnt kopulieren. Die Leinwand meiner Vorstellung war voll von Schwänzen und Ärschen und Titten und Vaginas und Dreiecken von krausem Schamhaar. Die selbstgemachten Bilder waren für mich so real geworden, daß der Raum sogar nach Sex zu riechen schien.

Ich bemerkte, daß ich kurz davor war, meinen Samen über den wogenden Busen meiner Frau zu spritzen. Ich richtete mich auf und rückte ab, denn ich wollte den ekstatischen Augenblick ein wenig länger hinauszögern. Ich wollte in ihr sein. Ich wollte die Wärme und Lust ihrer Innenwände spüren. Ich wollte, daß jeder zusah, wenn ich die enge, nasse Pussy meiner Frau penetrierte.

»Spreiz deine Beine«, flüsterte ich ihr ins Ohr. »Ich werde dich jetzt ficken. Vor allen.«

Mit einem Seufzer hob Carrie ihre Beine hoch in die Luft und brachte sie weit auseinander. »Sie schauen alle meine Pussy an«, stieß sie hervor. »Komm mit deinem Schwanz in mich und fick mich wild. Laß sie sehen, was du für ein guter Liebhaber bist.« Ihre Worte törnten mich an, ließen meinen Dicken vor hungriger Erregung pulsieren.

Die Basis meiner Erektion mit meinen Fingern haltend, führte ich die Spitze an ihre gierige Öffnung. Ihre Vulva verschlang mich, ihre schlüpfrigen Wände paßten sich langsam meinem nachdrücklichen Eindringen an. Sie saugte mich tiefer und tiefer in sich ein, wie Treibsand, der sein Opfer zum Erdmittelpunkt bringt.

Schließlich fühlte ich mein Schambein auf dem ihren. Meine Augen waren fest geschlossen. Unsere orgiastische Phantasie war für den Moment totale Realität. Ich konnte die Geräusche ein Dutzend anderer Leute hören, die lustvoll atmeten, als sie überall um uns herum Liebe machten. Ich konnte ihren aufmerksamen Blick auf unseren Körpern spüren, die wild miteinander tobten.

Carrie warf ihr Becken heftig gegen das meine, reagierte auf jeden meiner kräftigen Stöße mit einem Ausbruch von Sexualenergie. »Ich komme«, kündigte sie an, um die Zuschauermenge zu informieren, daß sie ihrer Erfüllung nahe war. »Ich werde wie ein Fluß fließen«, schrie sie, und ihre Erregung brachte mich an den Rand meines eigenen wahnsinnigen Höhepunkts. »Oh, komm mit mir«, befahl sie.

»Ja«, schrie ich. »Ich komme in dir. Ich komme jetzt.«

Ihr rhythmisches Luftschnappen zeigte mir, daß ihr Orgasmus gerade einen Augenblick vor dem meinen begonnen hatte. Ich spürte, wie mein Schwanz Ladung um Ladung erhitzter Flüssigkeit tief in ihren Kanal pumpte, um sich mit ihren leidenschaftlichen Liebessäften zu mischen. Wir schienen ewig zu kommen.

Zuerst war ich mir ganz deutlich des erregten Publikums bewußt, das dem Näherkommen unserer Erfüllung zusah. Dann verlor ich die Bewußtheit von allem bis auf den Orgasmus selbst. Es war der stärkste und intensivste Höhepunkt, den ich je erlebte. Carries Lustschreie sagten mir, daß für sie das gleiche galt.

Nachdem wir völlig leergepumpt waren, lagen wir uns erhitzt, erschöpft und vollkommen befriedigt in den Armen. Als ich schließlich meine Augen öffnete, war ich fast überrascht zu sehen, daß wir alleine waren. »Sieht so aus, als wären alle nach Hause gegangen«, sagte ich.

Carrie kicherte. »War das nicht das bisher Beste?« fragte sie träge.

»Absolut«, antwortete ich.

Als ob wir aus einem Drehbuch lesen würden, fügten wir gleichzeitig hinzu: »Das war der beste Sex, den ich je hatte.«

Und es war tatsächlich so. Ich denke, jeder träumt irgendwann in seinem oder ihrem Leben davon, an einer Sexorgie teilzunehmen. Ich glaube nicht, daß es die meisten Leute jemals wirklich tun wollen. Ich weiß, ich würde es nicht. Aber beim Lieben darüber zu phantasieren, erlaubte Carrie und mir, es zu erleben, ohne es in Wirklichkeit zu tun.

Striptease-Show

Marika, siebenundzwanzig, steht kurz vor der Promotion in Mathematik an einer von Amerikas besten Universitäten. Sie sieht jedoch mit ihrem großen, gut geformten Körper und dem auffallenden blonden Haar, das ihr weich und glatt fast bis zur Taille reicht, eher wie ein Model aus als wie eine Mathematikerin. Ihre verführerischen Haselnußaugen leuchten auf dem Hintergrund ihres zarten Teints. Marika sagt, sie haben ihren besten Sex erlebt, als sie, kurz nachdem ihr Mann Alex von einer Geschäftsreise zurückgekehrt war, eine ihrer Lieblingsphantasien ausagierte.

Alex war auf einer Ingenieurskonferenz, und wir hatten uns fast eine Woche lang nicht gesehen. Sobald er nach Hause kam, zog ich ihn ins Schlafzimmer und besprang ihn. Wir liebten uns heiß und schnell, waren beide von dem Bedürfnis erfüllt, unser unerfülltes Verlangen zu befriedigen. Danach lagen wir den ganzen Abend zusammen, redeten, waren zärtlich und holten die verlorene Zeit nach.

Alex erzählte mir, daß die Konferenz aus einer Reihe von Sitzungen und Seminaren bestanden habe, die jeden Tag vom frühen Morgen bis zum Abendessen gingen. Als ich fragte, was er nach dem Abendessen getan habe, huschte ein schelmisches Lächeln über sein Gesicht. »Tja«, antwortete er verschmitzt. »Eines Abends ging ich mit einigen Kollegen zu einer Striptease-Show. Sie war recht heiß.«

Ich war fasziniert. Ich habe das nie jemandem verraten, aber seit ich ein Teenager war, phantasierte ich darüber, in einem Nachtclub voller Männer zu strippen. Ich nehme an, es gefällt mir, der Mittelpunkt erotischer Aufmerksamkeit zu sein. Ich erinnere mich, daß ich es sogar als junges Mädchen liebte, mit meinem knappsten Bikini am Strand entlangzulaufen und die hungrigen Männerblicke auf mir zu spüren, die versuchten, einen Blick auf meine kaum bedeckten Brüste oder meinen Po zu erhaschen.

Für mich ist der Gedanke, auf einer Bühne zu strippen, absolut geil. Aller Augen würden auf mir ruhen, sich auf jede Bewegung meines Körpers konzentrieren. Heutzutage werden solche Gedanken wohl als unfeministisch angesehen, aber die Vorstellung, von fremden Männern angestarrt zu werden, die dadurch erregt werden, daß sie mir dabei zusehen, wie ich mich ausziehe, macht mich scharf. Ich würde mich als die erotischste Frau der Welt fühlen. Keine Phantasie entflammt mich mehr als diese.

Ich wollte mehr über Alex' Abend bei der Striptease-Show hören. »Warum erzählst du mir nicht davon?« platzte ich heraus. »Wie war es? Erzähle mir alle Einzelheiten.«

Alex schien einen Augenblick nervös. »Du bist nicht eifersüchtig oder so etwas?« fragte er vorsichtig.

»Oh, nein«, sagte ich, wobei meine Stimme vor erregter Neugierde heiser war. »Ich denke, es ist echt scharf.«

Mit einem Seufzer der Erleichterung begann er: »Nun, das Lokal nannte sich Hot Box und war sehr klein. Es hatte eine winzige, von Spiegeln umgebene Bühne und eine Menge kleiner Tische mit Stühlen. Wir hatten Glück und bekamen einen Tisch vorne, direkt vor der Bühne.«

»Du meinst Glück, weil du dann besser sehen konntest?« fragte ich.

»Ja, sicher«, sagte er. »Aber das Beste daran ist, daß das Mädchen, wenn ein Mann Trinkgeld auf den Tisch legt, herkommt, das Geld holt und irgendwas Besonderes für ihn macht. Wie mit ihren Brüsten vor seinem Gesicht wackeln oder so etwas.«

»Erzähl mir von den Mädchen«, bat ich. »Wie alt waren sie? Waren auch welche in meinem Alter?«

»O ja«, antwortete er, und seine Augen leuchteten in der Erinnerung an das Vergnügen. »Sie waren zwischen Anfang Zwanzig und Anfang Dreißig, würde ich sagen. Und jede von ihnen sah gut aus. Einige groß, einige klein, einige mit festen kleinen Titten, einige mit großen Kugeln. Aber alle großartig gebaut.«

Meine Neugierde wuchs. »Was taten sie?« fragte ich atemlos.

»Wenn sie nicht tanzen, bedienen sie, wobei sie ziemlich spärlich bekleidet sind«, erklärte er, »meistens nur in BHs und Höschen. Wenn sie dann mit Tanzen dran sind, gehen sie in einen kleinen Raum, um sich fertigzumachen, und kommen dann auf die Bühne.«

»Trugen sie Striptease-Kostüme?« fragte ich. »Mit Federn und solchen Sachen?«

»Die meisten trugen ganz normale Kleider«, antwortete Alex. »Aber wirklich sexy. Zum Beispiel einen kurzen Jeansrock und ein Bikinioberteil. Normalerweise tanzt jedes Mädchen zu drei Musikstücken. Am Ende des ersten Stücks haben sie alles ausgezogen bis auf die Unterwäsche. Sie tragen alle Strapshöschen und Spitzen-BHs.«

Ich wurde sehr erregt, stellte mir vor, wie ich selbst die Dinge tat, die mein Mann beschrieb. Ich wollte mehr hören, aber ich hatte Angst, meine Stimme würde vor Erregung zittern, wenn ich redete. So wartete ich geduldig, bis er weitererzählte.

»Während des zweiten Stücks entfernen die Mädchen ihren BH, tanzen herum und zeigen ihre nackten Brüste her. Mir gefiel dieser Teil immer gut. Dann, kurz bevor das Stück endet, ziehen sie ihre Strapshöschen aus. An dieser Stelle werden die Kerle gewöhnlich wild, pfeifen und johlen, wenn sie ihre Pussy entblößen. Viele Männer werfen Dollarnoten auf die Bühne. Eines der Mädchen hatte ihr Schamhaar in Herzform rasiert. Die Jungs müssen ihr dreißig oder vierzig Dollar hingeworfen haben, als sie ihr Höschen auszog und ihnen diesen Busch zeigte.«

Ich fühlte mich wie eine Zuschauerin in einer Pornoshow.

»Wenn das dritte Musikstück spielt«, fuhr er fort, »tanzen sie und bewegen sich total nackt. Während des Tanzes legen sie sich manchmal auf den Boden und spreizen ihre Beine, daß natürlich jeder wunderbar ihre offene Möse sehen kann. Oder sie lehnen sich zurück und werfen ihre Beine über ihre Schultern, so daß man auch ihren Arsch sehen kann.«

Ich sah es vor meinem geistigen Auge, während Alex davon erzählte. Ich würde nackt sein, während mich hundert Männer mit den Blicken verschlangen und mir Geld zuwarfen. Zum Dank würde ich meine Schenkel öffnen, um ihnen meine intimsten Teile zu enthüllen. Ich wurde von Minute zu Minute geiler.

»Da war dieses eine Mädchen«, fuhr er fort. »Sie hatte große, schöne Titten mit dicken Kirschnippeln. Einer meiner Begleiter verliebte sich in sie. Er legte ihr ständig Dollarnoten auf den Tisch, damit sie kam und sie holte. Und sie kam ihm jedesmal wirklich sehr nahe. Einmal stellte sie ihren Fuß auf den Tisch, so daß sich ihre Pussy direkt vor seinem Gesicht befand. Er fiel fast vom Stuhl.

Danach legte er eine Zehn-Dollar-Note auf den Tisch. Als sie sie holen kam, drückte sie ihre Titten lange gegen sein Gesicht. Zuerst begrub sie ihn in dem Tal dazwischen. Dann bewegte sie sie langsam von einer Seite zur anderen, so daß ihre Nippel über seine Nase und Lippen strichen. Später an diesem Abend ging er mit zu ihr.«

»Wirklich?« fragte ich ungläubig und fasziniert. »Sind diese Mädchen Huren?«

»Nein«, antwortete er. »Ich denke, es ist wirklich ungewöhnlich, daß eine von ihnen mit einem Kunden geht. Vielleicht ist es sogar illegal. Er muß ihr einfach wirklich gefallen haben. Es war der letzte Abend, deshalb konnte ich nicht mehr mit ihm reden und herausfinden, wie es weitergegangen war. Aber ich bin sicher, sie haben die ganze Nacht gevögelt.«

Einen Augenblick lang schwieg er wehmütig. Dann sinnierte er mit leiser Stimme: »Weißt du, ich habe die ganze Zeit phantasiert, mit einem dieser Mädchen nach der Show nach Hause zu gehen. Nicht, daß ich es jemals täte«, fügte er hastig hinzu, als fürchte er, daß ich diese Versicherung bräuchte. »Aber es malt sich wohl jeder Mann in diesem Lokal das gleiche aus. Nachdem sie für all die Männer getanzt hat, die Eintritt bezahlt haben, geht sie mit mir nach Hause und zieht sich allein für mich aus. Ich bin sicher, daß sie im Bett wie jede Frau ist, aber irgendwie ist an einer Stripperin etwas besonders Geheimnisvoll-Erotisches.«

Er schwieg einen Augenblick und fragte dann: »Ärgerst du dich über meine kleine Phantasie?«

»Nein«, sagte ich mit Glut in der Stimme. »Du bist nicht der einzige, der Phantasien hat. Manchmal stellte ich mir selbst vor, mich auszuziehen und vor mehreren Männern nackt zu tanzen.«

Unser Gespräch machte mich heiß – so heiß, daß ich nicht mehr sprechen konnte. Ich wollte einfach sofort noch mal Liebe machen. Ich machte das Licht aus und kletterte auf ihn. Sein Schwanz war lang und steif und glitt leicht in meine schlüpfrige Öffnung. Danach schliefen wir friedlich und befriedigt ein.

Alex ging am nächsten Morgen zur Arbeit, während ich noch schlief. Ich muß von den Dingen, über die wir gesprochen hatten, geträumt haben. Der erste Gedanke beim Aufwachen war: Ich will die Phantasie ausleben, die Alex und ich miteinander geteilt hatten.

Als er von der Arbeit zurückkam, hatte ich alles fertig. Ich hatte in das Wohnzimmer einen kleinen Tisch mit einem Küchenstuhl gestellt. Ich begrüßte ihn an der Tür mit abgeschnittenen Jeans, die meine Pobacken zeigten, und einem T-Shirt, das mir zwei Nummern zu klein war. »Willkommen in der Hot Box«, sagte ich und hielt ihm die Tür auf. »Hier entlang. Dein Tisch wartet auf dich.«

Alex ließ seinen Blick an meinem Körper auf und ab wandern, als ich ihn zum Tisch führte. Ich liebte seinen Gesichtsausdruck. Es war nicht der Blick eines Mannes, der seine eigene Frau ansieht. Er starrte mich erregt an, als ich ein Glas vor ihn stellte und ihm Bier einschenkte. Als ich die Flasche neben das Glas stellte, sagte ich: »Ich werde später abkassieren. Ich bin mit Tanzen dran.«

Ich machte die Stereoanlage an und spielte Platten, die ich vorher ausgesucht hatte. Als Rod Stewart zu singen begann: »Hot legs, you're wearing me out«, fing ich an zu tanzen. Da ich zuerst ein wenig nervös war, tanzte ich mit geschlossenen Augen. Aber als ich mir vorstellte, daß der Raum voller Männer war, von denen ich angeschaut wurde, verwandelte sich meine Nervosität in Erregung. Ich spürte, wie meine Nippel unter meiner Kleidung hart wurden.

Ich öffnete meine Augen und sah Alex direkt an. Er starrte mich an, als sehe er mich das erste Mal. Ich zog das T-Shirt über meinen Kopf und entfernte es verführerisch. Alex johlte, gab mit hoher, rauher Stimme so etwas wie ein Miauen von sich. »Ja«, brüllte er. »Jungs, schaut euch das an.«

Er schien zu wissen, was ich dachte. Ich warf das Hemd auf die Seite und stellte mir einen Raum voller kleiner Tische vor, an denen jeweils ein Haufen geiler Männer saß. Sie alle bewunderten meinen Körper, als ich im Raum umherstolzierte, meinen Rücken zurückbeugte, um das Fleisch meiner Brüste aus dem BH quellen zu lassen. Ich wackelte mit meinen Hüften, liebkoste leicht meinen Körper, ließ meine Hände über meinen bloßen Bauch streichen, streichelte den sich wölbenden Stoff meines BHs mit meinen Handflächen, kniff meine Nippel, die sich gegen die Spitze drückten, die sie knapp bedeckte.

Als meine Finger den Knopf meiner abgeschnittenen Jeans öffneten, pfiff Alex und stampfte mit den Füßen. Ich zeigte mich auf der einen Seite des Raumes, dann auf der anderen, stellte mir vor, daß Dutzende von Männern fasziniert auf den halbgeöffneten Reißverschluß starrten, der den Blick auf ein Dreieck weißer Spitzenhöschen preisgab. Ich wandte ihnen den Rücken zu und schob die enganliegenden Shorts über meine Hüften und Pobakken.

Als die erste Platte zu Ende war, hatte ich das kleine Bekleidungsstück über meine Schenkel und Waden geschoben. Ich stieg aus den Shorts und drehte mich langsam, um mich Alex und den anderen jubelnden Männern im Raum zu zeigen. Alex klatschte und schrie, was meine Erregung weiter wachsen ließ. Er warf eine verknitterte Dollarnote auf den Boden vor mich.

Als ich mich nach vorne neigte, um das Trinkgeld aufzuheben, wußte ich, daß meine Brüste aus meinem BH rutschten und fast völlig preisgegeben waren. Ich konnte spüren, wie sich die Blicke der mir unbekannten Männer auf mein knospendes Dekolleté richteten und meinen teilweise nackten Busen anstarrten. Ich wollte, daß sie alles von mir sahen.

Tina Turner begann klagend »Nutbush City« zu singen, und ich fing an, wild zu tanzen. Ich warf mein Becken zum Rhythmus des hämmernden Tempos nach vorne und zurück, wobei ich mir bewußt war, daß der dunkle Schatten meines eigenen »nut bush« durch den dünnen Stoff meiner Höschen schimmerte. Sofort, als Alex schrie: »Zeig uns deine Titten«, machte ich den Verschluß auf der Vorderseite meines BH auf.

Der BH sprang auf, seine steifen Körbchen wurden durch den Schwung, den meine Brüste durch den Tanz hatten, auseinandergedrückt. Er blieb jedoch noch an Ort und Stelle und bedeckte meine hüpfenden Kugeln. Ich ließ mein Becken kreisen und liebkoste durch den verhüllenden Stoff hindurch meine Brüste. Ich zog die Spitze zurück und entblößte langsam die weiche Haut meiner milchigen Brüste. Schließlich zeigte ich Alex und den Jungs die harten rosa Spitzen meiner aufgestellten Nippel.

Ich war so geil, daß ich spürte, wie die Nässe aus meiner Vulva rann und das enge Schrittband des Strapshöschens verklebte, was alles war, was ich noch anhatte. Ich drehte meinen Rücken zum Publikum und beugte mich nach vorne, wobei ich durch meine gespreizten Beine hindurch nach hinten zu Alex sah. Ich strich mit meinen Fingern meine Schenkel hoch, bis sie leicht über die Rundungen meines Hintern glitten. Als die Platte sich dem Ende näherte, erhob ich mich und stellte mich wieder mit dem Gesicht zu Alex. Ich war nun bereit, die Höschen abzustreifen und meinen erhitzten Ort der Leidenschaft herzuzeigen.

Als ich bemerkte, daß Alex eine Dollarnote auf den Rand seines Tisches gelegt hatte, tanzte ich darauf zu, wobei ich ihm direkt in die Augen sah und mit meinem Busen und meinen Schultern in seine Richtung wackelte. Sein Blick war auf meine wogenden Brüste fixiert, als ich immer näher zu seinem Platz kam. Ich konnte sehen, daß sich die Vorderseite seiner Hose spannte.

Mit einer Hand nahm ich das angebotene Trinkgeld, während ich mir mit der anderen das Höschen vom Körper streifte. Ich ergriff das feuchte Stück Spitze mit meinen Zehen und kickte es auf den Schoß meines Mannes. Alex johlte wieder, drückte das Höschen an sein Gesicht und stöhnte dramatisch. Ich stellte mir vor, daß ihn jeder Mann im Raum beneidete.

Nun begann die dritte Platte, und ich ging zur Bühne zurück. Als Mick Jaggers Stimme verkündete: »She's a honky-tonk woman«, ließ ich mich mit dem Bauch nach unten auf den Boden fallen und hob mein Hinterteil hoch in die Luft. Ich wußte, daß Alex und die anderen Männer nicht nur meinen Arsch sehen konnten, sondern auch den geröteten Schlitz meiner Vagina, die sie ebenfalls ansah. Ich spürte das erregende Gefühl einer zusammengeknüllten Dollarnote an meinen geöffneten Pobacken.

Auf den Rücken zurückrollend, hob ich meine Beine in die Luft und spreizte sie langsam, um die gefälteten Lippen meines Geschlechts zu enthüllen. Als ich meine Schenkel noch weiter auseinandernahm, spürte ich, daß meine erhitzte weibliche Öffnung die rosafarbenen inneren Häute preisgab, die nun von meiner aufsteigenden Lust regelrecht entflammt waren. Ich strich mit meinen Händen über die Innenseiten meiner Schenkel, tastete mich zum Rand meines Busches vor und ließ meine Finger dann leicht mit dem Kraushaar spielen.

Als ich sah, daß Alex eine Zehn-Dollar-Note auf seinen Tisch warf, war mir klar, daß er mich wollte. Ich war noch nie zuvor mit einem Kunden gegangen, aber an diesem fremden Mann war etwas, das mich reizte. Ich wußte nichts über ihn, aber ich hatte mich für ihn ausgezogen und meine Beine für ihn gespreizt. Nun war er total hungrig auf meinen Körper. Das Spiel, das ich in meinem Kopf ablaufen ließ, machte mich noch heißer.

Er begehrte mich offen. Ich wußte, sein Kopf war voller Phantasien, mich nach der Show mit ins Bett zu nehmen. Wie alle anderen Männer im Raum dachte er wahrscheinlich tief drinnen, daß es ein unmöglicher Traum war. Aber ich könnte ihn für ihn wahr werden lassen.

Ich stand vom Boden auf und tanzte auf den faszinierten Kunden zu, bis meine nackte Haut nur noch wenige Zentimeter von seinen hungrigen Augen entfernt war. Mit gezielten Bewegungen stellte ich einen Fuß auf den Rand seines Tisches und brachte mein Geschlecht so nahe an sein Gesicht, daß er seine Hitze fühlen konnte. Ich warf meine Hüften vor und zurück, wodurch sich die geschwollenen Lippen vor seinem hypnotisierten Blick öffneten und schlossen.

Ich nahm die Zehn-Dollar-Note vom Tisch, streichelte meinen Körper damit, zog kleine Kreise um meine Nippel und zarte Linien über meinen Körper. Ich strich damit über meinen haarigen Hügel und kitzelte mit einer Ecke leicht meine hervorlugende Klitoris. Alex stöhnte leise, und ich wußte, dies war nicht gespielt. Meine Show hatte offensichtlich eine mächtige Wirkung auf ihn. Es sah so aus, als würden seine Hosen durch den Druck seiner Erektion gegen den gespannten Stoff platzen.

Ich wollte ihn genauso sehr, wie er mich wollte. Ohne weitere Zeremonie zog ich ihn hoch, öffnete schnell den Reißverschluß seiner Hosen und befreite sein geschwollenes Glied. Ich zog ihn von der Taille abwärts aus, drückte ihn auf den Stuhl zurück und senkte mich mit dem Gesicht zu ihm auf seinen Schoß.

Ich strich mit meinen Brüsten über sein Gesicht, kreiste mit meinem Becken über seiner pulsierenden Erektion. Ich spürte, wie die Spitze seines Steifen die Innenseiten meiner Beine entlangstreifte, bis er in die Weichheit meiner weiblichen Öffnung tauchte. Ich beugte meine Knie noch mehr nach unten, bis er sich hungrig an meinen feuchten Falten drückte.

Ich spürte, wie er in mich kam, herrlich erregend Stück für

Stück in mich eindrang. Schließlich ruhte er in mir, seinen Penis völlig in mir begraben. Seine Hände packten fest meine Pobacken und lenkten mich auf und ab, während sein hartes Organ wild in mich stieß. Ich schlang meine Arme fest um seinen Nacken und meine Beine um seine Taille.

Alex' Muskeln spannten sich, als er aufstand. Mein Körper war mit dem seinen verschmolzen, unsere Becken bewegten sich rhythmisch in einem leidenschaftlichen Rausch. Mein Rücken wellte sich, um seinen Penis mit langen, ewig scheinenden Stößen Stück für Stück herein- und hinauszuführen. Ich fühlte den Tischrand an meinen Pobacken und erlaubte Alex, mich behutsam nach hinten zu drücken. Mich zurücklehnend, löste ich meine Beine. Ich hob sie in die Luft und legte meine Fersen auf seine Schultern, damit er noch tiefer in mich eindringen konnte.

Er stieß zu, tauchte in den Tunnel meiner Weiblichkeit, tiefer und heftiger als ich es bisher erlebt hatte. Sein Hoden klatschte jedesmal, wenn er sein pochendes Organ in mir begrub, gegen meinen hochgestreckten Hintern. Ich fühlte die Haare seines Hodens die empfindsamen Gewebe meiner Weiblichkeit kitzeln.

Ich bewegte mich auf einen wahnsinnigen Höhepunkt zu. Ich wollte ihn zurückhalten, die Spannung so lange wie möglich halten. Aber ich wußte, es war hoffnungslos. Ich wurde von einer riesigen Welle erfaßt, die mir die Kontrolle über alles raubte. Ich hatte keine Wahl. Ich mußte mich dem Orgasmus hingeben, der meine Lenden zu zerreißen drohte, wenn ich noch länger Widerstand leistete.

»Oh, Gott«, schrie ich. »Alex, ich komme.«

Auch Alex konnte sich nicht länger halten. Ich spürte, wie er sich in mich leerte. Im selben Augenblick zog mich mein Orgasmus in ein strudelndes Meer der Ekstase. Unsere Säfte vermischten sich, als sich unsere Körper auf dem kleinen Nachtclub-Tisch paarten. Wir warfen uns gegeneinander, bis unsere Körper keinen Tropfen mehr hergaben.

Später im Bett machten wir weiter. Wir tobten auf der Matratze herum und ritten uns abwechselnd. Wir liebten uns die ganze Nacht, bis uns unsere Erschöpfung in einem Zustand atemloser Unbewußtheit hinterließ. Am Morgen liebten wir uns wieder, bevor wir noch die Augen ganz auf hatten.

Alex und ich sprechen immer noch über diese wunderbare Nacht, als ich für ihn und ein imaginäres Publikum strippte. Die unheimliche Mischung von Realität und Phantasie hielt uns beide auf Trab, brachte unsere Erregung zum Kochen. Wir sind uns einig, daß dies der beste Sex war, den wir je hatten, aber wir wissen beide, daß es in Zukunft sogar noch besseren Sex geben wird, solange wir gewillt sind, unsere Phantasien auszuleben.

Kapitel 5
Die süße Qual der Vorfreude

Weihnachten beginnt lange vor dem 24. Dezember. Die Aufregung fängt manchmal am Thanksgiving-Tag an, wenn die Läden ihre Weihnachtsschaufenster herrichten. Ein oder zwei Tage später kann man in Büroaufzügen Weihnachtslieder hören. Bald sind die Abende von glänzenden Lichtern erhellt, und Familien unternehmen Ausflüge in die Stadtviertel, in denen die Festdekorationen besonders raffiniert sind.

Schon vor dem großen Tag denken wir uns Geschenke aus, stellen schriftliche oder gedankliche Listen auf. Wir gehen in Einkaufszentren oder kleine Läden, wo wir das Angebot prüfen, während wir uns die Reaktionen auf die Geschenke vorstellen, die wir in Betracht ziehen. Am 24. Dezember, wenn die eingewickelten Päckchen ihren Weg unter einen Baum finden, hat sich die Aufregung bereits wochenlang aufgebaut.

Für Kinder ist der Weihnachtsabend endlos und überwältigend aufregend. Die ganz Kleinen versuchen so lange aufzubleiben, daß sie den Weihnachtsmann mit seinem Sack voll Geschenken erleben können. Die älteren täuschen gegenüber den Erwachsenen erhabenes Amüsement vor, aber schauen mit unerträglicher Spannung auf den scheinbar eingefrorenen Minutenzeiger der Uhr.

Stellen Sie sich vor, wieviel weniger lustig es wäre, wenn wir einfach am Weihnachtstag im Büro vorbeischauen würden, um unser Geschenk abzuholen. Die Kinder mögen sich über das Warten beklagen, und die Erwachsenen mögen über das Einkaufen meckern, aber wenige von uns wären bereit, diese süßen Qualen aufzugeben. Wenn die ganze Vorbereitung nicht wäre, gäbe es auch einen Großteil der Erregung nicht.

Ganz gleich, wie qualvoll sie scheinen mag, die Vorfreude erhöht das Vergnügen. Die Zeit, die man damit verbringt, zu raten, was in einem bestimmten Päckchen ist, oder sich die Reaktion des Empfängers auf das Geschenk vorzustellen, erhöht die Freude, zu geben und zu empfangen. Wenn die Zeit des Auspakkens dann endlich gekommen ist, hat sich die Aufregung bei allen so gesteigert, daß die Geschenkpapiere farbiger und die Bänder leuchtender erscheinen.

Einige Menschen haben entdeckt, daß die gedankliche Vorwegnahme auf das sexuelle Erleben die gleiche Wirkung hat. Die Stunden oder Tage, die sie damit verbringen, zu planen und an ein bevorstehendes erotisches Zusammensein zu denken, werden Teil dieses Zusammenseins, verlängern die Lust daran über einen längeren Zeitraum. Wenn der Tag oder die Nacht der Leidenschaft endlich gekommen ist, spüren sie jede Berührung deutlicher, kosten sie jeden Geruch oder Duft intensiver. Die Paare in diesem Kapitel machten das Beste aus unfreiwilligen Trennungen, indem sie sich die süße Qual der Vorfreude gönnten, was nach ihren Aussagen zu dem besten Sex führte, den sie je hatten.

Es lohnt sich zu warten

Steffie ist einen Meter siebenundsiebzig groß und zweiundzwanzig Jahre alt. Ihr blondes Haar ist kurzgeschnitten, aber der männliche Schnitt unterstreicht ihre Weiblichkeit noch. Ihre Haut ist zart und hell; ihre Augen sind leicht grün. Obwohl sie eine schlanke Figur hat, mußte sie ihre Militäruniform ändern lassen, damit ihr großer Busen hineinpaßt. Steffie ist bei der Marine, wo sie in der Public-Relations-Abteilung für die Zeitung des Stützpunkts schreibt. Ihr Mann Ed, vierundzwanzig, ist auch bei der Marine. Steffie sagte, daß sie und Ed den besten Sex an dem Abend erlebten, als er vom Krieg am Persischen Golf zurückkam.

Ich ging zur Marine, um aus Kansas wegzukommen. Das war vor zwei Jahren. Ich war noch ein Kind. Nach der Grundausbildung wurde ich diesem Stützpunkt zugewiesen, wo ich für die Zeitung arbeite. Hier traf ich Ed. Er war zwei Jahre älter als ich und der wärmste, netteste Kerl, den ich je kennengelernt habe. Wir gingen ein paarmal zusammen aus, und dann bat er mich, ihn zu heiraten. Ich sagte sofort ja.

Ich war noch Jungfrau, als wir heirateten, und Ed hatte auch nicht viel Erfahrung. Wir trugen unser Wissen über Sex gemeinsam zusammen. Ich war beim Lieben zuerst sehr schüchtern. Ed war geduldig, aber ich wußte, daß er hoffte, ich würde mit der Zeit spontaner und weniger gehemmt sein. Er versuchte es bei mir immer mit oralem Sex. Aber ich fühlte mich einfach nicht wohl dabei und ließ ihn nicht.

Gerade als wir es uns in unserem neuen gemeinsamen Leben einrichteten, erhielt Ed die Nachricht, daß er auslaufen sollte. Es war die Rede von der Möglichkeit eines Krieges am Persischen Golf, aber es dauerte noch mehrere Monate, bis es dann wirklich losging. Ich erinnere mich, wie ärgerlich ich war, als er mir sagte, daß er wegging, und die Vorstellung, in den Krieg zu ziehen, bei ihm Aufregung und Begeisterung hervorrief, obwohl es bedeutete, daß er mich zurücklassen würde. Aber da ich selbst bei der Marine war, dauerte es nicht lange, bis ich mich an die Vorstellung gewöhnte. Es ist schließlich unser Job.

Am Abend, bevor er zum Golf aufbrach, waren wir beide traurig darüber, daß wir uns erst in ein paar Monaten wiedersehen würden. Keiner von uns sprach über die Möglichkeit, daß es wirklich Krieg geben könnte und wir uns vielleicht nie wiedersehen würden. Ich nehme an, es war uns beiden bewußt, ohne daß wir es erwähnten.

Als wir zu Bett gingen, nahm mich Ed in seine Arme und hielt mich fest an sich gedrückt. Wir trugen normalerweise Pyjamas, aber in dieser Nacht waren wir beide nackt. Ich vermute, wir erwarteten, daß unsere letzte Nacht voller Leidenschaft sein würde. Es kam jedoch nicht so.

Wir bemühten uns beide, in Stimmung zu kommen, aber es zündete nicht wirklich. Es gelang uns, Sex zu machen, aber es endete, sobald es begonnen hatte. Ich hatte mir lange Liebesstunden vorgestellt, aber ich denke, unsere Gefühle machten dies unmöglich. Statt dessen redeten wir fast die ganze Nacht.

Ed ging früh am nächsten Morgen weg. In der ersten Woche spürte ich seine Abwesenheit nicht wirklich. Ich war allein, aber es fühlte sich an, als sei er nur zu einem Training weg. Nach einer Weile jedoch fühlte ich mich sehr einsam. Jeden Tag schrieb ich ihm, wie es bei uns am Stützpunkt lief und wie sehr ich ihn vermißte. Gelegentlich schrieb er mir ein paar Zeilen. Ich erwartete nie mehr als das, da Ed kein großer Briefeschreiber ist.

Einige meiner Freunde sagten mir, daß mir meine Einsamkeit allmählich im Gesicht stand, für alle sichtbar. Ich achtete nicht auf ihre Bemerkungen, bis sich eines Tages beim Mittagessen Tom auf einen leeren Stuhl an meinem Tisch fallen ließ. Als Herausgeber der Stützpunkt-Zeitung war Tom mein Vorgesetzter. Er war als Frauenjäger bekannt, aber in letzter Zeit flirtete er sogar noch mehr. Jeder sagte, nun, da so viele Männer am Golf waren, trieb es Tom mit Dutzenden von einsamen Frauen. Er war erfolgreicher denn je.

»Hallo, Steffie«, sagte Tom. »Du siehst so verletzlich aus, und ich wette, ich weiß, was das Problem ist.« Bevor ich eine Gelegenheit hatte, etwas zu sagen, legte er seine Arme um meine Schultern und fügte hinzu: »Du bekommst nicht genug Sex. Da würde sich jedes Mädchen mies fühlen. Und für eine so tolle Frau wie dich muß es absolut die Hölle sein.«

Obwohl sich Toms Berührung gut anfühlte, nahm ich freundlich seine Hand weg und entfernte seinen Arm von mir. »Ich komme schon zurecht«, sagte ich.

»Warum solltest du?« fragte Tom mit einem Ausdruck verschmitzter Besorgtheit. »Du bist eine gesunde, junge Frau. Dieses Ding zwischen deinen Beinen wird austrocknen, wenn du es nicht benutzt. Und wenn du denkst, du fühlst dich jetzt schlecht, dann warte mal, wie das in kein paar Wochen aussieht.«

Ich wußte, daß mich Tom anmachte, aber er hatte eine Art, die es mir schwermachte, sauer auf ihn zu sein. Ich fand ihn eher amüsant als beleidigend. »Ich komme schon zurecht«, sagte ich wieder.

»Schau«, sagte er. »Es gibt zwei Dinge, die du tun kannst. Du kannst dir einen Vibrator besorgen, was besser als nichts ist, nehme ich an. Oder du kannst das echte Ding haben.«

»Und was wäre das?« fragte ich, wohl wissend, wie die Antwort lauten würde.

»Baby«, sagte er. »Gib mir eine Chance, und ich werde dich zu der zufriedensten Frau auf der Welt machen. Ich streichle und liebkose dich überall, bis du so naß und heiß bist, daß du es nicht mehr aushältst. Aber keine Sorge, ich lasse dich dann nicht hängen. Mein Timing ist absolut perfekt. In dem Moment, wo du bereit bist, ramme ich dir meine zweiundzwanzig Zentimeter so tief hinein, daß du dir niemals wünschen wirst, daß der Krieg endet.«

»Der Krieg hat noch nicht einmal begonnen, Tom«, sagte ich. »Und danke für das Angebot, aber so schlecht geht es mir nicht.«

»In Ordnung«, antwortete Tom mit einer Handbewegung, als er vom Tisch aufstand. »Du weißt, wo du mich erreichen kannst, wenn es dir richtig schlecht geht. In der Zwischenzeit solltest du dir einen Vibrator zulegen.«

Ich kicherte, aber Toms Worte hinterließen ein unangenehmes Gefühl in mir. Als ich später an meinem Schreibtisch saß, dachte ich darüber nach, wie gut es wäre, etwas zweiundzwanzig Zentimeter tief in mir zu spüren. Aber der einzige Mann, der mich interessierte, war Ed, und der war Tausende von Meilen weg. Als ich diesen Abend allein im Bett lag, stellte ich mir vor, mit Ed zu schlafen. Das Kribbeln und Brennen des unbefriedigten Verlangens führte dazu, daß ich mich im Bett herumwarf.

Eine Woche später beschloß ich, einen Vibrator zu kaufen. Ich hatte nie einen in Wirklichkeit gesehen und war nicht sicher, wie man ihn anwendete. Ich erinnerte mich, daß ich einmal in einer von Eds Zeitschriften eine Werbung für Vibratoren gesehen hatte; also fing ich zu blättern an. Die Zeitschriften waren voll von Fotos nackter hübscher Mädchen. Ich wußte, daß Ed manchmal scharf wurde, wenn er diese Bilder ansah, und in der Lage, in der ich war, wurde auch ich davon erregt.

Dann fand ich die Vibrator-Werbung, und ich wollte ihn sofort haben. Ich wählte die Nummer 800 und teilte der Frau am anderen Ende meine Kreditkartennummer mit. Auf ihren Vorschlag hin stimmte ich einem Aufschlag zu, damit die Lieferung schon am nächsten Tag erfolgte.

Als ich am nächsten Tag das Eilpaket in meinem Briefkasten sah, nahm ich es und trug es mit gemischten Gefühlen, aufgeregt und unsicher zugleich, in meine Wohnung. Ich starrte das Päckchen einen Augenblick an, wußte nicht, was ich damit machen sollte. Dann riß ich es auf.

Der Vibrator war wie ein erigierter Penis geformt und mit weichem rosa Gummi überzogen, der sich warm und angenehm anfühlte. Er erinnerte mich so sehr an Eddies, daß es mich schon erregte, ihn nur in der Hand zu halten. Ich spürte die Hitze in meine Lenden schießen, ging ins Schlafzimmer, zog mich aus und legte mich aufs Bett.

Ob Sie es glauben oder nicht, ich hatte noch nie masturbiert. Hatte mich da unten nicht einmal berührt, außer im Badezimmer. Ich fühlte mich unbeholfen, als ich den Vibrator in meiner Hand hielt. Das einzige, was mir einfiel, war, ihn in mich hineinzustecken, so, als sei es Eddies Penis.

Ich war naß, und der Vibrator glitt leicht hinein. Dieses Eindringen fühlte sich so gut an, daß ich daran dachte, wie lang es her war, daß ich mit Eddie zusammengewesen war. Ungeschickt führte ich ihn rein und raus, versuchte, die Bewegungen des Geschlechtsverkehrs nachzuahmen. Ich spürte, wie ich immer erregter wurde. Dann erinnerte ich mich, daß er vibrieren sollte. Ich fühlte mit meiner Fingerspitze umher, bis ich am unteren Ende einen kleinen Schalter fand. Als ich ihn anknipste, begann es zu summen, und die Vibrationen versetzten mich in immer größere Erregung.

Ich fuhr fort, mich mit dem summenden Instrument vertraut zu machen, ließ es in mich hinein- und herausgleiten. Ich war schockiert, wie schnell es mich an den Rand des Orgasmus brachte. Es fühlte sich zu gut an, um schon zum Ende zu kommen. In der Hoffnung, den köstlichen Kitzel zu verlängern, zog ich den Vibrator heraus und strich mit ihm leicht über die feuchten Lippen meiner Öffnung. Ich entdeckte, daß es sich immer besser anfühlte, je näher ich ihn an die Spitze meiner Öffnung brachte. Plötzlich stieß ich an den kleinen Knopf, der in den Falten meines Fleisches eingebettet war, und erschauderte.

Ich wußte natürlich von der Klitoris. Ich hatte immer gewußt, daß sie sich dort befand, und hatte immer gespürt, daß sie extrem empfindlich war. Aber ich glaube nicht, daß sie schon einmal so direkt stimuliert worden war. Als ich sie mit dem Vibrator berührte, schien sie wie ein Ballon anzuschwellen, und ich wurde von einem intensiven Verlangen überwältigt. Vorsichtig plazierte ich die Vibratorspitze darauf.

Ich hatte das Gefühl, keine Luft mehr zu bekommen. Eine unglaubliche Hitzewelle durchflutete meinen Körper. Als es passierte, kam ich so heftig, daß ich wohl geschrien habe. Ich drückte meine Augen zu, aber hinter meinen Lidern flackerten helle Lichter. Als mein Orgasmus den Höhepunkt erreichte, überkam mich die Vorstellung, daß Eds Zunge meine Klitoris leckte.

Als ich hinterher nackt auf dem Bett lag, dachte ich voll Bedauern an all die Male, als mich Ed lecken wollte und ich ihn nicht ließ. Obwohl es nur ein mechanisches Ding war, hatte mich der Vibrator gelehrt, welch wunderbare empfindsame Reaktion in meinem kleinen Liebesknopf eingebaut war. Es war klar, daß eine warme, nasse, menschliche Zunge, die darüberstrich und daran saugte, sich sogar noch besser anfühlen würde. Welch Ironie, daß ich dieses neue Vergnügen entdeckte, während Ed weit fort war und nicht mit mir genießen konnte. Ich beschloß, mein erotisches Vergnügen mit ihm zu teilen, und schrieb ihm einen Brief.

Am nächsten Tag beim Mittagessen erzählte ich Judy, der Fotografin der Zeitung, von meinem Geheimnis. Judy war meine beste Freundin und vertrauenswürdig. Als ich ihr den Vibrator beschrieb, kicherte sie. »Ich benutze seit langem einen«, sagte sie. »Ich habe nicht soviel Glück wie du. Ich bin nicht verheiratet. Ich habe mir meinen Vibrator schon vor Jahren zugelegt.«

Ich sagte Judy, daß ich Ed in einem Brief von meiner neuen Entdeckung schreiben wollte. Ich wollte einen erotischen Brief verfassen, so daß Ed wirklich geil werden würde. Judy grinste schelmisch. »Warum legst du nicht ein paar Fotos von dir bei«, fragte sie verschmitzt. »Nackt, meine ich. Laß ihn sehen, was ihm abgeht.«

Ich dachte an die Bilder mit den nackten Frauen, die ich gesehen hatte, als ich nach der Vibrator-Werbung gesucht hatte. »Nun, ich weiß nicht«, sagte ich. »Er kann in den Zeitschriften viel hübschere Mädchen als mich sehen. Ich würde ihm gerne Bilder von mir schicken, aber ich möchte, daß sie anders sind. Besonders.«

Judy grinste wieder. »Wie wär's mit ein paar Bildern, auf denen du mit deinem neuen Spielzeug spielst?« schlug sie vor. »Das macht ihn bestimmt heißt.«

Ich spürte, daß mein Puls schneller ging. »Ja, das ist eine tolle Idee«, sagte ich. Dann fielen meine Mundwinkel nach unten. »Aber wie soll ich zu solchen Bildern von mir kommen?«

»Dafür hat man schließlich Freundinnen«, antwortete Judy. »Ich werde sie machen.«

Die Idee war aufregend und zugleich beunruhigend. Bis zum Abend zuvor hatte ich mich nicht einmal selbst berührt, und nun dachte ich daran, lasziv mit einem Vibrator vor Judy und ihrer Kamera zu posieren. Aber was tut man nicht aus Liebe.

An diesem Abend kam Judy mit zu mir nach Hause und stellte ihre Ausrüstung in meinem Schlafzimmer auf. Zuerst fotografierte sie mich, als ich mich auszog. Ich erinnere mich noch, was für einen Spaß wir dabei hatten. Und es war eine sehr erotische Erfahrung. Ich zog eine Kleidungsstück nach dem anderen aus, posierte in meinem BH und Höschen und dann nur in meinem Höschen. Als mir Judy sagte, ich solle es ausziehen, zögerte ich einen Augenblick.

Obwohl ich mich oft in der Gegenwart anderer Frauen geduscht hatte, hatte es etwas Verruchtes, meine Pussy zu entblößen, während Judy zusah und Fotos machte. Ich war mir meiner blondgelockten Schamhaare und der geschwollenen rosa Lippen meines Geschlechts überdeutlich bewußt. Als mich Judy anwies, mich aufs Bett zu legen und meine Schenkel zu spreizen, gehorchte ich ihr errötend.

Sie fuhr fort, Fotos aus jedem erdenklichen Winkel zu schießen. Dann sagte sie: »Nun die Vibrator-Aufnahmen.« Während die Kamera weiter klickte, befolgte ich Judys Anweisungen, berührte meine aufgerichteten Nippel damit, führte den künstlichen Penis in mich ein und streichelte meine Schamlippen und Klitoris damit.

Am nächsten Tag beschenkte mich Judy mit den Abzügen. Ich war schockiert. Die Fotos waren die erotischsten, die ich je gesehen hatte. Sogar verruchter als eine von diesen Zeitschriften. »Junge«, dachte ich, »wenn diese Bilder ihn nicht für alle Ewigkeit scharf machen...«

An diesem Abend schrieb ich Eddie einen langen heißen Brief. Anstatt von dem üblichen Tratsch über das Leben am Stützpunkt zu berichten, begann ich gleich mit dem, was ich mir von ihm wünschte, wenn er jetzt bei mir wäre. Er solle sich vorstellen, er sei bei mir im Zimmer und würde mir zusehen, wie ich mich auszog, mich dann berühren und zärtlich meinen Körper streicheln. Ich legte ein paar Fotos von mir bei, während ich mich auszog, eine Serie, die mit mir in voller Uniform begann und damit endete, daß ich nichts anhatte als das Höschen, das bis zum Knie hinuntergeschoben war.

Ein paar Tage später schrieb ich Eddie einen weiteren Brief, der noch mehr ausführliche Beschreibungen enthielt. Den garnierte ich mit den Fotos, auf denen ich nackt, mit weit gespreizten Beinen auf dem Bett lag, so daß er jede Einzelheit meiner Pussy sehen konnte. Ich schrieb, ich könne mir vorstellen, wie er seine Finger in mich stecke und wie er mich dort unten mit seinem heißen Mund küsse. Mir war klar, daß der Brief vielleicht von den Militärs zensiert werden könnte, aber mittlerweile war ich so geil, daß mich diese Vorstellung sogar noch mehr erregte. Der Gedanke, daß Eddie meine Pussy küßt, erregte mich so stark, daß ich, sobald ich mit Schreiben fertig war, ins Schlafzimmer eilte und mit meinem Vibrator ins Bett ging.

Als ich ihn in den Lippen meines Geschlechts umhergleiten ließ und dann langsam und vorsichtig einführte, dachte ich an Eddie und die leidenschaftlichen Nächte, die wir haben würden, wenn er wieder zu Hause wäre. Diese Vorstellung erregte mich so, daß ich schneller kam als je zuvor. Als es vorbei war, las ich meinen Brief noch einmal durch und wurde von den Beschreibungen der Freuden, die vor uns lagen, wieder ganz feucht.

In meinem nächsten Liebesbrief legte ich die letzten der heißen Fotos bei. Auf einigen steckte der rosa Vibrator tief in mir. Auf anderen hielt ich seine Spitze an den geschwollenen Knopf meiner Klitoris. Ich wußte, dieser Anblick würde Eddies Leidenschaft entflammen, ganz gleich, wo er war und was gerade passierte. Ganz sicher jedoch entflammte sich die meine.

In dem Brief schrieb ich, daß ich mich nach Eddies Zunge sehnte, die meine Klitoris leckte und mein Innerstes erforschte. Ich malte mir Eddies Gesicht aus, wenn er meine Beschreibungen von seinem Mund an meiner Pussy, von seinen Lippen und seiner Zunge, die an meinen empfindlichen Stellen knabberten, lesen würde – all die Dinge, die ich nie zugelassen hatte. Ich konnte mir seine Erregung vorstellen, wenn er die Bilder ansehen würde, auf denen ich mir lasziv und lustvoll selber Gutes tat, während ich auf seine Rückkehr wartete.

Ich hatte noch nie zuvor solche Sachen geschrieben. Aber meine Sehnsucht und mein Verlangen nach ihm trieben mich zu Dingen, die mir bisher fremd gewesen waren. Meine Träume über die Freuden, die wir haben würden, wenn er nach Hause kommen würde, verwandelten mich in eine Kreatur voller Lust, die ihre Angst dort begrub, wo sie unser Verlangen nicht stören konnte. Die Vorfreude auf die Liebesnächte, die vor uns lagen, hielt mich am Leben, während ich auf seine Rückkehr wartete. Ich hoffte, es würde auf ihn dieselbe Wirkung haben.

Ich schrieb ihm regelmäßig, beschrieb die Dinge, die wir zusammen tun würden, und bezog mich auf die Fotos, die er, wie ich hoffte, Tag und Nacht bei sich trug. Er schrieb mir auch, machte ungeschickte, aber liebevolle Versuche, meine erotischen Beschreibungen nachzumachen. Obwohl seine Worte oft falsch geschrieben und gewählt waren, war die derbe Direktheit seiner Bilder sehr erregend und verstärkte den Reiz der Erwartung.

Als der Krieg ausbrach, wußte ich, daß die Post nicht immer durchkommen würde, aber ich hörte nicht auf zu schreiben. Ich hatte das Gefühl, daß ihm meine Briefe Sicherheit verliehen. Irgendwie dachte ich, daß seine Erwartungen ihm einen Grund geben würden, den Kampf zu überleben. Ich war sicher, daß die erotischen Bilder, die meine Worte und Fotos heraufbeschworen, ihn wachsam und vorsichtig halten würden.

Schließlich endete der Krieg ein paar Monate später. Zuerst war ich von der Nachricht enttäuscht, daß es immer noch mehrere Monate dauern sollte, bevor alle Truppen zurück sein würden. Wie sich jedoch herausstellte, war Eddies Truppe eine der ersten, die nach Hause kam, weil sie auch eine der ersten gewesen war, die hinausgeschickt worden war. Schließlich wurde mir versichert, daß sie spätestens in einer Woche zurück sein würden. Ein paar Tage später teilte mir Tom mit, daß Eddie noch am selben Abend ankommen würde. Als er sagte, ich könnte früher nach Hause gehen und mich fertigmachen, flog ich geradezu von unserem Stützpunkt in meine Wohnung.

Ich rannte ins Bad, streifte meine Uniform ab und sprang unter die Dusche. Nachdem ich mich abgetrocknet hatte, parfümierte ich mich am ganzen Körper, wobei ich zwischen meinen Brüsten und an meinem lockigen Schamhaar etwas mehr verwendete. Ich zog ein knappes rosa Bikinihöschen und einen dazu passenden BH an, der nicht mehr war als ein Hauch weichen Stoffes und wenig dazu beitrug, meine schweren Brüste zu halten. Mein Herz klopfte vor Vorfreude, und ich schlüpfte in Jeans und einen Pullover, der so eng war, daß sich meine aufgerichteten Nippel deutlich abzeichneten. Alles, woran ich denken konnte, war, endlich Eds Körper zu spüren.

Als ich am Militärflugplatz ankam, wartete schon eine große Menschenmenge auf das Flugzeug. Obwohl ich viele der anderen Frauen kannte, sprachen wir kaum miteinander. Ich war ganz in meiner eigenen Welt süßer Erwartung gefangen. Wenn ich es mir im nachhinein überlege, glaube ich, daß die meisten anderen an das gleiche dachten wie ich. Wir waren alle monatelang ohne unsere Männer gewesen.

Ich erinnere mich kaum an die Landung oder Eddies Ankunft.

Alles, was ich weiß, ist, daß er mich in seine Arme riß und wir nicht schnell genug in unsere Wohnung kommen konnten. Dort küßte mich Eddie heiß und begierig, während er den Reißverschluß meiner Jeans öffnete. Innerhalb von Sekunden lagen mein Pullover und meine Jeans auf dem Boden verstreut, und seine Finger machten sich an dem Verschluß meines BHs zu schaffen. Als er auf war, sanken wir auf den Teppich. Er kämpfte einen Augenblick mit meinem Höschen, bevor er es mir in verzweifeltem Hunger vom Leib riß.

»Oh, diese Briefe«, flüsterte er. »Und die Fotos. Ich habe seit Monaten an nichts anderes denken können.«

Ich fühlte seinen harten Schwanz an meiner Pussy, während er wie ein Tier vorwärts drängte. Ich wollte ihn gerade mit meinen Händen in mich führen, da hatte er den Weg schon ohne Hilfe gefunden. Mit einem Stoß war seine Rute in mir, drang in mich bis zum Anschlag und erfüllte mich mit Leidenschaft. Ich stöhnte ohne Hemmungen, als er mich ritt. Er war so hungrig, daß er sofort kam.

Wir lagen engumschlungen, während er noch keuchte und nach Luft schnappte. »Ich habe dich so sehr vermißt«, murmelte er und knabberte zärtlich mit seinen Lippen an meinem Ohr. »Ich bin so froh, daß wir wieder zusammen sind. Ich möchte dich vögeln, bis die Welt untergeht.«

Er begann, meine Lippen leidenschaftlich zu küssen, mit seiner Zunge über meine Zähne zu streichen. Mein Verlangen wuchs, als er langsam an meinem Hals knabberte und meine Kehle küßte, sich schließlich zu den Spitzen meiner wogenden Brüste durcharbeitete. Meine Nippel waren so hart, daß sie schmerzten, als er erst den einen und dann den anderen in seinen Mund nahm, zuerst leicht leckte und dann stärker saugte. Er umkreiste sie mit zarten Küssen, leckte die Rundungen meiner Brüste, bis ich am ganzen Leib bebte. Immer tiefer fuhr er mit seiner Zunge über meinen Bauch, tauchte leicht in den Krater meines Nabels ein. Die Säfte meines Geschlechts flossen ungehemmt.

»Ich konnte an nichts anderes denken«, hörte ich ihn murmeln, als er sich den Weg hinunter durch mein wirres Nest von Schamhaaren bahnte. Dann fühlte ich das leichte Kitzeln seiner Zunge mit meiner Klitoris. Es war wie ein wundervoller elektrischer Schlag, bei dem sich mein Körper in süßer Vorfreude aufbäumte.

Er leckte langsam, zog kleine Achten um den aufgestellten Knopf. Immer wenn ich dachte, ich könnte es nicht länger aushalten, tauchte er tiefer, strich mit der flachen Zunge über die Lippen meiner Öffnung und trank von den würzigen Säften meiner Erregung. Dann kehrte er zu meiner Klitoris zurück und saugte hungrig an ihr. Es war genau so, wie ich es mir vorgestellt hatte, und noch viel besser. Ich hatte diesen Augenblick in meiner Phantasie vorweggenommen, und nun war er da.

Ich spürte, wie sich der wunderbarste Höhepunkt meines Lebens aufbaute. Es war köstlich. Es war herrlich. Es war viel intensiver als mit dem Vibrator und erregender als alles, was ich mir je erhofft hatte. Ich stöhnte laut, als die süßen Wellen der Lust mich erfaßten.

»Oh, Eddie«, schrie ich. »Oh, Eddie. Ja. Ja. Oh, Eddie, ich liebe dich.« Ich war wie von Sinnen, und mein Becken warf sich wild vor und zurück. Mein Rücken bog sich, als ich meine Hüften hob, um mein Geschlecht seinem Mund und seiner Zunge entgegenzuhalten. Ich verlor alle Kontrolle, überließ mich der puren Lust. Ich hatte so etwas noch nie vorher erlebt. Es war phantastisch. Ich schwebte auf einer Wolke, bis mich meine Leidenschaft ganz ausgelaugt hatte. Dann lag ich reglos einfach nur da und badete in der Glut.

Eddie lag neben mir, hielt mich in seinen Armen. Dann stand er auf, hob mich hoch und trug mich ins Schlafzimmer, wo er mich sanft aufs Bett gleiten ließ. »Ich habe so lange davon geträumt«, sagte er, »daß ich zuerst den Druck loswerden mußte. Nun können wir uns Zeit nehmen und wirklich Liebe machen.«

Ich spürte, daß er wieder steif wurde, als er sich eng an mich drückte. Da wußte ich, unsere Liebesnacht hatte erst angefangen.

Die Monate, die wir damit verbracht hatten, uns unsere Wiedervereinigung vorzustellen und sie gedanklich vorwegzunehmen, hatten uns in höchste Erregung und Ekstase hineingesteigert. Wir hatten einander schrecklich vermißt, und keiner von uns wollte je wieder eine solche Phase der Trennung durchmachen. Aber in der Nacht von Eddies Rückkehr hatten wir beide den besten Sex, den wir je erlebten.

Entdeckungen

Lou, der einen Collegesport zu seinem Beruf gemacht hat, ist mit seinen dreißig Jahren Besitzer eines eigenen Fahrradgeschäfts. Er ist einen Meter zweiundsiebzig groß und hat einen geschmeidigen und muskulösen Körper, der zugleich drahtig und sehr kräftig wirkt. Seine Augen sind braun, und sein sandfarbenes Haar ist modisch geschnitten. Lou unterbricht die Montage eines Reifens, um uns von seinem erotischsten Erlebnis zu erzählen.

Tracy und ich sind praktisch miteinander aufgewachsen. Ihre Familie zog in mein Nachbarhaus, als ich in der fünften Klasse war. Mit ihren elf Jahren war sie ein süßer Fratz; sie war wie ein Junge gebaut, trug aber Mädchenkleider mit Rüschen. Meine Mutter sagte, daß es nett von mir wäre, wenn ich sie am ersten Tag zur Schule begleitete und sie den anderen Kindern vorstellte. Das tat ich. Danach wurden wir die besten Freunde.

Tracy und ich waren in der Grundschule und in den ersten Jahren der High School in derselben Klasse. Die meisten Jungs, die ich kannte, hatten anderen Jungs zu Freunden, und die meisten Mädchen hatten andere Mädchen. Aber Tracy und ich waren unzertrennlich. Wir machten alles zusammen. Wir lernten zusammen, wir gingen miteinander in die gleichen Clubs in der Schule, und beim Schulspiel waren wir sogar Co-Stars.

Wenn wir uns nicht sahen, telefonierten wir stundenlang. Wir erzählten uns alles. Ich erinnere mich, als Tracy ihre erste Periode hatte. Sie sagte es mir, bevor sie es ihrer Mutter erzählte.

Tracy begann, mit Jungs auszugehen, und ich mit Mädchen, als wir auf der High School waren. Natürlich erzählten wir uns von unseren Verabredungen in aller Ausführlichkeit. Zuerst ging es in den Gesprächen darum, wohin wir gingen, mit wem, was wir taten, welche Filme wir sahen. Als wir den Sex entdeckten, sprachen wir auch darüber.

Ich erinnere mich, wie ich Tracy von dem ersten Mal erzählte, als mich ein Mädchen ihre Brüste berühren ließ. Ich war so aufgeregt, ich war im siebten Himmel. Tracy kannte das Mädchen. »Oh, sie hat große«, sagte sie. »Ich wünschte, ich hätte so große Brüste. Ließ sie dich mit der Hand in ihren BH fassen?«

Irgendwie schien es für sie völlig natürlich, mir solche Fragen zu stellen, und ich empfand es ganz normal, darauf zu antworten. Ich erzählte ihr, wie aufregend es war, zu spüren, wie die Brustwarzen des Mädchens hart wurden, als ich sie berührte, und wie sehr ich hoffte, sie beim nächsten Treffen sehen, vielleicht sogar daran saugen zu können.

»Gestern abend bin ich mit Bobby ausgegangen«, sagte sie. »Und er wollte meinen Busen fühlen.«

»Hast du ihn gelassen?« fragte ich atemlos vor Neugierde.

»Nein«, sagte sie und fügte nachdenklich hinzu: »Aber ich werde es morgen im Autokino tun. Schließlich will ich nicht, daß du mir so weit voraus bist.«

Ein paar Jahre später erzählte sie mir, daß sie nun mit jemandem geschlafen hatte. Wir waren am Ende der High School. Sie war öfters mit einem älteren Studenten ausgegangen. Sie sagte, er habe ihr das Gefühl vermittelt, daß sie, wenn sie es nicht mit ihm machte, sich kindisch benehmen würde. Sie bekannte, daß das eigentliche Vögeln sich gar nicht so gut anfühlte, weil es so schnell vorbei war. Das Beste sei gewesen, daß er sie leckte, bevor er in sie kam.

Ich war fasziniert. Ich hatte davon gehört, daß Mädchen den Jungs einen blasen, aber es war mir nie in den Sinn gekommen, daß ein Junge das gleiche mit einem Mädchen tun könnte. Nachdem mir Tracy beschrieben hatte, wie gut es sich anfühlte, als er seine Zunge in sie steckte und sie um ihre Öffnung herum leckte, war ich total wild darauf, es selbst zu versuchen.

Es gab ein Mädchen namens Ginger, von der alle Jungs sagten, sie würde es mit jedem machen. Sobald ich das Telefongespräch mit Tracy beendet hatte, rief ich Ginger an und bat sie um eine Verabredung. Sie sagte, ihre Eltern seien am Abend weg, und lud mich ein, in ihr Haus zu kommen. Ich konnte es kaum abwarten.

In dem Moment, als ich klopfte, riß Ginger die Tür auf und küßte mich. Innerhalb von Minuten waren wir beide nackt, und Ginger lag mit weit gespreizten Beinen auf der Couch. Ich stand da und starrte sie an, meine Augen zwischen ihre Beine geheftet. Ich war wie hypnotisiert von dem köstlichen rosa Schlitz mit seinen dicken geschwollenen Lippen, die in diesen lockigen Dschungel eingebettet waren.

Ich kniete mich neben die Couch und fing ungelenk an, ihr feuchtes Fleisch zu küssen und zu lecken. Ich war ein echter Klotz, meiner Bewegungen unsicher, ich hatte Angst, daß sie meine Unerfahrenheit bemerkte. Nach ein paar Minuten jedoch fing ich an zu experimentieren, entdeckte, was Ginger stöhnen ließ. So seltsam es war, ich stellte mir dabei vor, daß es Tracy wäre.

Schließlich bestieg ich Ginger und stieß in sie. Meine erste Erfahrung beim Geschlechtsverkehr ähnelte der Tracys. Es war viel zu schnell vorbei, um etwas zu spüren. Als wir fertig waren, wollte ich nun so schnell wie möglich ans Telefon kommen, um Tracy davon zu erzählen.

Tracy hatte tausend Fragen. Wie schmeckt es? Wie fühlt es sich an? Wie reagierte Ginger, als ich es tat? Ich beschrieb Tracy die ganze Episode. Ich denke, daß mein Gespräch mit ihr im Grunde aufregender war als das, was ich mit Ginger gemacht hatte.

Nach der High School gingen Tracy und ich auf verschiedene Colleges an den entgegengesetzten Enden des Landes. Wir konnten es uns zwar nicht leisten, so viel wie sonst zu telefonieren, aber wir blieben mit Karten und Briefen in Kontakt. Wir blieben enge Freunde und teilten uns weiterhin unsere Erfahrungen mit.

Ein paar Wochen vor unseren ersten Weihnachtsferien rief ich sie an, und wir sprachen eine Weile über unsere Klassen und solche Dinge. Wie üblich kamen wir bald auf intimere Themen. Ich erzählte ihr von einem Mädchen, mit dem ich gegangen war, bei dem ich mich aber, als es zum Sex ging, unwohl gefühlt hatte. Ich konnte es aber einfach nicht über mich bringen, so wie sonst ausführlich die Einzelheiten zu berichten. Und auch Tracy stellte nicht ihre üblichen Fragen.

Als sie mir von einem Typen erzählte, mit dem sie sich traf, schien sie ihre Worte sehr sorgfältig zu wählen. Es war klar, daß sie mit ihm im Bett gewesen war, aber sie sagte nicht viel dazu, und ich fragte auch nicht. Schließlich murmelte ich, ohne darüber nachzudenken, irgend etwas von einem Referat, das am nächsten Morgen fertig sein muß, und warf eiligst den Hörer auf die Gabel.

An diesem Abend konnte ich nicht einschlafen. Ich lag stundenlang im Bett und dachte über unser Gespräch nach. Ich stellte mir Tracy mit einem anderen Jungen vor. Ich konnte sie im Bett zusammen sehen, wie sie sich nackt und eng umschlungen hin- und herwälzten. Die Bilder waren so schrecklich, daß mir flau im Magen wurde. Ich konnte nicht verstehen, was mit mir los war. Erst am Morgen, als das Licht allmählich durch mein Fenster kroch, wurde mir klar, daß ich eifersüchtig war. Ich war in Tracy verliebt.

Plötzlich ging mir auf, daß ich seit unserem elften Lebensjahr in sie verliebt war. Ich war zu taub, zu blöde, zu blind gewesen, um es früher zu erkennen. Ich hatte das Gefühl, einen Hammer auf den Kopf bekommen zu haben. Ich war fassungslos.

Zuerst wußte ich nicht, was ich tun sollte. Tracy war meine beste Freundin. Ich hatte ihr immer alles erzählt. Ich wollte sie sofort anrufen und ihr von meiner Entdeckung berichten, aber ich hatte Angst. Wenn sie nicht das gleiche empfand, würde dies das Ende unserer Freundschaft sein?

Es war riskant, aber ich hatte keine Wahl. Jetzt, wo ich das Gefühl benannt hatte, würde ich es nicht mehr zurückhalten können. Es war erst sechs Uhr morgens, aber ich griff nach dem Telefon. Tracy antwortete beim ersten Läuten.

»Tut mir leid«, sagte ich. »Habe ich dich aufgeweckt?«

»Nein«, antwortete mit hellwacher Stimme. »Ich war die ganze Nacht auf.«

»Ich auch«, sagte ich. Dann holte ich tief Luft und platzte mit meinen Gefühlen heraus. Aus Angst vor ihrer Reaktion redete ich so schnell ich konnte, bis ich aufhören mußte, um Atem zu holen. Da hörte ich Tracy lachen.

»Ich liebe dich auch«, sagte sie schließlich. »Warum haben wir bloß so lange gebraucht, um das herauszufinden? Sind wir so doof oder was?«

Wir müssen eine Stunde telefoniert haben, in der wir über unsere Gefühle füreinander sprachen. Ich hatte mich noch nie im Leben besser gefühlt. Der Himmel war blau, die Sonne schien, die ganze Welt war wunderbar.

Am Abend telefonierten wir wieder. Und am nächsten Abend. Und am Abend darauf. Alles, woran wir denken konnten, waren die Weihnachtsferien, die noch knapp drei Wochen entfernt waren. Wir fuhren beide nach Hause und würden endlich zusammensein. In einem unserer Gespräche sagte Tracy: »Ist dir schon aufgefallen, daß wir uns seit der Kindheit kennen und uns nie geküßt haben?«

Als sie dies sagte, dämmerte mir plötzlich etwas. Seit diesem Morgen, als ich meine Gefühle für sie entdeckt hatte, war ich mit dem Kopf in den Wolken. Ich hatte abstrakt gedacht, mein Kopf war voller rosiger Gedanken über Liebe und Ewigkeit. Die Vorstellung war so neu, daß es nichts anderes mehr zu geben schien, worüber ich mit ihr reden wollte. Aber Tracys Worte brachten mich auf die Erde zurück. In ein paar Wochen würde ich sie sehen, in den Armen halten, sie küssen. Wir würden miteinander schlafen. Der Gedanke erregte mich mehr als alles, was ich bisher erlebt hatte.

»Tracy«, murmelte ich. »Ich kann es kaum erwarten, deine Lippen an den meinen zu fühlen. Ich kann es kaum erwarten, deinen Atem zu spüren.«

»Ich möchte deine Hände auf meinem Körper spüren«, sagte sie mit vor Erregung zitternder Stimme.

Ein paar Augenblicke lang schwiegen wir und malten uns die Dinge aus, die wir zusammen entdecken würden. Dann flüsterte Tracy zögernd: »Lou, sag mir, was du mit mir tun wirst.«

Ich erinnerte mich an unser Gespräch in der High School über die Nacht, in der sie ihre Jungfräulichkeit verlor. Ich erinnerte mich, wie enttäuscht sie gewesen war, daß es schnell vorbei war, und wie sehr es sie erregt hatte, über oralen Sex zu sprechen. »Ich werde mir Zeit lassen«, sagte ich. »Ich lecke dich so lange, bis du mich bittest, aufzuhören.«

Ihr leiser sinnlicher Seufzer veranlaßte mich, weiterzureden. »Ich möchte meine Zunge in dich stecken und dich langsam mit meinem Mund erforschen. Ich werde an deinen empfindlichsten Stellen knabbern und sie küssen, während du mir sagst, wo du es am liebsten hast. Ich will, daß du mir beibringst, wie ich dir Gutes tun kann, so wie es noch nie jemand getan hat.«

»Ja«, sagte sie. »Ich will, daß wir Dinge miteinander tun, die keiner von uns je zuvor gemacht hat.«

Am nächsten Abend sprachen wir wieder über oralen Sex. Nervös gab ich zu, daß ich noch nie einen Neunundsechziger versucht hatte. Ich hatte Angst, sie würde mir sagen, daß sie es schon mit jemandem gemacht hatte, und daß mich dann meine Eifersucht überwältigen würde. Ich war erleichtert, als sie sagte: »Du meinst, daß wir es beide gleichzeitig tun. Oh, das wollte ich immer schon einmal.«

Wir sprachen stundenlang darüber, machten uns gemeinsam Vorstellungen, wie es sich anfühlen würde, wenn wir es schließlich tun würden. Ich beschrieb die Stellung, über die ich immer phantasiert hatte. Ich würde auf meinem Rücken liegen, während sie breitbeinig über mir sein würde. Ihre Knie würden sich neben meinem Kopf befinden, ihr Gesicht über meinem Becken.

Sie würde langsam nach unten kommen, so daß mein Mund ihr Geschlecht im gleichen Augenblick berühren würde wie ihr Mund das meine.

Unsere Unterhaltung war so heiß, daß es mich wundert, daß die Drähte nicht durchbrannten. An einer Stelle bemerkte ich etwas Besonderes an dem Klang von Tracys Atem. »Weißt du, was ich jetzt tue?« fragte sie.

Ich glaubte, es zu wissen, aber ich sagte: »Nein. Sag es mir.«

»Nun«, sagte sie atemlos. »Ich habe meinen Finger genau dort, wo du deine Zunge hintun willst. Und ich reibe mich langsam und leicht, genau so, wie du mich lecken willst.«

Während sie redete, begann auch ich mich zu streicheln. Zuerst hörte ich einfach ihrer Beschreibung zu, wie sie masturbierte, ließ mich davon auf immer höhere Stufen der Erregung tragen. Dann, als ich das Gefühl hatte, ich würde gleich platzen, sagte ich: »Oh, Tracy, ich mache es auch. Ich halte meinen Schwanz und stelle mir vor, daß es deine Hand ist. Ich glaube, ich komme.«

»Ja«, stieß sie hervor. »Ja. Aber warte auf mich. Nur noch einen Augenblick. Warte. Warte. Ja, oh, ja. Ja, ich komme mit dir. Jetzt, ja, jetzt.«

Ihre Worte und die Erregung in ihrer Stimme brachten mich zum Höhepunkt. Ich schloß meine Augen, als ich meine Säfte in die Luft pumpte. Ich stellte mir ihre Hand um meinen Schwanz vor, ihren Mund und ihre Zunge, wie sie mein pulsierendes Organ liebkosten. Ich weiß nicht, was mich mehr erregte: mein Orgasmus oder die Vorstellung ihres bebenden Körpers und ihres Stöhnens, das ihren Höhepunkt ankündigte.

Danach hatten wir mindestens einmal am Tag Telefonsex, manchmal mehr. Obwohl unsere Weihnachtsferien immer näher rückten, dachte ich, wir würden vor gespannter Erwartung und Vorfreude sterben. Unser Liebesspiel auf Entfernung war wunderbar, aber wir wußten beide, daß es in Wirklichkeit sogar noch sensationeller sein würde.

Die letzte Woche vor den Ferien war eine ekstatische Tortur.

Wir sprachen jeden Morgen und dann wieder am Abend miteinander. Zwischendurch flitzte ich vier- oder fünfmal am Tag ins Bad, um zu wichsen. Ich fühlte mich unersättlich.

Keiner von uns war gewillt, länger als nötig auf unsere Vereinigung zu warten, von der wir nun so lange geträumt hatten. Tracy und ich vereinbarten, uns am Flughafen zu treffen. Unseren Eltern sagten wir, daß wir einen Tag später ankommen würden. Mein Flugzeug landete etwa eine Stunde vor dem Tracys, so daß ich uns schon in einem nahegelegenen Hotel angemeldet hatte, als sie ankam.

Wir nahmen einen Mietwagen. Es war gut, daß so wenig Verkehr war, ich mich überhaupt nicht aufs Fahren konzentrieren mußte. Ich konnte nichts anderes denken, als mit ihr ins Zimmer zu kommen. Der Mann am Empfang im Hotel arbeitete so langsam, daß ich am liebsten über den Tisch gesprungen wäre und ihn erwürgt hätte. Schließlich hatten wir jedoch unseren Schlüssel und gingen zum Aufzug.

Wenn wir den Aufzug für uns gehabt hätten, hätten wir uns wohl schon auf dem Weg nach oben geliebt. Es fuhr jedoch eine Familie mit so viel Gepäck, daß es ein Leben lang gereicht hätte, mit, und so mußten wir uns zurückhalten, bis wir im Zimmer waren. Kaum hatten wir die Tür hinter uns geschlossen, fielen wir wie hungrige Tier übereinander her.

Das Verlangen, das sich im Laufe der letzten zehn Jahre aufgebaut hatte, überwältigte uns völlig. Wir rissen uns buchstäblich die Kleider vom Leib, warfen sie irgendwo hin und küßten und streichelten uns. Ich knabberte an ihren Nippeln und drückte ihre Brüste, bis sie aufschrie. Sie umfaßte meinen Schwanz so fest, daß es mir weh tat. Aber keiner von uns hörte auf oder wollte, daß der andere aufhörte – nicht eine Sekunde lang.

Wir sanken zu Boden, liebten uns wie wahnsinnig auf dem Teppich, ohne einen Gedanken daran, daß wir am Telefon davon gesprochen hatten, uns Zeit zu lassen. Alles, was ich wollte, war, in ihr sein. Alles, was sie wollte, war, mich mit ihrer Weichheit zu umhüllen. Wir hatten uns kaum bewegt, als unsere Schreie auch schon unseren plötzlichen, gleichzeitigen Orgasmus ankündigten. Danach lagen wir keuchend und nach Luft schnappend eng umschlungen da.

Ein paar Minuten später begannen wir wieder mit dem Liebesspiel. Dieses Mal bewegten wir uns langsamer, jeder nahm sich Zeit, den anderen mit der liebevollen Neugierde, die wir füreinander empfanden, zu erforschen. Ich küßte ihre Nippel und streichelte ihren weichen weißen Körper, während sie mit ihren Fingern über meine Brust und Schenkel strich.

Ich stand auf, hob sie hoch und legte sie vorsichtig aufs Bett. Ich stand einen Augenblick da und betrachtete ihre herrliche Nacktheit, konnte es kaum fassen, daß sie mir gehörte, endlich ganz mir. Ich spürte, daß Tränen aus meinen Augen flossen, und sah, daß auch sie weinte. Unsere Freude überwältigte uns. Langsam beugte ich mich über sie und grub mein Gesicht zwischen ihre Schenkel, um von dem Honig ihrer Erregung zu kosten.

Als ich sie zu lecken begann, spürte ich ihre Hände auf meinem Po. Sie stupste mich liebevoll, holte mich neben sie auf die Matratze und rollte mich auf den Rücken. Gleichzeitig kam sie mit gespreizten Beinen, so wie wir es uns am Telefon ausgemalt hatten, über mich.

Ich sah ihre leicht geöffnete Vagina mit ihren rosafarbenen Lippen, die mit glitzernden feuchten Diamanten besprenkelt waren, über mir. Langsam und verführerisch ließ sie sie über meinem Gesicht kreisen. Ich konnte ihren Duft riechen, während sich der Abstand zwischen uns verringerte. Als sie nur noch einen Zentimeter von mir weg war, ließ ich meine Zunge leicht über ihre zarten, gespreizten Lippen wandern. Im gleichen Moment fühlte ich die warme Feuchtigkeit ihres Mundes, der sich über der geschwollenen Spitze meines pulsierenden Schwanzes schloß.

So langsam, daß es kaum spürbar war, nahm sie mich in ihren Mund. Ich folgte ihrem Beispiel und ließ meine Zunge sanft zwischen die Häute ihrer Vulva gleiten. Eine Zeitlang, die uns wie ein Jahrhundert erschien, verharrten wir so, probierten wir die

Würze unseres Verlanges. Wir gewöhnten uns langsam an das herrliche Gefühl, vom anderen mit Zunge und Lippen erforscht zu werden; gegenseitig kosteten wir den Geschmack unseres Verlangens.

Es war so wundervoll, so erfüllend, so erregend, daß es für uns beide wie das allererste Mal war. Wir leckten uns und saugten aneinander, bis wir zum Rand eines gemeinsamen Höhepunkts kamen. Als hätten wir es verabredet, hielten wir uns dann ein wenig zurück, um wieder langsam auf einen neuen Gipfel zusteuern zu können. Wir hielten in dieser Nacht unsere Münder lange auf des anderen Genitalien gepreßt. Dabei riefen wir uns die erotischen Beschreibungen in Erinnerung, die unsere Vorstellungskraft während unserer Tag- und Nachttelefonate entflammt hatten.

Wir hatten über diesen Moment so lange phantasiert, daß keiner von uns wollte, daß er aufhörte. Wir dehnten ihn so lange wie möglich aus, bis wir beide das Gefühl hatten, wir würden zerspringen, wenn wir unseren Orgasmen nicht freien Lauf ließen. Wenn wir dann beide instinktiv wußten, daß der andere bereit war, ließen wir es geschehen.

Unsere Gedankenspiele hatten uns auf etwas Spektakuläres vorbereitet, aber es war besser, als wir es uns vorgestellt hatten. Wir schrien zusammen, als die Zuckungen unseres Höhepunkts das Bett erschütterten und die Luft mit dem Geruch unserer Leidenschaft anfüllten. Wir liebten uns weiter oral, bis wir auf einer Wolke der Zufriedenheit dahindrifteten. Seite an Seite machten wir uns in unserer Vereinigung glücklich.

Diese Nacht unserer ersten sexuellen Begegnung war das Beste, was wir je erlebten. Der Aufbau der Spannung durch unsere ausführlichen Sexgespräche und die Sehnsucht, die wir schließlich als wirkliche Liebe erkannten, vertieften wohl unsere Erfüllung und verstärkten bei uns beiden das Gefühl, belohnt worden zu sein. Wir verbrachten den Rest der Nacht damit, daß wir versuchten, all die anderen Dinge zu tun, über die wir geredet und die wir uns vorgestellt hatten, aber uns wurde schnell klar, daß eine Nacht nicht ausreichen würde. Wir hatten noch ein ganzes Leben vor uns, um zu lernen, dem anderen Gutes zu tun und ihm Freude zu bereiten.

Im nächsten Semester wechselte ich auf Tracys College über, so daß wir nie wieder getrennt sein würden. Ein Jahr später heirateten wir, und seither leben wir glücklich zusammen. Manchmal telefonieren wir tagsüber und reden über die Sexspiele, die wir am Abend spielen werden. Dieser kleine Geschmack der Vorfreude regt unseren sexuellen Appetit immer an.

Kapitel 6
Das Element der Überraschung

Manchmal kann das Leben recht eintönig sein. Wir wachen jeden Morgen zur selben Zeit auf und gehen abends zur selben Zeit ins Bett. Unser Leben rankt sich um den Schlaf, unsere Arbeit und das Essen. Wenn wir jemals innehalten, um an den sprichwörtlichen Rosen zu riechen, dann wahrscheinlich nur, während wir auf den täglichen Zug zur Arbeit warten oder während eines unerwartet freien Augenblicks in unserer durchgeplanten Routine.

Das ist wahrscheinlich der Grund dafür, daß fast jeder Überraschungen liebt. Die meisten von uns haben köstliche Erinnerungen an die besonderen Überraschungen, die wir als Kinder an unseren Geburtstagen oder an Weihnachten erlebten. Sogar als kleine Kinder sind wir von allem begeistert, was außergewöhnlich und eine Unterbrechung der Routine ist.

Für viele Erwachsene wird Sex ein Teil der Lebensroutine. Er wird wie eine Mahlzeit geplant, findet nach den Elf-Uhr-Nachrichten montags und samstags oder vor der Rückkehr der Kinder vom Pfadfindertreffen Mittwoch abends statt. Das Ergebnis ist, daß er einiges von dem Glanz verliert, den er hatte, als er noch eine frische, neue Erfahrung war.

Einige Paare haben gelernt, sich diesen Glanz wieder in ihr Liebesleben zu holen, indem sie den anderen gelegentlich mit einem erotischen Geschenk überraschen. Für die Person, die ein solches Geschenk erhält, leuchtet in ihrer Erwachsenenwelt ein kindhaftes Gefühl der Erregung auf. Der Gebende erlebt die geheime Freude, die entsteht, wenn er eine Überraschung plant und sich auf diesen speziellen Moment freut, in dem das Geheimnis enthüllt und gemeinsam genossen werden kann.

Das Element der Überraschung veränderte das Leben der beiden Paare, die in diesem Kapitel beschrieben sind, sehr. Sie entdeckten, daß Sex zu unerwarteten Zeiten und in ungewöhnlichen Umständen ihre Beziehung neu belebte. Die Erregung, die sie spürten, wenn sie überrascht wurden oder selbst den Partner überraschten, sprang über und würzte nachhaltig auch ihre sonstigen sexuellen Begegnungen.

Ein erotisches Geschenk

Leslie ist eine zierliche Frau Ende Dreißig. Sie hat braunes Haar, das in weichen Wellen auf ihre Schultern fällt. Das Funkeln ihrer blauen Augen verrät eine kindliche Liebe dazu, es sich gut gehen zu lassen und Spaß zu haben. Leslie ist bei einer landesweiten Firma in mittleren Management tätig. Ihr Mann Rob ist Ingenieur. Leslie sagte, daß ihr bester Sex das Geschenk war, das sie Rob an seinem fünfunddreißigsten Geburtstag machte.

Rob und ich sind zehn Jahre verheiratet und hatten immer ein recht gutes Liebesleben. Am Anfang war es sogar phantastisch. Wir liebten uns jeden Abend, und an Wochenenden manchmal mitten am Tag. Nach ein paar Jahren dann waren wir so in unsere Arbeit verstrickt, daß wir feststellen mußten, daß wir damit mehr Zeit verbrachten als mit irgend etwas anderem in unserem Leben. Wenn wir abends nach Hause kamen, waren wir beide immer ziemlich müde. Und unsere beiden kleinen Töchter kosteten uns auch eine Menge Energie.

Es kam zu dem Punkt, an dem wir nur noch ein- oder zweimal die Woche Sex hatten. Nun, die meiste Zeit war es wohl eher einmal die Woche als zweimal. Wir genossen es beide immer noch, aber die Wahrheit ist, daß uns Sex nicht mehr so wichtig schien. Wir hätten wahrscheinlich ewig so weitergemacht, wenn ich nicht eines Nachmittags, als ich wegen einer Grippe zu Hause blieb, diese Talkshow im Fernsehen gesehen hätte.

Das Thema war, wie man das Feuer in der Ehe am Brennen

hält. Eine Frau in der Sendung sagte, daß sie Bauchtanzstunden genommen habe, so daß sie ihren Mann mit erotischer Unterhaltung erregen konnte. Ich hörte zuerst nur mit halbem Ohr zu, bis eine andere Frau sagte, daß sie und ihr Mann sich gerne mit erotischen Geschenken überraschten. Da wurde ich plötzlich aufmerksam. Ich war von der Idee fasziniert, wollte wissen, was genau sie machten. Aber Sie wissen ja, wie das im Fernsehen ist: Man gibt sich sehr offen, redet über Sex, aber dann geht niemand wirklich ins Detail.

Ich dachte danach tagelang darüber nach und wurde von der Vorstellung außerordentlich erregt. Robs Geburtstag war in ein paar Wochen, und ich hatte eigentlich geplant, ihm etwas für seinen Schreibtisch zu kaufen. Aber es wäre doch viel aufregender, wenn ich ihn mit einem erotischen Geschenk überraschte. Ich zerbrach mir den Kopf, versuchte herauszufinden, was ich tun könnte. Eines Tages, als ich vom Mittagessen in mein Büro zurückging, fiel mir dieser Pornoladen auf. Sie wissen schon, eines dieser Geschäfte, in denen sie Pornovideos und andere Produkte verkaufen, die sie ›eheliche Hilfsmittel‹ nennen.

Obwohl ich an diesem kleinen Laden schon mindestens hundertmal vorbeigegangen war, hatte ich ihn nie besonders beachtet. Ich wußte zwar nicht genau, was ich wollte, stellte mir jedoch vor, daß ich in so einem Laden einige Anregungen finden könnte, die mir bei meiner Geburtstagsüberraschung für Rob helfen würden. Einen Augenblick lang zögerte ich: »Soll ich oder soll ich nicht?« Dann, bevor ich noch Zeit hatte, mir die Frage zu beantworten, ging ich schnurstracks hinein.

Es war unglaublich. Der Laden war ein erotischer Supermarkt. Es stöberten ziemlich viele Leute herum, und ich war überrascht, daß niemand irgendwie anrüchig aussah. Der Laden war vollgestopft mit erotischen Artikeln. Ich wußte nicht, wo ich zuerst hinsehen sollte. Da fiel mir ein Wäscheregal ins Auge. Zu einem erotischen Geschenk gehörte vor allem ein heißes Outfit.

Gewöhnlich kleide ich mich eher konservativ, sogar was die Unterwäsche betrifft, die bei mir teuer ist, aber nicht besonders aufregend. Die verführerische Wäsche in diesem Laden war alles andere als konservativ, aber ich war völlig fasziniert. Ich stellte mir vor, sie für Rob zu tragen, und war überrascht, daß ich den Gedanken, vor ihm in diesen gewagten Sachen zu posieren, ungeheuer erregend fand.

Die Auswahl war so groß, daß ich irgendwie eingeschüchtert war. Aber ich kam bald darüber hinweg und fing an, alles durchzusehen wie in einem Kaufhaus. Ich bin ziemlich klein und habe normalerweise nicht viel Auswahl. Aber in diesem Geschäft gab es Dutzende von Modellen in meiner Größe. Ich beschloß, etwas in Rot zu nehmen, um mein dunkelbraunes Haar zu betonen. Zu meinem eigenen Erstaunen wählte ich einen knallroten Büstenhalter aus, der an der Stelle der Brustwarzen ausgeschnitten war, und das dazu passende Höschen, das einen offenen Schritt hatte. Die verführerischen Öffnungen waren in Spitze gefaßt, und ich errötete, als ich mir vorstellte, wie sie die Stellen umrahmten, die meine Unterwäsche normalerweise bedeckt. Tief in mir glaubte ich es immer noch nicht, daß ich so etwas tatsächlich kaufen oder tragen würde. Andere Frauen vielleicht, aber ich doch nicht; die ganze Idee war zu ausgeflippt. Und doch legte ich die Teile aus irgendeinem Grund auf die Seite und fuhr fort, die Wäsche durchzusehen, bis ich einen schwarzen Strapsgürtel aus Spitze und schwarze Netzstrümpfe fand.

Ich legte die roten und schwarzen Stoffähnchen nebeneinander und versuchte mir vorzustellen, wie sie an mir aussehen würden. Plötzlich wurde mir klar, daß alles völlig normal war, daß es gar nicht so ausgeflippt war, meinen Mann einmal mit gewagter Reizwäsche auf Touren zu bringen. Die ganze Idee, Rob eine erotische Überraschung zu bereiten, schien mir plötzlich nicht mehr unmöglich. Ich beschloß, die Wäsche zu kaufen und noch ein paar Kleinigkeiten, die seinen Geburtstag in ein erotisches Ereignis verwandeln würden.

Als ich den Sex-Shop verließ, hatte ich eine große Tasche unter dem Arm, die meine neue Ausstattung enthielt. Zusätzlich zu der Unterwäsche hatte ich ein Pornovideo gekauft, einen Lippenstift mit Erdbeergeschmack und außerdem sogenanntes »Sexöl«, »Haremsräucherstäbchen« und »Verführungskerzen«. Später kaufte ich noch eine teure Flasche Rotwein und zwei Dosen geräucherte Austern, denn ich hatte gehört, daß diese Kombination den sexuellen Appetit steigern konnte. Ich war schon lange nicht mehr so aufgeregt.

Von diesem Tag an beherrschte die Vorbereitung für Robs erotische Überraschung mein Denken Tag und Nacht. Meine Erregung steigerte sich immer mehr, je näher der Geburtstag rückte. Ich schickte die Kinder für diese Nacht zu ihrer Großmutter und ging so früh von der Arbeit nach Hause, daß ich Zeit hatte, alles zusammenzustellen. Ich wollte aus unserem Wohnzimmer einen Palast der Leidenschaft machen. Da wir uns sonst immer nur im Schlafzimmer geliebt hatten, dachte ich, der Wechsel würde etwas zu der Überraschung beitragen.

Ich machte Feuer im Kamin und stellte im ganzen Raum Verführungskerzen auf. Das flackernde Licht verlieh dem Raum ein erotisches Ambiente, das vom Geruch der Räucherstäbchen noch vervollständigt wurde. Ich warf einen letzten prüfenden Blick auf mein Werk und sog die warme und verführerische Atmosphäre in mich ein. Ich fühlte mich schon ungemein stimuliert, wenn ich nur an die bevorstehende Nacht dachte. Ich goß zwei Gläser Wein ein und stellte sie auf den Cocktailtisch neben den Teller mit geräucherten Austern.

Wir haben einen großen Fernsehschirm in unserem Wohnzimmer und einen Videorecorder. Ich legte die Pornokassette ein und spulte sie zum Anfang. Der Film begann mit einem Mann und einer Frau, die angekleidet im Bett saßen. Die Frau sagte, sie sei ganz hungrig nach Sex. Sie begannen sich auszuziehen. Innerhalb weniger Augenblicke küßten sie sich leidenschaftlich und streichelten sich überall. Es erregte mich, ihnen zuzusehen.

Ich beschloß, daß es an der Zeit war, die Reizwäsche, die ich gekauft hatte, anzuziehen. Ich stellte das Videogerät aus, ging ins Schlafzimmer und breitete meine neue Ausrüstung auf dem Bett aus. Als ich meine Kleider ablegte, fühlte ich mich so richtig verrucht. Nackt betrachtete ich im Spiegel meine Brüste und Hüften. Ich wußte, mein Körper war alles andere als perfekt, aber in diesem Augenblick fühlte ich mich wie die erotischste Frau auf der Welt. Ich machte mich schamlos daran, meinen eigenen Mann zu verführen, und der Gedanke bereitete mir ein wundervolles Gefühl.

Langsam schlüpfte ich in das gewagte rote Höschen und rückte die Öffnung aus Spitze so zurecht, daß Rob sie erst in einem geeigneten Moment bemerken würde. Dann zog ich den BH, den Strumpfgürtel und die Strümpfe an. Meine Haut leuchtete weiß im Kontrast zu den roten und schwarzen Spitzenstoffen. Ich holte ein paar hochhackige schwarze Pumps aus meinem Schuhschrank und stieg hinein. Als ich wieder in den Spiegel sah, klatschte ich mir selbst innerlich Beifall.

Mein Körper war schlank und kam durch die knappen Sachen erst richtig zur Geltung. Ich hatte früher schon ein paarmal Reizwäsche getragen, aber nie etwas so Aufregendes. Es gab mir das Gefühl, eine andere Person zu sein. Ich dachte daran, wie sehr es Rob erregen würde, wenn er zur Tür hereinkam und mich in diesen verführerischen Dessous sah. Bei der Vorstellung wurde ich ganz heiß.

Ich konnte sehen, daß meine Nippel sich aufrichteten und aus den spitzengefaßten Öffnungen hervorstanden. Ich starrte sie einen Moment an und bemerkte, daß sie unter meinem eigenen Blick noch härter wurden. Ich wünschte, sie wären dunkler, so daß sie sofort seine Blicke anziehen würden. Ich erinnerte mich an den Erdbeer-Lippenstift und fragte mich, wie meine Brustwarzen aussehen würden, wenn ich ein wenig davon auftrug. Meine Brüste begannen bei dem Gedanken daran zu kribbeln. Als ich die harten rosa Knöpfe mit der Lippenstiftspitze berührte, spürte ich, wie durch meinen ganzen Körper ein warmer Strom schoß.

In diesem Moment hörte ich Robs Wagen in die Einfahrt fahren. Ich warf einen schnellen Blick in den Spiegel auf meine rot gefärbten Nippel und die rote Spitze, die sie umrandete, und eilte ins Wohnzimmer zurück, um sicherzustellen, daß alles bereit war. Ich schaltete den Videorecorder genau in dem Moment an, als Rob die Tür öffnete. Als er eintrat, war er von den ungewohnten Lichtverhältnissen verwirrt. Völlig durcheinander, als sei er im falschen Haus gelandet, fiel sein Blick auf die Kerzen und die Pornoszene, die auf dem großen Fernsehschirm ablief. Dann sah er mich und bemerkte meine rasante Verkleidung. Er starrte einen Augenblick auf meine Nippel, die sich durch die Spitzen-Gucklöcher bohrten. Seine Augen strichen anerkennend über meinen Körper, glitten über den schwarzen Strapsgürtel und die Strümpfe. »Was ist denn hier los?« fragte er leise und offensichtlich angetan von dem, was er sah.

»Alles Gute zum Geburtstag«, sagte ich und ging mit schwingenden Hüften auf ihn zu. Ich schlang meine Arme um seinen Hals und küßte ihn heiß. Dann trat ich zurück und gab ihm ein Glas Wein.

»Ich kann das alles gar nicht glauben«, murmelte er. »Ich kann es gar nicht fassen, diese Sachen, die du anhast. Ich finde es toll. Du hast noch nie so etwas getragen. Was ist los?«

Ohne zu antworten, begann ich, sein Hemd mit gezielten Bewegungen aufzuknöpfen. Dabei wurde mir bewußt, daß unser Liebesleben so zur Routine geworden war, daß ich mich nicht erinnern konnte, wann ich ihn das letzte Mal ausgezogen hatte. Als sein Hemd offen war, streifte ich es ihm ab und begann, seine Brust mit meinen Händen zu liebkosen. Ich hörte ihn seufzen.

»Das ist dein Geburtstagsgeschenk«, sagte ich. »Es ist ein erotisches Geschenk. Probier den Wein.« Er nippte zögernd, rollte den Wein genüßlich auf seiner Zunge und seufzte vor Vergnügen. Er nippte wieder, und ich öffnete dabei seinen Gürtel.

Rob stand reglos da, als ich den Reißverschluß seiner Hose öffnete und sie ihm über seine muskulösen Beine zog, bis sie auf den Boden fiel. Seine Slip wölbte sich über seiner Erektion. Ich befreite ihn schnell, so daß er völlig nackt vor mir stand. Er bebte vor Erregung.

»Der Wein«, flüsterte ich. »Trink noch etwas Wein.« Als er

von seinem Glas nippte, nahm ich das Sexöl und schüttete ein wenig davon auf meine Handfläche. Sanft streichelte ich seine Erektion, rieb das wohlriechende Öl in die weiche Haut. Ich hörte, daß er seinen Atem scharf einzog. Ich spielte gewöhnlich bei unserem Liebesspiel nicht die aktive Rolle und genoß es deshalb um so mehr. Ich liebte das Gefühl von Kontrolle, als sich sein Schwanz durch die Berührung meiner Finger noch mehr aufrichtete.

Er stöhnte. »Wenn du jetzt nicht aufhörst«, sagte er, »ist gleich alles vorbei.«

»Es wird nicht vorbei sein«, sagte ich. »Dies ist erst der Anfang. Halte dich nicht zurück. Komm, wann immer du magst. Es wird eine Nacht, die du nie vergessen wirst.«

Die Worte waren kaum von meinen Lippen, als er zu schwellen und zu pulsieren begann, und ich wußte, daß er gleich kommen würde. »Geh weiter, Rob«, sagte ich singend. »Laß es geschehen. Laß es fließen.« Und es floß. Ich fühlte, wie sich sein Körper wiederholt in den Wellen des Höhepunkts anspannte und entspannte. Als sein Orgasmus abebbte, führte ich ihn zur Couch und machte es ihm bequem. Dann saßen wir Seite an Seite.

Einen Augenblick später nahm ich den Teller geräucherter Austern und schob ihm eine in seinen Mund. »Iß das«, flüsterte ich. »Das ist gut für sexuelle Ausdauer.« Während er kaute, tranken wir von dem Wein und sahen uns die erotischen Szenen an, die sich auf dem Fernsehschirm abspielten. Zwei Paare machten im gleichen Bett Liebe, und die Kamera schwenkte ständig von einem zum anderen. Die Nahaufnahmen von männlichen und weiblichen Geschlechtsorganen, von Körpern in enger Umschlingung erhöhten meine Erregung und entflammten Rob von neuem.

Ich glitt auf den Boden, kniete mich zwischen seine Füße und beugte mich über seinen Schoß. Sein Penis lag weich und zusammengeschrumpft in der wirren Matte seines Schamhaars. Ich neckte ihn leicht mit meiner Zungenspitze und nahm ihn dann ganz in meinen Mund. Am Anfang unserer Ehe hatte ich mit ihm regelmäßig oralen Sex gemacht, aber in den letzten Jahren hatte unser Sex aus wenig mehr bestanden als Penetration und Stoßen. Heute abend jedoch gab ich ihm ein Geschenk. Heute abend würde ich alles Erdenkliche tun, um ihm unvergeßliche Stunden zu bereiten!

Zuerst fürchtete ich, unbeholfen zu sein, aber sobald ich angefangen hatte, fühlte ich mich wie eine sexuelle Expertin. Ich genoß den Geschmack und das dicke Hauptteil seiner Männlichkeit in meinem Mund. Innerhalb weniger Sekunden erregte es mich ebenso wie ihn. Rob schnappte nach Luft, und ich spürte, wie er wieder hart wurde. Ich sah auf zu ihm, und es durchfuhr mich, als ich feststellte, daß er mich durchdringend ansah. Fast ohne zu bemerken, was ich tat, fing ich an, herumzuspielen, liebkoste ihn mit meinen Lippen und meiner Zunge, bis er pochte und pulsierte.

Langsam ließ ich ihn aus meinem Mund gleiten. Sein Schaft war hart und glänzte feucht. Ich erhob mich vom Boden und senkte mich mit dem Gesicht zu ihm und mit gespreizten Beinen auf seinen Schoß. Ich sah, wie er auf meine erdbeerroten Nippel starrte. »Probier sie«, sagte ich. »Es ist ein Teil der Überraschung.«

Er leckte meine Brustspitzen und lächelte, als er den Erdbeergeschmack bemerkte. Ich konnte den Kopf seiner Männlichkeit durch den umsäumten Schlitz am Schritt meiner sexy Höschen spüren. Meine Hüften leicht hebend, führte ich ihn in mich. Dann begrub ich ihn mit einer Vorwärtsbewegung meines Beckens vollständig. Inzwischen war ich so naß, daß er mühelos hineinglitt. Es fühlte sich wunderbar an.

Wir bewegten uns vor und zurück, fanden einen gemeinsamen Rhythmus, während seine Stöße immer heftiger wurden und meine inneren Gewebe sich wärmten und dehnten. Ich spürte, wie er anschwoll und wieder zu pulsieren begann. Dieses Mal wollte ich, daß es länger dauerte. Ich ließ seinen Schwanz wieder herausgleiten und ging auf Knien und Händen zu Boden. Verführerisch schwenkte ich meinen Hintern vor ihm hin und her, wobei ich wußte, daß meine Schamlosigkeit seine Erregung noch verstärken würde. Mit wiegenden Bewegungen lud ich ihn ein, von hinten in mich zu dringen.

Wir hatten dies seit Jahren nicht mehr getan, aber ich hatte es mir oft vorgestellt, wobei ich mich daran erinnerte, wie er mich zu Beginn unserer Ehe ›tierisch‹ von hinten besprungen hatte. Ich hatte es vermißt, ohne mir dessen bewußt gewesen zu sein. Damals blieb ich meist eine Weile, die mir wie Stunden erschien, völlig unbeweglich in dieser Stellung, während er langsam in mich glitt und noch langsamer wieder hinausglitt. Für mich war diese Stellung ein Symbol für das ausgedehnte und genußvolle Liebesspiel, das wir so lange vernachlässigt hatten. Irgendwie hatten sich an die Stelle der Freiheit, die wir einmal gekannt hatten, Hemmungen eingeschlichen.

Rob saß eine Weile auf der Couch und sah mir zu, wobei er seine Erregung kaum verbergen konnte. Mich ihm auf diese unanständige und herausfordernde Art zu zeigen, entflammte mich ebenfalls. Ich hatte mich seit Jahren nicht mehr so ungehemmt gefühlt. Was anfänglich ein Geschenk für Rob gewesen war, wurde nun auch ein Geschenk für mich. Innerhalb weniger Augenblicke war er hinter mir und streifte mit seinem Steifen meine Pobacken. Als er eingedrungen war, krümmte er sich wild, um seine ganze Länge in mir zu begraben.

Wir bewegten uns zusammen, bis wir beide am Rande der Explosion waren, und dann, als hätten wir uns abgesprochen, hielt er eine Weile inne. Ich senkte meinen Körper, bis ich flach auf dem Boden lag, meine Brüste und meinen Bauch an den Teppich gedrückt. Er wartete einen Moment und begann dann wieder, rhythmisch zu stoßen, um uns dem Höhepunkt näherzubringen. Er umfaßte von hinten meine Brüste. Als er in mich hineinstieß, spürte ich meinen Orgasmus nahen. Schließlich überkam er mich, und ich stöhnte und schluchzte in meiner Ekstase. Es war die mächtigste Empfindung, die ich je erlebt hatte. Bevor mein Höhepunkt endete, begann der seine. Zusammen tauchten wir in ein Meer der Glückseligkeit.

In dieser Nacht lagen wir stundenlang zusammen, schmiegten uns aneinander und küßten uns wie seit Jahren nicht mehr. Wir streichelten unsere Körper, bis wir beide wieder ganz scharf waren. Als die Nacht vorbei war, hatten wir mit jeder Stellung experimentiert, die uns einfiel, wobei wir uns manchmal von den Szenen inspirieren ließen, die sich auf dem Fernsehschirm entfalteten. Wir wußten am Ende beide nicht mehr, wie oft wir gekommen waren.

Es war ein neuer Anfang für unsere Beziehung. Wie viele andere Paare hatten wir uns zu sehr von unserer Arbeit und den kleinen Problemen des Alltagslebens auffressen lassen. Mit dem Ergebnis, daß wir unsere sexuellen Bedürfnisse so lange vernachlässigt hatten, daß wir fast vergessen hatten, daß es sie noch gab. Das erotische Überraschungsgeschenk, das ich Rob in dieser Nacht überreichte, war eigentlich ein Geschenk für uns beide, ein Geschenk, das wir unserer Beziehung gaben.

Wir beschlossen, diesen Fehler nicht noch einmal zu machen. Es wurde uns klar, wie wichtig es war, uns Zeit zum Lieben zu nehmen, und wie aufregend es sein konnte, Überraschungen in unser Leben zu bringen. Seither ist wieder frischer Wind in unser Liebesleben gekommen. Wir lieben uns oft bis zum Morgengrauen. Und wir ergreifen jede Gelegenheit, den anderen mit erotischen Geschenken zu überraschen. Diese Überraschung, die ich zu Robs fünfunddreißigstem Geburtstag geplant hatte, da sind wir uns einig, war der beste Sex, den wir je hatten.

Köstliches Dessert

Carl, dreiunddreißig, ist groß und muskulös. Zweihundertzehn Pfund trägt er an seinem einen Meter dreiundachtzig großen Körper. Sein kurzes Haar ist wie seine Augen hellbraun. Wenn er sich bewegt, zeichnen sich seine Muskeln beeindruckend ab. Diese haben sich nicht durch Training entwickelt, sondern durch harte körperliche Arbeit. Carl fing mit siebzehn an, auf dem Bau zu arbeiten. Seit sechs Jahren besitzt er seine eigene Auftragsfirma. Seine sechsundzwanzig Jahre alte Frau Lucy ist bei einer Firma für Damenbekleidung im Verkauf. Carl sagt, daß er und Lucy ihren besten Sex haben, wenn einer für den anderen eine erotische Überraschung plant.

Lucy und ich hatten immer viel Spaß am Sex. Ich glaube nicht, daß er jemals langweilig wird. Einer der Gründe dafür ist wahrscheinlich das kleine Spiel, das wir spielen. Wir lieben es, uns mit ungewöhnlichem Sex zu überraschen. Lucy fing damit vor etwa sechs Jahren an. Es war, kurz nachdem ich mein eigenes Geschäft gegründet hatte.

Wir führten irgendeinen Auftrag für ein großes Gebäude aus, das im Stadtzentrum gebaut wurde. Eines Nachmittags kurz vor Arbeitsende sagte mir Johnnie, einer meiner Arbeiter, daß es im obersten Stock ein Problem gebe. Er bat mich, hinaufzugehen und mit ihm zusammen nachzusehen. Nur zur Erinnerung, das war ja noch kein Gebäude; nur das Gerüst. Stahlträger und Betonböden, wissen Sie. Nicht viel mehr.

Ich folgte Johnnie in den Käfig – den Aufzug. Ich drückte den Knopf für den siebenunddreißigsten Stock. Als der Käfig gerade losfuhr, sprang Johnnie ab, wobei er schrie, er würde mich später sehen. Ich wußte überhaupt nicht, was zum Teufel los war, aber diesen Aufzug kann man nicht stoppen, wenn man einmal den Knopf gedrückt hat. Also hoch, hoch, und weg war ich.

Ich glaube, der Hurensohn habe einen Scherz mit mir gemacht und mich auf eine Vergnügungsfahrt geschickt. Ich würde sofort wieder runterfahren, sobald der Käfig oben war, und Johnnie den Marsch blasen. Als der Aufzug anhielt, wartete eine Überraschung auf mich. Meine Frau stand barfuß auf der Betonvorbühne an der Aufzugstür. Außer einem Lächeln trug sie nichts.

Mann, hat mich das heiß gemacht. Ich meine, ich befand mich mitten in der Stadt im obersten Stock eines vollständig offenen Gerüstes mit meiner völlig nackten Frau mit ihren gigantischen Titten, die im Wind leicht zitterten. Und ich kann Ihnen sagen, Lucy hat wirklich große. Sie ist echt eine heiße Frau, etwa einen Meter siebzig groß, schmale Taille, breite Hüften. Ihr Haar ist ganz dunkel, fast schwarz, und sie hat unten einen Dschungel, wenn Sie wissen, was ich meine. Es war alles zu sehen. Ich starrte sie an, während ich merkte, wie mein Schwanz hart wurde.

»Hallo, großer Junge«, sagte sie mit übertrieben verführerischer Stimme. »Schön, daß du heraufkommen und mich treffen konntest.« Sie öffnete die Aufzugstür, nahm meine Hand und zog mich aus dem Käfig. Ohne ein weiteres Wort öffnete sie meinen Hosenschlitz und holte meinen Dicken heraus, der mittlerweile so hart wie eine Eisenstange war.

Nun kniete sich die Schöne auf den harten Boden und fing an, an mir zu saugen. Als ich ihren heißen Mund sich um mich schließen spürte, konnte ich an nichts anderes mehr denken. Ihre Zunge strich über mein Gerät, während der Wind in den Sparren des Wolkenkratzers um uns herum pfiff. Es war so plötzlich und unerwartet, daß ich sofort kam. Lucy saugte weiter an mir, während ich pumpte und pumpte und pumpte. Ich hatte meine

Augen fest geschlossen, und einen Moment lang vergaß ich, wo ich war.

In dem Moment, als ich fertig war, schob mich Lucy mit ihren Händen rückwärts. Als ich meine Augen öffnete, stand ich schon wieder im Käfig. Sie schlug die Tür zu, drückte den Knopf für Parterre und schickte mich wieder auf den Weg.

»Es gibt nichts Schöneres als abzufahren«, rief sie, als der Käfig nach unten fuhr.

Als ich wieder am Boden war, lachte Johnnie. Sie hatte alles mit ihm abgesprochen. »Hey, Boß«, scherzte Johnnie. »Du machst deinen Reißverschluß besser zu.«

Danach wetteiferten Lucy und ich, wer sich die besten erotischen Überraschungen ausdachte. Das Beste bei dieser Art von Wettbewerb ist, daß wir immer beide Gewinner sind. Wir versuchen immer, uns bei unserem kleinen Sexspiel gegenseitig zu übertreffen, aber ich darf für mich in Anspruch nehmen, daß ich das Allerbeste erfunden habe. Ich hatte die Idee, sie mit einem besonderen Dessert zu überraschen. Es ist erst ein paar Monate her.

Am Morgen verabredeten wir, uns nach der Arbeit zu einem tollen Essen in einem unserer Lieblingsrestaurants zu treffen. Ich hatte meinen Plan schon ein oder zwei Wochen lang ausgeheckt. Sobald Lucy zur Arbeit weggegangen war, machte ich alles fertig.

An diesem Abend hatten wir ein paar Drinks und ein hervorragendes Essen. Am Ende der Mahlzeit fragte der Kellner, ob wir Kaffee und ein Dessert wollten. Lucy wollte gerade bestellen, als ich unterbrach. »Ich glaube nicht«, sagte ich und zwinkerte meiner Frau zu. »Heute nehmen wir das Dessert zu Hause.« An Lucys Gesichtsausdruck konnte ich erkennen, daß sie mich verstanden hatte. Sie wußte, daß eine Überraschung auf sie zukam.

Ich konnte gar nicht schnell genug zahlen. Wir eilten nach Hause, und ich weiß nicht, wer von uns hungriger auf das Dessert war. Als wir zu Hause waren, sagte ich Lucy, sie solle ins Schlafzimmer gehen, sich ausziehen und im Bett auf mich warten. Ich ging in die Küche, um das Tablett zu holen, das ich vorbereitet hatte, und trug es ins Schlafzimmer.

Lucy hatte meine Anweisungen befolgt und lag nackt auf dem Duschvorhang, mit dem ich das Bett abgedeckt hatte. Ihre Beine waren leicht gespreizt, um mich ihre Pussy sehen zu lassen. Sie weiß, wie heiß mich das macht.

»Was ist denn das?« fragte sie. Sie setzte sich auf und blickte neugierig auf das Tischtuch, das ich über das Tablett gelegt hatte. »Und was hast du darunter versteckt?«

»Mach dir darum keine Gedanken«, antwortete ich. »Schließe einfach deine Augen und überlasse alles mir.« Ich konnte sehen, wie ihre Nippel vor Erregung hart wurden. Sie legte sich zurück und schloß gehorsam die Augen.

Ich nahm ein Schälchen Honig vom Tablett und ging damit ans Fußende des Bettes. Ich streichelte ihre Füße mit meinen Händen und schüttete dann ein wenig Honig darauf. »Was tust du?« fragte sie, als die dicke Flüssigkeit über ihre Haut und zwischen ihre Zehen rann.

Ich antwortete schweigend, indem ich ihren Fuß zu meinem Mund hochhob und meine Lippen um ihren großen Zeh schloß. Sie seufzte leise, als ich an einem Zeh nach dem anderen saugte und dabei mit meiner Zunge in die Zwischenräume fuhr, um jeden Tropfen Honig aufzuschlecken. Das gleiche machte ich an ihrem anderen Fuß, während sich ihr Körper vor Erregung wand.

Nachdem ich den ganzen Honig von ihrem Fuß geleckt hatte, hielt ich das Schälchen über sie und malte damit lange Bahnen über ihre Beine, wobei ich zusah, wie der Honig über ihre Schenkelinnenseiten floß. Etwas tropfte ich in ihren Nabelkrater. Ihr zuckendes Becken verriet mir, wie sehr der Kontakt mit der dicken Flüssigkeit sie erregte. Ich hatte es nicht eilig.

Langsam begann ich mit leichten Zungenschlägen den Honig von ihrer Haut zu lecken. Ich fing bei ihrem rechten Knöchel an und bahnte meinen Weg Millimeter für Millimeter nach oben, mit meinem Mund ihrer Pussy immer näher kommend. Der Duft ihrer sexuellen Erregung vermischte sich mit dem süßen Geschmack des Honigs. Es war das exotischste Parfüm, das ich je einatmete. Ich brachte meine Zunge an den Rand ihrer Öffnung und neckte sie, indem ich die Richtung änderte und wieder nach unten leckte, wobei ich mich auf die Innenseite ihrer Schenkel konzentrierte.

Sie begann zu stöhnen, als ich das Ganze an ihrem anderen Bein wiederholte, wieder den Weg nach unten nahm, nachdem ich meinen Mund an den Eingang ihres Geschlechts gebracht hatte. Ihr haariger Hügel bewegte sich in kleinen Kreisen, während sich ihre Erregung immer höher schraubte. Ich legte meine Hand auf das pelzige Dreieck und drückte es leicht, spürte die Feuchtigkeit ihres Verlangens zwischen ihren Schamlippen hervorquellen.

Mich über sie beugend, leckte ich um ihren Nabel herum und genoß den süßen Geschmack des Honigs, der sich mit dem Salz ihres Erregungsschweißes mischte. Ich tauchte meine Zungenspitze in das goldene Becken, das der Nektar in ihrem Nabeltal bildete. Sie hob ihren Hintern von der Matratze, versuchte, sich fester an mein Gesicht zu drücken, aber ich entzog mich ihr, um sie weiter nur leicht und spielerisch zu berühren.

Lucy hat einen empfindlichen Nabel und genießt es immer, wenn ich sie dort beim Vorspiel lecke. Die dickflüssige Substanz mußte ihre Empfindsamkeit erhöht haben, denn als ich hungrig mit meiner Zunge hineinfuhr, wurde ihr Stöhnen lauter. Ich machte weiter so, bis ich jeden Tropfen aufgeschleckt hatte. Mittlerweile war sie außer sich, heftig warf sich ihr Körper auf dem Bett hin und her.

Ich tauchte zwei Finger in das Schälchen und rieb den Honig sanft in die offenen Lippen ihrer Pussy. Sie stöhnte bei jeder Berührung vor Verlangen. Ich ließ den Honig großzügig aus dem Schälchen auf ihre Klitoris tropfen und beobachtete, wie sie in der bernsteinfarbenen Flüssigkeit schwamm.

Lucy krümmte sich vor Erregung, ihre Hüften warfen sich von einer Seite auf die andere. Sie spreizte die Beine noch weiter, um noch mehr Aufmerksamkeit für ihre Öffnung bettelnd. Der Honig auf ihrer Pussy schien durch ihre Hitze zu sieden. Ich begann zu reiben, brachte meine Finger zwischen die Lippen, um ein wenig von der Süße innen zu verteilen. Mit meinen Zeigefinger- und Mittelfingerspitzen zog ich um den pulsierenden Knopf ihrer Klitoris Kreise, was sie fast an den Rand des Höhepunkts brachte. Als ich innehielt, bat sie stöhnend um Befriedigung.

Als Antwort leckte ich leicht ihre Schamlippen. Der Honig versüßte den würzigen weiblichen Geschmack und erregte mich fast so sehr wie sie. Der vordere Teil meiner Zunge stieß hinein, tauchte tief und saugte die Mischung aus süßem Sirup und Liebessaft auf. Die Laute, die sie von sich gab, inspirierten mich, mit meinen Lippen und meinem Mund komplizierte Manöver auszuführen. Ich stülpte ihre Pussy von innen nach außen, um hungrig an ihr zu saugen. Ich fuhr ihren Rand entlang und entlockte ihrer Kehle leise Schreie des Verlangens. Schließlich schloß ich meinen Mund um ihre Klitoris.

Sie stand praktisch senkrecht im Bett. Ich saugte und leckte, schleckte an dem dicken Sirup, in dem ihr empfindlichster Punkt badete. Der Geschmack veränderte sich, die Süße machte dem herben Geschmack ihrer Säfte Platz. Ich saugte stärker, preßte meinen Mund fest auf ihren Hügel, um mit meinen Lippen einen schützenden Kreis um ihre Klitoris zu bilden. Ich brachte aus dem hinteren Teil meiner Kehle einen Brummton hervor, der meinen ganzen Mund in Vibration versetzte und ihr Vergnügen noch steigerte.

Mit einem Schrei kam sie zum Höhepunkt. Ihre Säfte tropften aus ihrer Öffnung, überzogen die Honigwände ihrer Vagina und benetzten die Innenseiten ihrer Schenkel. Ich leckte sie, bis sie ihre Hände auf meinen Kopf legte und mich wegdrückte. Sie lag keuchend da, versuchte, nach ihrem explosiven Orgasmus wieder zu sich zu kommen.

Bevor sie sich vollständig erholen konnte, brachte ich den zweiten Gang. Ihre Augen waren weit geöffnet. Wie in Trance sahen sie zu, als ich warme Schokoladensauce auf und um ihre

Brüste tropfen ließ. Die klebrige Sauce überzog die runzligen roten Knöpfe ihrer Brustwarzen und legte sich um die rauhe Oberfläche ihrer Höfe. Als die weiche Haut ihrer großen runden Titten kreuz und quer mit dunklen Schokoladenbahnen bedeckt war, besprenkelte ich sie mit weißen Zuckerflocken.

Ich schüttelte ein Fläschchen Schlagsahne und spritzte auf jeden ihrer Berge eine Schneehaube. Ich dekorierte ihre geschwollenen Brüste mit Bananenschnitten und mit einer Cocktail-Kirsche. Ich nahm eine dicke Erdbeere und benutzte sie, um etwas Sauce von ihrer Brust abzutupfen. Nachdem ich sie in die Schlagsahne getaucht hatte, bot ich sie ihr an, indem ich ihr die gesüßte Beere an ihre Lippen hielt.

Nachdem sie sie gegessen hatte, bereitete ich mir selbst eine. Zuerst streichelte ich sie sanft mit ihr und überzog dadurch die rote Frucht mit Sauce. Dann fuhr ich mit der schokoladebedeckten Erdbeere um ihre Nippel, wobei ich etwas von der Schlagsahne und den Zuckerflocken aufnahm. Ich schaufelte einen Bananenschnitz auf das erotische Konfekt und biß hinein, wodurch ich das fleischige Innere der Erdbeere freilegte. Ich rieb mit ihrer saftigen Oberfläche gegen ihren Nippel, grub mich durch den Turm aus Schlagsahne durch, bevor ich den Rest der Erdbeere in meinen Mund fallen ließ.

Lucy wurde durch unser erotisches Fest von neuem erregt. Als ich den Schokoladenguß von ihrer Haut leckte, stöhnte sie. Ich benutzte meine Zunge wie einen Malerpinsel, machte kleine Striche, die sie dazu brachten, sich rhythmisch mit ihren Hüften und ihrem Becken zu bewegen. Ich leckte ständig weiter, begann an der Unterseite einer Brust und fuhr mit meiner Zunge ganz herum, bevor ich mit ihrer Spitze in das Tal zwischen ihrem Busen glitt. Dann machte ich bei der anderen das gleiche. Ich ließ mir Zeit, kam ihren Nippeln immer näher, ohne sie ganz zu berühren.

Als ich schließlich beide Titten sauber geleckt hatte, nahm ich einen Nippel in meinen Mund und saugte daran. Ich wußte, daß sie jetzt bereit war, gefickt zu werden. Das würde der Gipfel unseres erotischen Desserts sein. Mit einem Fläschchen Schlagsahne in jeder Hand garnierte ich die ganze Vorderseite ihres Körpers mit flauschigen weißen Häufchen.

Sie stieß kleine Seufzer aus, als die luftige Substanz über sie spritzte und floß und ihre Haut kitzelte und erregte. Die Wärme ihres Körpers machte die Sahne samtig und leicht und ließ sie in alle Nischen und Fältchen rinnen. Als die Sahne ein großes Kissen gebildet hatte, das sie völlig bedeckte, sprühte ich den letzten Rest auf meine pulsierende Erektion. Lucy Augen weiteten sich vor Erregung, als sie bemerkte, was gleich geschehen würde.

Ich kniete mich auf den Bettrand und senkte meinen Körper auf den ihren. Die weiße, zwischen uns zusammengedrückte Sahne schmolz durch unsere gemeinsame Hitze ein wenig, so daß wir ganz schlüpfrig wurden. Ich bewegte meinen Rumpf von einer Seite zur anderen, glitt und rutschte auf ihr. Die Weichheit der Sahne glättete meine Haut. Ich streichelte ihre Titten mit meiner Brust, spürte meine eigenen Nippel hart werden, als sie mit den ihren in Berührung kamen.

Mein Schwanz bewegte sich von selbst, suchte die Hitze ihrer bereitwilligen Pussy. Sie hob mit ihren Hüften ihre Öffnung hoch, um das Eindringen zu erleichtern. Als meine pochende Spitze ihren Schlitz fand, rutschte ich auf dem dicken Sahnebelag hinein. Im Moment der Penetration schnappten wir beide nach Luft. Keiner von uns war auf diese plötzliche Welle der Ekstase vorbereitet, die über uns zusammenbrach. Ich tauchte tiefer, begrub die ganze Länge meines Steifen in ihr.

Wir begannen uns rhythmisch zu bewegen. Jeder Stoß brachte mich direkt in das Zentrum ihres Geschlechts, ließ meinen Hodensack nach vorne schwingen, so daß er leicht gegen ihren sahnebedeckten Hintern klatschte. Wenn ich mich zurückzog, klebte uns die Sahne für einen Augenblick zusammen. Wir fuhren fort, auseinander und wieder ineinander zu gleiten. Lucy schlang ihre Beine um meine Taille, um zu verhindern, daß ich ganz wegglitt, und um mich an sich zu ziehen, damit mein Schwanz wieder in ihr Zentrum kam.

»Oh, Carl«, wimmerte sie. »Du fickst mich so gut. Oh, Carl. Ich komme. Noch mal.«

Bei mir war es auch soweit. Ich spürte diese wunderbare Reibung, die in meinen Eiern begann und sich ihren Weg durch meinen Schwanz bahnte. Mit jedem Stoß verstärkte sich das innere Kitzeln. Es wurde fast unerträglich. Ich stieß heftiger und tiefer in sie, und bei jedem Mal kamen wir einem gemeinsamen Orgasmus näher.

Ich ging hoch wie eine Ladung Dynamit. Ich pumpte meinen Saft in sie, während sie den ihren über meinen Schwanz ergoß. Die Spasmen der Lust ließen mich schaudern und beben und die Welt um mich vergessen. Ich hörte nichts mehr außer Lucys Schreie, als sie den Gipfel ihrer sexuellen Befriedigung erreichte.

Wir klammerten uns aneinander, wollten die Feuer, die uns aufzehrten, um keinen Preis verlöschen lassen. Wir kamen eine Ewigkeit lang, ritten zu den höchsten Höhen hinauf, bevor wir langsam zurück auf die Erde drifteten. Als es vorbei war, waren wir total erschöpft und total zufrieden.

Hey, Mann. Das war was.

Ich hoffe, ich habe Sie mit meiner Geschichte oder meiner Sprache nicht schockiert. Sie fragten mich nach dem besten Sex, den ich je hatte. So habe ich Ihnen erzählt, wie es war.

Kapitel 7
Mehr als zwei

Obwohl es nur wenige tatsächlich ausprobiert haben, finden viele Menschen den Gedanken an Gruppensex erregend. Dies wohl wissend, füllen die Autoren und Produzenten von Pornogeschichten und Pornofilmen routinemäßig ihre Werke mit Szenen, in denen mehr als zwei Leute mitwirken. Die Idee ist offenbar nicht neu. Ähnliche Szenen kann man auf griechischen Vasen des fünften Jahrhunderts v. Chr. und auf Wandbildern alter indischer Tempel sehen.

Gruppensex erscheint allgemein in zwei Varianten. In der einen lieben sich zwei oder mehrere Paare im gleichen Raum, wobei sie die Anwesenheit der anderen stimuliert. Sie machen vielleicht einmal Partnertausch, aber jede Person hat nur einen Partner zur selben Zeit. In der anderen Form haben eine oder mehrere Mitglieder der Gruppe mehrere Partner gleichzeitig.

Laut einiger Quellen waren Orgien und ›Swing Partys‹ in den 70er Jahren in den ländlichen Gemeinden der Vereinigten Staaten an der Tagesordnung. Psychologen und Soziologen bezweifeln dies. Ganz gleich, wie häufig in unserer Gesellschaft Gruppensex tatsächlich stattfindet, seine Beliebtheit in der erotischen Kunst und Unterhaltung beweist, daß er vor allem in den Köpfen der Menschen existiert.

Als wir das Material für unser Buch *Meine intimsten Wünsche. Sexuelle Phantasien** sammelten, stellten wir fest, daß es bei den

---

* Iris und Steven Finz: *Meine intimsten Wünsche. Sexuelle Phantasien*, München, Goldmann Verlag, 1990.

sexuellen Phantasien der Leute, die wir interviewten, am häufigsten um Gruppensex ging. Wir stellten jedoch auch fest, daß die Umsetzung in die Wirklichkeit ziemlich unüblich ist. Es ist vielleicht angenehm, sich die Berührung von vielen Händen oder den Geruch vieler Körper vorzustellen, aber trotzdem ist Gruppensex nicht für jeden gut. Oft entsteht Unsicherheit, die sich in der beunruhigten Frage ausdrückt: »Genießt mein Partner die Berührung dieser anderen Person mehr als meine?« Die Eifersucht, die aufkommt, wenn man den Geliebten in den Armen von jemand anderem beobachtet, kann die Beziehung ernsthaft gefährden.

Die Menschen, die uns die folgenden Geschichten erzählten, behaupteten, daß ihre Experimente keinen Schaden verursachten, sondern im Gegenteil zum besten Sex führten, den sie je hatten. Wenn dies stimmt, gehören sie zu einer relativ kleinen und seltenen Gruppe von Menschen. Jedoch waren diese Aktivitäten auch für sie etwas, was einer beschreibt als »die Art von Dingen, die man vielleicht einmal im Leben macht«.

Gemischtes Doppel

Sid sieht mit seinen sechsunddreißig Jahren zehn Jahre jünger aus. Sein kleiner, drahtiger Körper ist agil und fest. Er hat sehr lebendige braune Augen. Sein dunkles Haar ist von einem teuren Friseur geschnitten. Sid ist im Investmentgeschäft. Zwei oder drei Tage in der Woche verbringt er auf dem Golfplatz, wo er einen wesentlichen Teil seines Geschäfts abwickelt. Seine zierliche Frau Emily, vierunddreißig, ist Raumausstatterin. Sid sagt, daß er und Emily ihren besten Sex hatten, als sie sich mit ihren alten College-flammen vereinigten.

Emily und ich geben vielen Partys. Das ist ein großer Teil meines Geschäfts. Leute lassen mich Millionen Dollar für sie investieren. Die Wahrheit ist, daß bei diesen Geldbeträgen niemand gern einem Fremden vertraut. So habe ich es immer für eine gute Sache gehalten, mich meinen Kunden nicht nur als Makler, sondern auch als Freund darzustellen.

Als wir unser Haus kauften, legten wir darauf wert, daß Platz für die Unterhaltung vorhanden war. Im Eßzimmer können dreißig oder vierzig Leute bequem sitzen, und bei warmem Wetter dehnen sich die Partys gewöhnlich auf die Terrasse aus. Wir wohnen auf einem Hügel, ohne Nachbarn in der unmittelbaren Nähe, so daß wir uns nie um Lärm zu sorgen brauchen und Live-Bands haben können, wenn wir wollen.

An jenem Abend waren etwa zwanzig Paare da, die alle lachten und tranken und tanzten und sich blendend amüsierten. Emily und ich wechselten uns an der Tür ab, um Nachzügler willkommen zu heißen. Ich war dran, als die Baxters ankamen. Sie kamen in Begleitung eines weiteren Paares.

»Ich hoffe, es macht dir nichts aus«, sagte Jim Baxter, als er mir die Hand schüttelte und zur Seite trat. »Bruce und Lois besuchten uns, als wir uns gerade auf den Weg zu eurer Party machten. Als wir ihnen sagten, wohin wir gingen, bestanden sie darauf, mitzukommen. Bruce sagt, ihr würdet euch vom College her kennen.«

»Das stimmt«, antwortete ich, schüttelte Bruce die Hand und küßte Lois auf die Wange. »Wir haben uns seit Jahren nicht gesehen. Danke, daß du sie mitgebracht hast, Jim.«

Ich freute mich wirklich, sie zu sehen. Eigentlich waren wir mehr als alte Collegekumpel. Obwohl sein Hauptfach Psychologie war, während ich auf meinen MBA zusteuerte, gehörten wir beide zur selben Verbindung und trafen uns daher ziemlich oft. Aber da war noch mehr.

Bruce und meine Frau Emily waren fast zwei Jahre lang miteinander gegangen und waren praktisch miteinander verlobt gewesen. Emily erzählte mir, daß die Verlobung der Grund dafür gewesen war, daß ihre Beziehung endete. Miteinander zu gehen, war in Ordnung gewesen, aber als es mit dem Heiraten ernst wurde, wurde ihr klar, daß Bruce nicht der Mann war, mit dem sie ihr restliches Leben verbringen wollte.

Lois und ich dagegen hatten nie Ernst gemacht, obwohl wir schon etwa neun Monate zusammengelebt hatten. Keiner von uns hatte wirklich erwartet, daß unsere Beziehung von Dauer sein würde. Es war nie mehr gewesen als so ein Collegeflirt, der gerade recht kam. Das hatte uns gereicht.

Lois und ich waren im Guten auseinandergegangen. Bald danach fing sie mit Bruce an. Nach dem College verloren wir uns irgendwie aus den Augen. Ein Jahr später oder so hörte ich dann, daß Bruce und Lois geheiratet hatten.

Ich hatte Emily kennengelernt, als sie mit Bruce verlobt war, aber wir kamen uns erst vor etwa vier Jahren näher. Es war ein ziemlicher Zufall. Ich rief eine Firma an, um meine Wohnung neu einrichten zu lassen, und Emily war die Raumausstatterin, die sie mir schickten. Wir erkannten uns sofort wieder und fingen an, über all unsere gemeinsamen Bekannten zu reden.

Nun, da wir einfach keine Zeit hatten, mitten am Arbeitstag alles zu bereden, was wir uns zu erzählen hatten, bat ich sie, mit mir zu Abend zu essen. Es schlug sofort bei uns ein, und ich glaube, man könnte sagen, daß wir seither ständig miteinander gegessen haben. Wir haben nur wenige Monate später geheiratet.

Nachdem ich Bruce und Lois begrüßt hatte, führte ich sie auf der Suche nach Emily durch die Menge. Sie war überrascht und freute sich, sie zu sehen. Wir waren jedoch mit unseren Gästen im Verlauf des Abends so beschäftigt, daß wir nicht viel Zeit hatten, uns um unsere alten Freunde zu kümmern. Als uns unsere Gäste allmählich wieder verließen, schlug Emily vor, daß Bruce und Lois nachher, wenn alle weg waren, noch bleiben sollten, so daß wir unsere Bekanntschaft auffrischen konnten.

Wir saßen zusammen auf der Terrasse, tranken mehrere Flaschen Wein und brachten uns gegenseitig auf den neuesten Stand. Sie lebten an der Ostküste und kamen wegen einer Konferenz von Bruce in die Stadt. Er war Psychologe mit einer erfolgreichen Praxis und hatte mehrere Ratgeber-Bücher geschrieben. Er war ein gefragter Mann in seinem Fach. Sein Alter sah man ihm ein wenig an, aber Lois wirkte immer noch jung und bezaubernd. Während ihr Mann die Neurosen der Gesellschaft behandelte, verbrachte sie ihre Zeit mit Sonnenbaden, Schwimmen und Trainieren ihres straffen Körpers.

Als ich sie betrachtete, erinnerte ich mich an die alten Tage, als wir zusammen im Bett lagen und stundenlang vögelten. Ich glaube, ich habe sie im Geiste ausgezogen, als wir vier miteinander plauderten und nach und nach einen Schwips bekamen. Als Emily vorschlug, zusammen in der Jacuzzi zu baden, hielt ich das für eine großartige Idee.

Lois fragte, ob wir ihr einen Badeanzug leihen könnten. »Wofür?« fragte ich. »Wir sind alle groß, und keiner von uns wird etwas sehen, was wir noch nie gesehen haben. Warum uns also mit Badeanzügen plagen?«

Ich weiß nicht, was geschehen wäre, wenn wir nicht soviel Wein getrunken hätten, aber scheinbar fand mein Vorschlag bei allen Anklang. Innerhalb von Minuten waren wir alle nackt und kletterten in die sprudelnde Quelle. Bruce starrte meine Frau offen an, zeigte unverhohlen an ihrem nackten Körper Gefallen.

»Emily«, sagte er auf der Betonbank des Beckens sitzend. »Du siehst toll aus. Du hast dich wirklich überhaupt nicht verändert.« Emily lächelte und tänzelte in den Wasserwirbeln. »Außer«, fügte er nachdenklich hinzu, »daß deine Titten vielleicht ein wenig mehr hängen.«

Emily sah kampflustig aus. »Was?« zischte sie. »Meine Titten hängen überhaupt nicht. Sie sind so fest wie eh und je.« Sie sprang vor Bruce hoch und nahm ihre Schultern zurück, um ihre Brüste nach vorne zu bringen. »Hier«, sagte sie. »Fühl mal.«

Bevor ich eine Chance hatte zu reagieren, hielt Bruce frech die Brüste meiner Frau in seinen Händen und drückte sie vorsichtig, so als wolle er ihr Gewicht bestimmen. Ich konnte sehen, wie ihre rosa Nippel hart wurden. Ohne sie loszulassen, sagte er: »Nein, du hast recht. Diese Titten sind genauso fest wie das letzte Mal, als ich sie anfaßte.« Ich weiß nicht genau, warum, aber ich spürte, daß sich mein Schwanz rührte.

Immer noch Emilys Brüste haltend, sagte Bruce: »Die meisten Psychologen glauben, daß es in der wahren Liebe keine Eifersucht gibt.« Sich plötzlich zu mir wendend, fragte er: »Nun, Sid. Ist deine Liebe zu Emily echt? Oder macht es dich eifersüchtig, mich mit ihren Titten spielen zu sehen?« Ein besorgter Blick huschte über Emilys Gesicht, aber sie blieb weiter stehen und erlaubte ihm, sie anzufassen.

»Ganz und gar nicht«, antwortete ich. »Ich finde es im Gegenteil ziemlich erregend.« Ich sah Emily an und bemerkte, daß sie erleichtert lächelte. »Aber praktizierst du, was du predigst?« fragte ich. »Was wäre, wenn ich Lois' Hintern anfassen würde? Würde dich das stören?«

Während ich sprach, bewegte ich mich auf Lois zu, stellte mich vor sie hin und sah ihr in die Augen. Sie zwinkerte einladend. Ich langte um sie herum, nahm ihre Pobacken in meine Hände und streichelte sie sanft. Mein Schwanz wurde sofort steinhart, als ich meine frühere Freundin liebkoste, während ihr Mann und meine Frau miteinander beschäftigt waren.

»Es stört mich überhaupt nicht«, antwortete Bruce. Ich konnte sehen, daß auch er einen Steifen hatte. »Schließlich hast du sie wahrscheinlich tausendmal gevögelt, bevor sie mit mir angefangen hat. Was würde es für einen Unterschied machen, wenn du es jetzt wieder tätest?«

Bei seinen Worten langte Lois nach unten und griff nach meinem Schwanz. »Es würde mir sehr gefallen«, sagte sie. »Ich würde dich gern wieder einmal ficken. Um der alten Zeit willen. Das heißt, wenn es Emily recht ist.«

Ich kannte meine Frau gut genug, um den Ausdruck von Begehren zu erkennen, der sich auf ihr Gesicht legte. Es war offensichtlich, daß sie die Berührung von Bruces Fingern genoß, die nun auf ihren Nippeln kleine Kreise zogen. Es war ebenfalls offensichtlich, daß sie von der Vorstellung fasziniert war, mich und Lois dabei zu sehen.

Mir wurde klar, daß ich, wenn ich es mit Lois trieb, meiner Frau die Erlaubnis gab, es mit Bruce zu tun. Aber ich fand den Gedanken alles andere als abstoßend. Was Bruce gesagt hatte, leuchtete mir ein. Sie hatten oft miteinander geschlafen, als sie verlobt gewesen waren. Ich hatte dies natürlich immer gewußt, und es war nie ein Problem für mich gewesen. Im Gegenteil, gelegentlich stellte ich mir die zwei miteinander vor, und diese Vorstellung törnte mich immer an.

Ich sehe mich gern als offen und aufgeschlossen, was den Sex betrifft. Ich habe kein Problem mit Eifersucht, und soweit ich weiß, Emily ebenfalls nicht. Unser Wissen über unsere früheren Beziehungen hat Emilys Gefühle für mich und meine Gefühle für sie nie beeinträchtigt. Warum sollte es etwas ausmachen, wenn sie und ihr früherer Liebhaber wieder miteinander schliefen? Im Grunde war der Gedanke, Emily mit Bruce zu sehen, während ich es mit Lois tat, sehr erregend.

Es muß auf Emily die gleiche Wirkung gehabt haben. Ihre heisere Stimme war bei dem Sprudeln der Jacuzzi kaum zu hören, als sie sagte: »Ja. Die Vorstellung gefällt mir. Laß uns eine Orgie haben.«

In dem Augenblick, als Emily dies sagte, begann Lois, an meiner Erektion auf und ab zu streichen. Nachdem ich Emilys Einverständnis erhalten hatte, überließ ich mich dem Sex mit Bruces Frau. Ich griff nach ihren Pobacken und zog sie an mich, bis meine Schwanzspitze an das Schamhaar um ihre Pussy stieß.

»Ja«, flüsterte sie, brachte ihre Lippen an mein Ohr und fuhr mit ihrer Zunge hinein.

Sie bewegte ihre Hüften hin und her, rieb ihren Hügel gegen meinen erigierten Penis und preßte ihre Brüste eng an meine Brust. Ich konnte spüren, daß sich ihre harten Nippel wie spitze Diamanten in mich bohrten. Meine Finger begannen zwischen ihren runden Pobacken nach dem engen kleinen Loch zu suchen, das, wie ich wußte, in dem Tal eingebettet war. Als ich es fand, rieb ich es leicht. Lois war dort hinten immer empfindlich gewesen, und ich hatte immer gewußt, daß ich ihr leidenschaftliches Fieber entfachen konnte, wenn ich sie zwischen den Pobacken liebkoste.

Sie stöhnte völlig ohne Hemmungen, wobei ihre Augen fest geschlossen und ihr Mund weit offen waren. Sie ließ sich von dem heißen Wasser nach oben tragen, schlang ihre Beine um meine und warf ihr Becken gegen mich. Dabei kaute und nibbelte sie die ganze Zeit an meinem Ohr. »Ja«, stöhnte sie. »Steck deinen Schwanz in mich. Fick mich. So wie früher.«

Ihre Worte jagten Schauder durch meinen pulsierenden Körper und steigerten meine Erregung. Ich wölbte meinen Rücken, um meinen pochenden Schwanz an ihre Öffnung zu bringen. Als ich die Begegnung mit den Lippen ihrer Pussy spürte, zögerte ich einen Moment, um die Vorfreude auszukosten. »Steck ihn in mich«, befahl sie mit lauter werdender Stimme. »Steck deinen großen Schwanz in mich, während Emily und Bruce zusehen. Ich will, daß sie es sehen. Ich will, daß sie sehen, wie du mich fickst.«

Ich mußte alle meine Beckenmuskeln anspannen, um zu verhindern, daß ich sofort kam. Einige Augenblicke lang war ich verloren gewesen, war so versunken in die Ekstase mit Lois gewesen, daß ich vergessen hatte, wo wir waren und wer mit uns war. Ihre Worte brachten mich in die Realität zurück und trieben meine Erregung auf die Spitze.

Über Lois' Schulter blickend, sah ich meine Frau in den Armen ihres früheren Verlobten. Sie küßten sich, wobei ihre Zungen tief im Mund des anderen herumforschten. Ein Arm von Bruce umfaßte Emilys Taille und drückte sie an sich, während seine andere Hand mit ihren Brüsten spielte, sanft ihre Nippel drückte und rollte. Emilys Hände waren zwischen ihren Körpern. Obwohl ich es nicht sehen konnte, war mir klar, daß sie unter den blubbernden Wasserblasen seinen Schwanz hielt und rieb.

Emilys Augen waren offen, starrten Lois und mich an. Ohne einen Laut von sich zu geben, bedeutete sie mit den Bewegungen ihrer Lippen: »Fick sie.« Ich war so erregt, daß ich dachte, ich würde einen Herzinfarkt bekommen. Mein pochender Dicker fand seinen Weg und bahnte sich durch die nachgiebigen Lippen von Lois' Pussy. Sie stöhnte und übertrieb es ein wenig, der dramatischen Wirkung wegen, denn sie war sich Emilys hungrigen Blicken auf uns deutlich bewußt.

»Ja.« Lois gab ein Zischen von sich, als mein Schwanz langsam in sie drang. »Ja, du bist in mir. Ooooh, du bist in mir drin. Oooh, Bruce, schau. Er fickt mich. Sid fickt mich.«

»Ich weiß«, antwortete Bruce, wobei er mit seinem Atem rang. »Ich sehe euch zu. Ich sehe alles. Oh, ja, Sid, tu es. Ich mache es jetzt mit Emily. Darf ich, Emily?«

»Ja«, antwortete Emily fast singend. »Ja, Bruce, steck ihn mir rein.«

Ich war jetzt ganz in Lois drin, und unsere Körper wurden

gemeinsam von dem wirbelnden Wasser der Sprudelquelle gewiegt. Mit ihren Beinen um mich geschlungen, drehte ich mich so, daß wir unsere Ehepartner beobachten konnten, während wir ineinander steckten. Ich sah Bruce seine Hüften nach vorne stoßen und hörte Emily seufzen. Ich war sicher, daß er genauso in meiner Frau war wie ich in Lois.

Die Luft war mit Sex erfüllt. Sie mischte sich mit den feuchten Dämpfen des heißen Whirlpools, der sich in einen schwülen, erotischen Sumpf verwandelte. Die Musik unseres Stöhnens und Seufzens war eine Symphonie des Verlangens. Es war wie eine Orgie in einem öffentlichen Bad im alten Rom.

Ich fühlte, wie die Gewebe von Lois' Pussy liebevoll mein stoßendes Ding umklammerten, aber meine Lust steigerte sich mehr als durch die sanfte Reibung. Das Gefühl, die Frau eines anderen Mannes zu ficken, während er und meine Frau zusahen, war irgendwie so erregend, daß ich es kaum beschreiben kann. Die beiden zu sehen, wie sie es zur selben Zeit miteinander trieben, raubte mir fast die Sinne.

Ich wußte genau, wie es sich anfühlte, in Emilys Pussy zu sein, und ich konnte mir vorstellen, was Bruce erlebte. Der Gesichtsausdruck meiner Frau sagte mir genau, was sie mit ihren Beckenmuskeln tat. Die Faszination, sie es mit einem anderen Mann tun zu sehen, hob mich in neue Höhen.

Sex mit Emily ist völlig anders als Sex mit Lois. Wenn ich in Emily bin, liebkost ihr vaginaler Tunnel meinen Schwanz ohne Unterlaß, rankt ständig lange, weiche Wellen der Lust über seine gesamte Länge. Lois' Pussy schien sich an mich zu klammern, drückte meinen Dicken in kurzen Abständen zusammen, wobei jede Kontraktion kräftiger als die letzte war.

Indem ich Lois fickte und dabei Emily mit Bruce zuschaute, konnte ich beide Liebesstile gleichzeitig erleben. Die Erregung wurde noch dadurch gesteigert, daß wir alle diese Gedanken und Empfindungen teilten. Emily und Lois verglichen wahrscheinlich meinen Schwanz mit dem von Bruce, genauso wie Bruce und ich ihre Mösen miteinander verglichen.

Ich sah Emilys Körper sich winden, während sie sich, aufgespießt von Bruces Erektion, ihrem gemeinsamen Rhythmus hingab. Sie hatte ihre Beine um seine Hüften geschlungen. Ich konnte sehen, wie sich ihre Oberschenkelmuskeln anspannten, als er Mühe hatte, ihr Gewicht zu tragen, während er in sie hineinstieß. Emilys Augen waren offen, ihr Blick wechselte zwischen Bruce und uns hin und her. Als ich sah, daß ihr Blick glasig wurde, wußte ich, daß ihr Orgasmus nahte.

Sie schien sich in ihre eigene Welt erotischer Ekstase zurückzuziehen. Ich sah, wie sie jeder Stoß von Bruces eintauchendem Steifen näher an den sexuellen Höhepunkt brachte. Zum ersten Mal überkam mich bei dem Gedanken, daß ihr jeder Mann, und nicht nur ich, so viel Lust bereiten konnte, kurz ein Gefühl von Eifersucht. Dann begann sie Geräusche zu machen, die mir sagten, daß ihr Orgasmus begann, und irgendwie ertrank meine Eifersucht in einer Flut der Erregung.

Die Seufzer und Geräusche und Empfindungen vereinten sich und brachten mich an den Rand des Höhepunkts. Lois stöhnte und seufzte in mein Ohr, war total davon erregt, Emilys Leidenschaft mitzuerleben. Es war so lange her, daß sie und ich miteinander gevögelt hatten, daß ich nicht wußte, wie ich ihre Zeichen deuten sollte. Heroisch kämpfte ich damit, meine Ladung zurückzuhalten, um sicherzustellen, daß Lois befriedigt war, bevor ich losließ. Aber der Druck war so groß, daß er nicht mehr zu kontrollieren war. Ich konnte nicht länger warten.

Wie eine Rakete durch die Schallmauer brach mein Orgasmus durch meinen schwachen Widerstand. Einen Augenblick lang verlor ich ganz das Bewußtsein, nahm nur die Flüssigkeitsströme wahr, die ich tief in Lois' hungrige Lenden pumpte. Ich kam rechtzeitig in meine Umgebung zurück, um zu bemerken, daß wir alle vier gleichzeitig kamen. Lois' Schreie mischten sich mit Emilys zu einer Symphonie; mein stoßweiser Atem harmonierte mit den tiefen Lauten aus Bruces Kehle. Das heiße Wasser der Quelle schien uns zu einem einzigen schäumenden Organismus zusammenzuschmelzen.

Erneut verlor ich das Bewußtsein über die Realität. Ich schwebte auf einer Wolke erotischer Erfüllung, und ohne daß ich recht wußte, wie ich dorthin gekommen war, saß ich plötzlich in dem sprudelnden Wasser mit meiner Frau auf meinem Schoß. Ich ließ meinen Blick über das heiße Becken schweifen und sah Lois in den Armen ihres Mannes. Wir waren alle dort, wo wir hingehörten.

Später in dieser Nacht, als Emily und ich allein waren, sprachen wir über die Ereignisse des Abends. Emily fand die ganze Episode sehr aufregend, gab aber zu, daß auch sie manchmal kurz eifersüchtig gewesen sei. Wir waren uns einig, daß dies zwar vielleicht der beste Sex war, den wir je hatten, daß man so etwas jedoch am besten nur einmal im Leben tut.

Danach führten wir weiterhin ein wunderbares Leben miteinander. Sex ist immer schön für uns, und keiner von uns will jemals mit jemand anderem schlafen. Aber von Zeit zu Zeit, vor allem, wenn wir uns in der Jacuzzi lieben, reden wir über die Nacht mit unseren alten Freunden, als wir unsere kleine Orgie hatten.

Las-Vegas-Zimmerservice

Harriet und ihr Mann Randy betreiben erfolgreich ihr eigenes Geschäft, in dem sie Schaufensterpuppen herstellen und verkaufen. Harriet, einunddreißig, hat weiches schwarzes Haar und große blaue Augen. Sie ist einen Meter zweiundsiebzig groß, und ihre runden Brüste und Hüften verleihen ihrem Körper die sinnliche Weichheit, die Randy zu seinen bestverkauften künstlichen Mannequins inspirierte. Obwohl Randys Hände das Produkt herstellen, ist Harriet der Kopf des Geschäfts. Sie macht das Marketing. Harriet sagt, sie hätten ihren besten Sex vor ein paar Monaten gehabt, als sie einen wichtigen Verkauf an eine Warenhauskette feierten, den sie getätigt hatte.

Randy war so aufgeregt, als ich ihm von dem Verkauf erzählte, daß er sich eine Puppe schnappte und mit ihr im Studio herumtanzte. Dann tanzte er mit mir. »Laß uns ein paar Tage frei nehmen«, sagte er. »Wir können es uns jetzt leisten. Laß uns feiern und nach Vegas fahren.«

Wir waren einmal dort gewesen und hatten es wirklich genossen. Es schien die Art von Ort zu sein, an dem Träume wahr werden könnten. Die Kasinos waren vierundzwanzig Stunden am Tag geöffnet, und es gibt dort nicht einmal Uhren, so daß man nie weiß, wie spät es ist und der Spaß nie aufhören muß. Die Idee fand ich großartig. Ich ging ans Telefon und buchte uns noch für den gleichen Nachmittag einen Flug. Vier Stunden später stiegen wir auf der Hauptstraße von Las Vegas aus einem Taxi.

Wir brachten unsere Sachen in unser Hotel und beschlossen, vor dem Abendessen einen kleinen Spaziergang zu machen. An dem breiten Boulevard entlangschlendernd, betrachteten wir die glitzernden Neonlichter, die für irgendwelche Berühmtheiten warben, die in den Clubs und Salons auftraten. Die Straßen waren voll von Autos, Bussen und Taxis, die alle hupten und sich in dem stetig wachsenden Verkehr einen Platz erkämpften.

Die Bürgersteige waren mit Zeitungsständen gesäumt, die ihre Revolverblätter umsonst anboten. Es waren eigentlich Werbebroschüren für Unterhaltungsveranstaltungen, voll von grellen Farbfotos von Frauen in spärlichen Kleidern und knapper Wäsche. Bevor wir zum Hotel zurückkehrten, gelang es Randy, einen Stoß davon zu sammeln.

In unserem Zimmer lagen wir zusammen auf dem King-Size-Bett, blätterten die Seiten durch und amüsierten uns über die suggestiven Werbungen für »Hostessen« und »Private Tänzerinnen«. Bald wurde mir klar, daß einige davon tatsächlich Prostitutionsangebote waren. Die Sprache, die verwendet wurde, ließ sehr wenig Zweifel daran, was sie verkauften. Die meisten benutzten das Wort *Zimmerservice*, das heißt, sie würden direkt ins Hotelzimmer kommen, um zu Diensten zu sein. Einige versprachen »Hostessen in jeder Größe und Form, die alle Ihre Wünsche befriedigen«. Eine versprach: »Sie werden so glücklich sein, daß Sie kommen.« Woanders hieß es: »Wir sind auf Männer, Frauen und Paare spezialisiert.«

Wir reservierten in einem eleganten Restaurant einen Tisch für das Abendessen und ließen uns Zeit, uns fertigzumachen. Nachdem wir geduscht und uns angezogen hatten, fuhren wir im Aufzug hinunter zur Eingangshalle. Wie in allen Hotels in Las Vegas war sie so gelegen, daß man vorher durch das geschäftige Spielkasino mußte. Seine Lichter und das ständige Klingeln und Gepiepe wirkten geradezu hypnotisierend, machten es fast unmöglich durchzugehen, ohne eine Wette zu machen oder eine Münze in einen bettelnden Automaten zu stecken.

Wir standen schließlich vor einem glänzenden Chrombanditen, der die Möglichkeit bot, mit einem einzigen Drücken seines Hebels eine Million Dollar zu gewinnen. Randy kramte in seinen Taschen, als eine Hosteß in einem knappen roten Outfit anbot, zu wechseln. Randy gab ihr einen Zwanziger und erhielt eine Papierschale voll silberner Dollars. Mit verklärtem Blick steckte er einen in den Schlitz und deutete auf den Hebel. »Du drückst«, sagte er. »Damit wir Glück haben.«

Ich langte hin und drückte kräftig. Kleine Räder drehten sich und ließen kurz im Fenster an der Vorderseite des Geräts Kirschen, Pflaumen und Zitronen aufleuchten. Plötzlich hörte ich den Klang einer Sirene und das laute Bimmeln. Ich schaute mich um, um zu sehen, woher es kam, als Randy schrie: »Wir haben gewonnen! Wir haben gewonnen! Du hast einen Treffer gelandet!«

Die ganzen Leute im Spielsalon bildeten einen Kreis um uns. Einer fragte: »Wieviel haben Sie gewonnen?« Ich hatte keine Ahnung.

Randy studierte die Tafel auf der Maschine oben. »Du hast vier Zitronen!« rief er aus. »Vier Zitronen sind tausend Kröten wert!«

Die Hosteß, die ihm vor wenigen Augenblicken das Kleingeld gegeben hatte, trat aus der Menge hervor. »Das ist richtig«, sagte sie und steckte einen Schlüssel in den Automaten, um seine Klingeln und Sirenen stillzulegen. »Herzlichen Glückwunsch. Ich bringe Sie zur Kasse zur Auszahlung.« Benommen folgten wir ihr zu einem Schalter, der aussah wie in einer Bank.

Wie im Traum stand ich neben Randy und hörte den Kassierer fragen: »Wie möchten Sie das Geld?«

Ich hörte meinen Mann sagen: »Hunderter, bitte.« Ich sah den Kassierer zehn neue Einhundertdollarscheine abzählen, aber erst als ich Randy das Geld falten und in seine Tasche stecken sah, glaubte ich, daß es tatsächlich wahr war.

»Laß uns essen gehen«, sagte er. »Ich denke, wir haben genug gespielt.«

Beim Abendessen war ich so aufgeregt, daß ich meinen Salat

fast nicht hinunterbrachte. »Du hast einen guten Automaten ausgesucht«, sagte ich scherzend. »Vielleicht solltest du professioneller Spieler werden.«

»Oh, nein«, antwortete Randy. »Du bist diejenige, die gewonnen hat. Schließlich hast du den Hebel gedrückt. Du solltest entscheiden, was wir mit dem Geld tun.«

»Laß mich ein wenig darüber nachdenken«, sagte ich, an meinem Wein nippend. »Ich stehe noch unter Schock.«

»Ich auch«, sagte Randy. »Laß es uns spontan ausgeben.«

Plötzlich fiel mir etwas ein, was mir insgeheim im Kopf herumgegangen war, seit wir auf unserem Zimmer die Broschüren angeschaut hatten. »Ich will eine private Tänzerin«, sagte ich. »Laß es uns auf eine dieser Hostessen verwenden.«

Randy sah völlig schockiert aus. »Was meinst du?« fragte er, als könne er es nicht fassen.

Trunken von unserem Sieg über den Automaten, von der ganzen Traumatmosphäre von Las Vegas und vielleicht auch ein wenig von dem Wein, den ich trank, erklärte ich atemlos: »Ich möchte, daß zwei Leute gleichzeitig Liebe mit mir machen.« Ich blickte auf meinen Teller und fügte leise hinzu: »Einer davon sollst du sein, und der andere eine Frau.«

Randy starrte mich schweigend an, plötzlich mit einem begeisterten Funkeln in den Augen. »Meinst du es ernst?« fragte er.

»Ja«, sagte ich. »Wenn du auch willst.« Dann platzte ich beunruhigt heraus: »Aber ich will nicht, daß du sie anfaßt oder sie dich anfaßt. Es soll nur für mich sein.« Plötzlich schämte ich mich. »Ist das pervers? Oder selbstsüchtig?« fragte ich.

Randy grinste. »Zum Teufel, nein«, antwortete er. »Ich denke, es ist das Aufregendste, was ich je gehört habe.«

Wir beendeten unser Abendessen und gingen zum Hotel zurück. Sobald wir im Zimmer waren, blätterte ich die Broschüren durch auf der Suche nach einer Werbung, die mir vorher aufgefallen war. »Laß es uns gleich tun«, sagte ich. »Ich fürchte, ich werde meine Nerven verlieren, wenn wir warten. Mal sehen, ob wir etwas für heute abend bekommen können.«

Da entdeckte ich den Satz: ›Wir sind auf Männer, Frauen und Paare spezialisiert‹, und rief aus: »Hier ist es! Die kommen aufs Zimmer, und zwar in allen Größen und Formen. Rufst du an?«

»Das ist deine Nacht«, sagte er. »Du rufst an und sagst ihnen genau, was du willst.«

Obwohl ich nervös war, brachte ich es irgendwie fertig, die Nummer zu wählen und die Vereinbarungen zu treffen. Ich erhielt das Versprechen, daß in ungefähr einer Stunde eine Frau bei uns erscheinen würde. Es schien jedoch nur ein kurzer Augenblick vergangen zu sein, als wir ein Klopfen hörten. Ich stand mit wild klopfendem Herzen da, als Randy die Tür öffnete, um eine attraktive blonde Frau in einem knapp geschnittenen grünen Abendkleid hereinzubitten.

»Hallo«, sagte sie mit freundlichem Lächeln. »Ich bin Loni vom Zimmerservice.« Randy und ich standen sprachlos da, uns fehlten die Worte.

Loni war selbstsicher und schien sich sofort wohl zu fühlen. Die Türe hinter sich schließend, sah sie uns an. »Haben Sie sich etwas Bestimmtes vorgestellt?« fragte sie. Als keiner von uns antwortete, fragte sie weiter: »Soll ich etwas mit ihm machen? Mit ihr? Mit beiden? Gibt es etwas Besonderes, was Sie möchten? Oder nicht möchten? Würde mich einer von Ihnen netterweise einweihen?« Sie lachte melodisch, was sehr beruhigend auf mich wirkte.

»Dies war meine Idee«, sagte ich. »Lassen Sie mich also erklären. Ich will, daß ihr beide Liebe mit mir macht. Aber ich möchte nicht, daß zwischen Ihnen und Randy etwas ist. Oh, das ist mein Mann Randy, und ich bin Harriet.«

»Kein Problem«, antwortete Loni. »Ich verstehe vollkommen. Es ist Ihr Geld. Sie sagen, wo es langgeht. Aber ich muß im voraus kassieren. Zweihundert Dollar, bitte.« Als Randy ihr die Scheine überreicht hatte, stopfte sie sie in ihre Geldbörse und langte dann nach hinten, um ihr Kleid aufzumachen. Innerhalb weniger Augenblicke stand sie vollkommen nackt vor uns.

Der Zimmerservice hatte gute Arbeit geleistet. Er hatte eine

Frau ausgewählt, die auf die Beschreibung paßte, die ich gegeben hatte. Sie war Ende zwanzig, etwa einen Meter zweiundsechzig groß, mit schlanker Taille und breiten Hüften. Obwohl ihre Brüste ziemlich groß waren, hingen sie nicht, sondern standen stolz von ihrem Körper ab, wobei ihre aufgerichteten Nippel nach oben zeigten. Ihr herzförmiges Gesicht war von blonden Locken umrahmt, aber das Haar ihres Busches war dunkelbraun. Sie hatte einen schön gerundeten Hintern. Ich bemerkte, daß Randy sie offen musterte, und irgendwie fand ich das aufregend.

Sie drehte sich langsam auf der Stelle, so daß wir sie beide gut sehen konnten. Dann sagte sie: »Kommt, ihr beiden. Wie wär's, wenn ihr euch auszieht, damit der Spaß beginnen kann?«

Ich sah, daß Randy seinen Reißverschluß öffnete und aus seinen Hosen stieg. Sein Schwanz war bereits hart, stand gerade von ihm ab. Es machte mir nicht das geringste aus, als ich sah, daß Loni ihn musterte. Dann sah sie mich erwartungsvoll an. Wieder nervös geworden, begann ich mich auszuziehen, wobei ich mich ganz auf diese Aufgabe konzentrierte, um nicht Lonis oder Randys Blick zu begegnen.

Während ich mich entkleidete, plauderte Loni, um die Spannung zu lösen. »Das ist für euch das erste Mal«, sagte sie. »Das merke ich. Nun, macht euch keine Sorgen. Ich bekomme die ganze Zeit solche Aufträge. Ihr wärt überrascht zu erfahren, wie viele Paare genau das gleiche wollen wie ihr. Alle möglichen Leute.«

Mittlerweile war ich nackt und hatte am ganzen Körper eine Gänsehaut. »Warum legen Sie sich nicht aufs Bett?« schlug Loni vor. »Lassen Sie mich und Ihren Mann dafür sorgen, daß es Ihnen gut geht.«

Ich schloß meine Augen, als ich mich hinlegte, aber als ich Hände spürte, die leicht über meinen nackten Leib strichen, mußte ich sie öffnen. Ich wollte nichts verpassen. Ich wollte alles sehen, was mit mir gemacht wurde. Ich wollte die Bilder in mein Gedächtnis einprägen, so daß ich sie später wieder hervorholen und genießen konnte.

Randy stand neben dem Bett und sah zu, wie Lonis Finger fachkundig über meine nackte Haut glitten. Sie saß mit dem Gesicht zu mir gewandt neben mir, ihre nackte Hüfte an die meine gedrückt. Sie nahm meine Brüste in ihre Hände, was sich sehr gut anfühlte. Ich spürte meine Nippel hart werden, als sie sie streichelte. Ganz langsam begann sie, meine Nippel zu kneten und zu drehen, und Lustschauder ergriffen meinen Körper.

Ich starrte auf die Brüste der Frau, beobachtete, daß ihre Nippel zusammen mit den meinen hart wurden. Ich brannte darauf, sie zu berühren, aber ich hatte nicht die Nerven. Sich vorbeugend, rückte Loni näher. »Mach«, schlug sie vor. »Halte sie. Es fühlt sich gut an. Mach das gleiche, was ich mit dir mache.«

Ich sah zu Randy, der mit großen Augen und vor Erregung pulsierender Erektion zuschaute. Wortlos nickte er in Zustimmung zu ihrem Vorschlag. Zögernd langte ich nach ihren weichen Brüsten. Als meine Hände sie berührten, erschauerte ich vor Erregung. Es war das erste Mal in meinem Leben, daß ich den Busen einer anderen Frau anfaßte. Das Unanständige daran war erregend. Vor allem auch die Anwesenheit meines Mannes, der alles sah.

Ich begann zu experimentieren, nahm die dunklen Nippel zwischen meine Daumen und Ziegefinger. Ich konnte spüren, wie sie auf meine Liebkosungen reagierten, noch härter wurden. Sanft rollte ich sie, stellte mir vor, wie es wäre, daran zu saugen. Die Erregung, die dadurch entstand, daß meine Brüste und Nippel von einer Frau gestreichelt wurden, während ich mit ihr das gleiche machte, ließ mich mutig werden. Ich hob den Kopf von meinem Kissen und öffnete meine Lippen.

Loni erkannte meinen Wunsch sofort. Sie beugte sich nach vorne, um ihre Nippel wenige Zentimeter vor meinen Mund zu bringen. »Mach«, flüsterte sie. »Ich mag das.«

Der Schock der Erregung, der in meine Lenden fuhr, als ich leicht an einer der geschwollenen Rosenknospen leckte, überwältigte mich fast. Ich spürte, daß meine Säfte reichlich flossen, die Lippen meiner Vagina befeuchteten, als meine Zunge über die runzlige Haut an ihrer Brustspitze fuhr. Loni spürte mein Verlangen und strich mit einer Hand langsam über meinen Bauch und suchte meinen bebenden Schamhügel.

Sie preßte ihre Handfläche auf mein Schamhaar. Ihre Fingerspitzen begannen mit den vollen Lippen meiner Vulva zu spielen, nahmen dabei Tropfen von Feuchtigkeit auf und verteilten sie nach oben in Richtung des pulsierenden Knopfes meiner Klitoris. Sie rieb kleine Kreise darum herum und ließ dann einen ihrer Finger in mich gleiten, tiefer tauchen, bis er mich völlig aufspießte. Ich fiel zurück, und mein Mund ließ ihre Brust los.

Mit einem erstickten Seufzer fiel Randy neben dem Bett auf die Knie, und seine Lippen suchten meinen geschwollenen Nippel. Loni hatte mein volles Fleisch in ihrer Hand und hielt es ihm hin. Als mich seine Zunge berührte, lösten diese kombinierten Zärtlichkeiten unbeschreibliche Empfindungen aus. Einer ihrer Finger in meinem Geschlecht, während ihre Hand und sein Mund zusammenarbeiteten, um meiner Brust ekstatische Lust zu bereiten.

Randy bewegte seinen Kopf von einem Nippel zum anderen und saugte hungrig daran. Ich spürte Lonis Hände unter meinen Pobacken, die mich leicht von der Matratze hoben. Randy verstellte mir die Sicht auf sie, aber ich spürte die Weichheit ihres Gesichts an der Haut der Innenseite meiner Schenkel. Ihr heißer Atem strich über mein empfindliches Fleisch, als sie leicht meine Oberschenkel küßte. Ich konnte fühlen, wie sich ihre Lippen immer mehr meiner wahnsinnig erregten Vagina näherten, und ich wußte, gleich würde sie mich lecken.

Ich hörte ein Luststöhnen und merkte erst danach, daß es von mir kam. Lonis Zunge spielte mit meinen Schamlippen, hielt zwischen ihnen einen Augenblick inne, um mir einen Vorgeschmack der Erregung zu geben, die noch kommen würde. Sie leckte und knabberte an mir so sanft und fachkundig, wie es nur eine andere Frau tun konnte. Ich spürte, wie ich meine Blütenblätter öffnete, um ihre Zungenstöße zu empfangen, und wie sich meine Lenden hoben, um mich heftig gegen sie zu drücken.

Ihre Zunge drang in mich, teilte die Häute meines Geschlechts, um sich liebevoll mit meiner Vulva zu paaren. Rhythmisch fuhr sie hinein und hinaus, ahmte die Bewegungen des Geschlechtsverkehrs mit unbeschreiblicher Zartheit nach. Dann zog sie sich zurück, um aufwärts zu reisen. In kleinen heißen Bahnen fuhr sie um die pochende Erektion meines Lustzentrums. Meine Klitoris sproß hervor, streckte sich, um die Fleischfalten zu teilen, die sie schützten, und in Lonis feuchtem, heißem Atem zu baden.

Sie leckte mich genau mit dem richtigen Ausmaß an Druck, nicht zu fest, nicht zu leicht. Ich spürte meine Erregung steigen und fürchtete, daß ich zu schnell kommen würde, daß dieses köstliche Abenteuer so plötzlich enden würde, wie es begonnen hatte. Meine Angst spürend, zog sich Loni zurück und legte ihre Hand flach auf meine bebende Vagina.

»Leg dich auf deinem Rücken neben Harriet«, flüsterte sie Randy zu. Mein Mann gehorchte ihr. Widerstrebend ließ er meine Nippel los, um sich neben mir auf dem Bett auszustrekken. Sein Ständer ragte senkrecht aus dem haarigen Dschungel an seinen Lenden heraus.

Mich an den Händen nehmend, zog mich Loni auf ihn. Ich lag auf seiner Brust, meine Brüste zeigten zur Decke. Ich konnte seinen drängenden Penis von hinten an den geschwollenen Lippen zwischen meinen Beinen spüren, als er versuchte, meine Öffnung zu finden.

Mit Schaudern fühlte ich Lonis Finger sanft die Lippen meiner Vulva teilen und mein kreisendes Becken führen, bis sich die Spitze seines Organs hungrig an meinen Schlitz drückte. Während sie mein krauses Schamhaar streichelte, spreizte sie mich weit auf, um sein Eindringen zu erleichtern. Schließlich war er in mir.

Loni streichelte meine Brüste, während Randys Penis bis zum Anschlag in mein nasses Geschlecht drang. Er schlang seine Arme fest um meinen Körper, als er hereinkam. Langsam wiegten wir uns zueinander und voneinander weg, so daß seine Rute immer wieder in mein entflammtes Inneres drang. Gerade als ich dachte, die Empfindungen wären so intensiv, daß eine Steigerung nicht mehr möglich war, fühlte ich Lonis Zunge nach dem geschwollenen Knopf meiner Klitoris suchen.

Unwillkürlich entrang sich meiner Kehle ein Schrei, als mich die Vorstellung mitßriß, von Randys dickem Organ ausgefüllt zu sein, während Lonis Mund fachkundig meinen empfindlichsten Punkt bearbeitete. Ich hätte nie gedacht, daß etwas so erregend sein könnte. Es war so, als würde ich zum ersten Mal wahren Sex erleben. Ich verlor mich in der wirbelnden Erregung, war völlig von der Ekstase totaler Erotik erfaßt. Ich hatte das Gefühl, mein Inneres würde nach außen gekehrt.

Randys Hände hielten meine Brüste, drückten ihr weiches Fleisch und strichen liebevoll über die Nippel, um sie zu maximaler Erektion zu bringen. Jede Bewegung seiner Finger schickte heiße Wellen wie Stromstöße durch meinen Körper, die mein Innerstes in Flammen setzten. Ich entdeckte eine Welt voll sinnlicher Freuden, die ich noch nie erlebt hatte, von denen ich nicht gewußt hatte, daß es sie gab.

Als ich spürte, daß sich mein Orgasmus aufbaute, versuchte ich nicht, ihn zurückzuhalten. Ich wollte die äußerste Freude des Verkehrs mit meinem Mann spüren, während die sanfte Zunge einer Frau über meine Klitoris strich, während zärtliche Hände – ich wußte nicht mehr, wem sie gehörten – meine aufgerichteten Nippel rieben. Ich hatte das Gefühl, jeden Augenblick explodieren zu müssen.

»Oh, Gott, ich komme«, schrie ich, als eine heftige Welle nach der anderen durch meinen Körper rollte. Loni leckte weiter. Ihre Zunge nahm mich mit zu einem Orgasmus, der mich höher hob, als ich je dachte, fliegen zu können.

»Ich komme in dir, Harriet«, stöhnte Randy. Ich konnte spüren, wie sich sein Körper unter dem meinen spannte, sein Organ in Vorbereitung für den Erguß anschwoll.

»Ja«, schrie ich. »Komm in mich.« Bei diesen Worten legte er los, füllte mich mit den Säften seiner Ekstase. Er stöhnte rhythmisch, wobei das Tempo seiner Laute mit dem unserer orgiastischen Kontraktionen übereinstimmte.

Als sich meine Säfte mit denen von Randy mischten, leckte Loni weiterhin meine Klitoris, um den Höhepunkt scheinbar unendlich auszudehnen. Als schließlich die Lust so intensiv war, daß es mir fast unheimlich war, spürte ich, daß die Kontraktionen nachließen. Randys Penis wurde weich und rutschte aus mir heraus. Lonis Liebkosungen mit der Zunge wurden leichter, bis ich kaum noch ihren Mund an den Lippen meiner Vagina spürte. Mit einem Seufzer rollte ich von Randy herunter, sank neben ihm auf die Matratze, die Realität kaum wahrnehmend, verloren in der Süße des Nachglühens.

Als ich langsam wieder zu mir kam, nahm ich undeutlich wahr, daß Loni durch das Zimmer zu ihren Kleidern ging. Als sie angezogen war, lächelte sie und sagte: »Ich hoffe, ihr zwei habt eine wundervolle Zeit in Las Vegas.« Ohne ein weiteres Wort schloß sie die Tür leise hinter sich und war gegangen.

Lange Zeit lagen Randy und ich schweigend da. Dann erzählte ich ihm, wie sehr ich das Abenteuer genossen hatte. Ich versuchte zu beschreiben, wie wunderbar es sich anfühlte, als jeder Teil von mir gleichzeitig berührt wurde, alle meine erogenen Zentren gleichzeitig stimuliert wurden. Randy verstand. Ich hätte diese Empfindungen mit Randy allein niemals erleben können. Ich war dankbar, daß er tolerant genug war, um es zu ermöglichen. Daß er meine Wünsche verstand und mir in dieser Nacht ihre Erfüllung gewährte, ließ mich den besten Sex erleben, den ich je hatte.

Kapitel 8
Sehen und gesehen werden

Menschen und Tiere können nur deshalb existieren, weil sie mit einem Wunsch nach Fortpflanzung ausgestattet sind. Um diesen Wunsch beim Menschen zu stärken, hat die Natur unsere Fortpflanzungsorgane mit Kraushaar und Stellen von auffälliger Farbe ausgestattet, was sie besonders interessant macht. Zusätzlich wurden in unseren Gehirnen Schaltkreise gelegt, die es ermöglichen, daß wir in Erregung versetzt werden, wenn wir den nackten Körper eines anderen sehen oder wissen, daß jemand anderer den unseren ansieht.

Menschen sind nicht die einzigen Kreaturen auf der Welt, die auf diese Art gesegnet werden. Paviane tragen leuchtende Farben, um die Aufmerksamkeit auf ihre Genitalien zu lenken. Weibliche Ziegen, die Sex wollen, wedeln wiederholt mit ihrem Schwanz, so daß der Anblick ihrer aufgeblähten primären Geschlechtsmerkmale die Männchen anzieht. Wenn Tiere andere Tiere beim Geschlechtsverkehr sehen, können sie so erregt werden, daß sie selbst in eine Raserei brutaler sexueller Aktivitäten geraten.

Das Verbot öffentlichen Sexes ist in menschlichen Gesellschaften weit verbreitet. Einige Analytiker behaupten, daß diese Regeln existieren, weil zu befürchten ist, daß solche Darstellungen Zuschauer so erregen könnten, daß es zu unkontrollierten sexuellen Handlungen kommt. Zusätzlich zur Störung der gesellschaftlichen Ordnung besteht die Gefahr, daß körperliche Aggression gefördert wird.

So sind wir vom Zeitpunkt unserer Geburt an dazu erzogen, zu glauben, daß Sex nur hinter verschlossenen Türen und vorgezogenen Vorhängen stattfinden sollte. Wir lernen, unsere Geschlechtsorgane »intime Stellen« zu nennen und Menschen, die sie herzeigen, als Perverse oder sogar Kriminelle zu betrachten. Wir haben Gesetze, die das Zeigen der Brüste verbieten und die Größe und Form von Bikinis regulieren, die an öffentlichen Stränden getragen werden. *schon lange nimmer!*

Die meisten Menschen können mit diesen Regeln bequem leben. Für manche jedoch hat der Wunsch, zu sehen und gesehen zu werden, einen mächtigen erotischen Reiz. Wenn sie die Möglichkeit haben, andere beim Sex zu beobachten, tun sie dies, ohne zu zögern. Wenn sie die Gelegenheit haben, sich in ihrer eigenen Sexualität zu zeigen, nutzen sie die Chance. Diese Erfahrungen sind so unüblich, daß diejenigen, die sie kennengelernt haben, sie häufig zum besten Sex erklären, den sie je hatten.

Exhibitionisten

Marla ist einen Meter zweiundsechzig groß und hat langes, dikkes, rotes Haar. Die Sommersprossen in ihrem Gesicht und an ihrem Hals lassen sie jünger aussehen als sechsundzwanzig. Marla unterrichtet an einem Gemeindecollege Yoga. Ihre Leidenschaft für Yoga hat ihren Körper biegsam und elastisch gemacht. Ihre schmale Taille geht in breite, sinnliche Hüften über. Sie lebt seit acht Monaten mit ihrem Freund Dan, einem Computerfachmann, zusammen. Marla sagt, ihre erotischste Erfahrung habe sie eines Abends gemacht, als sie und Dan Freunde besuchten. Ihre kugelrunden braunen Augen leuchten, als sie erzählt.

Dan und Tony sind seit Jahren befreundet. Seit Dan und ich miteinander gehen, haben wir viel Zeit mit Tony und seiner Freundin Celeste verbracht. Sie sind lustige Leute, und wir lachen immer viel, wenn wir zusammen sind. Tony ist Steuerberater, und ich glaube, ich hielt Steuerberater immer für langweilig. Aber das trifft bei Tony nicht zu. Natürlich ist er nicht einfach ein gewöhnlicher Steuerberater. Er arbeitet für eine Filmgesellschaft, was seiner Arbeit eine Art Glanz verleiht. Er kennt gewöhnlich all den Insider-Tratsch über das Treiben in Hollywood. Sie wissen, wer mit wem schläft, diese Art von Dingen.

Celeste ist auch toll. Spontan und impulsiv. Alles, was man braucht, um Spaß zu haben. Sie scheut sich nie, etwas Neues auszuprobieren. Sie arbeitet als Sekretärin für eine große Rechtsanwaltspraxis in der Stadt. Wir beide mochten uns von Anfang an.

Also, eines Abends vor ein paar Monaten rief Tony an, um uns zu ein paar Drinks einzuladen. Uns war eigentlich danach, zu Hause zu bleiben. Wir hatten geplant, früh ins Bett zu gehen und uns noch ein wenig heiß zu machen. Das sagte Dan natürlich nicht zu Tony. Er sagte nur, wir seien müde.

Aber Tony ließ nicht locker. Er sagte, er habe etwas für uns zum Anschauen, und daß es heute abend sein müßte. Er würde ein Nein absolut nicht akzeptieren. Er sagte, er habe die Weinflasche bereits entkorkt und würde uns in einer halben Stunde erwarten. Bevor Dan irgendwelche anderen Ausreden anbringen konnte, hängte Tony einfach auf.

Wir zogen uns immer lässig an, wenn wir zu Tony und Celeste gingen. Also gingen wir einfach, wie wir waren. Dan trug eine Art von Jogginganzug. Ich hatte Jeans an und eine Bluse im Westernstil, mit Druckknöpfen vorne runter.

Als wir bei Tonys Wohnung ankamen, umarmte uns Celeste zur Begrüßung. »Kommt herein«, lud sie uns ein. »Der Wein wartet.«

Wir vier saßen auf dem zusammensetzbaren Sofa um den Cocktailtisch herum im Wohnzimmer und plauderten und nippten Rotwein. Nach einer Weile sagte Dan: »Was ist denn nun mit der großen Überraschung? Und warum mußte es heute abend sein?«

Ein schelmisches Lächeln spielte über Tonys Gesicht. »Warte, bis du siehst, was ich habe«, sagte er. »Es wird dir nicht leid tun, daß du gekommen bist. Du dachtest, du könntest mich mit der Behauptung zum Narren halten, daß ihr früh ins Bett wolltet, weil ihr müde seid? Ihr wolltet früh ins Bett, gut, aber nicht, weil ihr müde seid. Bumsen! Das hattet ihr im Kopf. Versucht nicht, mich zum Narren zu halten. Aber, glaubt mir, ihr werdet froh sein, daß ihr aufgeblieben seid.«

Ich starb vor Neugierde. »Was ist es?« fragte ich eifrig. »Was soll das alles?«

Tony ging einen Augenblick ins Schlafzimmer und kam mit einem Videoband zurück. »Ich habe hier einen Film mit zwei der größten amerikanischen Filmstars in den heißesten Sexszenen, die je aufgenommen wurden. Einige dieser Szenen gingen so ins Detail, daß sie herausgeschnitten werden mußten, damit der Film kein Pornofilm wurde. Andere Szenen sind einfach richtig schön scharf. Es ist eine Schande, aber übermorgen wird sie nie mehr jemand sehen. Alle Kopien werden morgen früh um neun im Schneideraum zerstört. Ich habe einen Freund, der diese hier für mich rausschmuggelte, aber er nahm mir das Versprechen ab, daß ich keine Kopien machen würde. Das erste, was ich morgen tun muß, ist, sie zurückgeben.«

Ich war fasziniert. Als Tony das Licht dämpfte und das Band in seinen Videorecorder steckte, starrte ich gebannt auf den Bildschirm. Einige Zahlen flimmerten über den Schirm, um die Szene und die Aufnahme zu kennzeichnen. Und dann fing es an. Ich wünschte, ich könnte Ihnen sagen, wer die beiden Filmstars waren, aber Tony nahm uns das Versprechen ab, dies niemals zu tun. Er sagte, wenn jemand herausfände, daß er uns diesen Film gezeigt hätte, würden er und sein Freund ihre Jobs verlieren und vielleicht nie wieder in der Filmindustrie arbeiten können.

Folgendes darf ich jedoch erzählen: Der männliche Star ist jemand, den Sie wahrscheinlich in mindestens zehn Filmen gesehen haben. Und wenn Sie nicht darüber phantasiert haben, von ihm geküßt zu werden, sind Sie keine normale Frau mit rotem Blut in den Adern. Der weibliche Star ist noch nicht so lange im Geschäft, aber Sie würden ihren Namen kennen, wenn Sie ihn hörten. Sie ist eines der jungen Sternchen, die schnell groß werden, und alle sagen, daß sie die Sexgöttin der neunziger Jahre sein wird. Einige meinen, sie sei die neue Marilyn Monroe.

Als die zweite Szene begann, lagen die beiden in inniger Umarmung im Bett. Alles, was man erkennen konnte, waren ihre nackten Ärsche. Ich fragte mich, warum diese Szene entfernt werden mußte. Ich hatte eine Menge Filme gesehen, die mehr als dies zeigten. Dann beendeten sie die Umarmung, und ich verstand. Als er herumrollte, stand seine Mammuterektion senkrecht in die Luft.

Eine Stimme im Hintergrund rief: »Schnitt!«, aber die Handlung ging weiter.

Dieser Schauspieler ist als Macho bekannt, und sein Schwanz ist wirklich ein Beweis dafür. Er war dick und lang und sah so hart wie ein Baumstamm aus. Ich konnte nicht anders als darauf starren. Ich meine, ich habe von diesem Ding wahrscheinlich jedesmal phantasiert, wenn ich ihn auf der Leinwand gesehen habe. Er ist so sexy, da ist man hilflos. Und hier legte er sich zurück und zeigte sein Ding der Welt. Ich spürte, wie ich sofort erregt wurde.

Die Schauspielerin reagierte jedoch nicht so. Sie fing schallend zu lachen an, und ihr Hände flogen hoch, um ihren Mund zu bedecken. Es war klar, daß sie total die Beherrschung verloren hatte. Sie lachte weiter, wobei ihr Körper sich hoffnungslos auf dem Bett schüttelte. An einer Stelle krümmte sie sich buchstäblich vor Lachen: Sie streckte ihre Beine in beide Richtungen in die Luft und gab den Blick auf ihre Pussy frei. Ich konnte sehen, daß Dans Aufmerksamkeit vom Bildschirm gefesselt war. Ich konnte es ihm natürlich nicht verdenken. Es war so erregend, diese Filmstars so ganz nackt zu sehen.

»Du kannst im Film keinen steifen Dicken zeigen«, platzte das Starlet inmitten ihres Gelächters heraus. Der männliche Star lachte auch, aber dies führte nicht dazu, daß sich die Größe seines Steifen verringerte. »Du wirst die ganze Produktionsfirma ins Kittchen bringen«, sagte sie.

»Was zum Teufel soll ich dagegen tun«, sagte er unter brüllendem, hemmungslosem Lachen. »Ich bin mit der erotischsten Frau von Hollywood im Bett. Mach nicht mir Vorwürfe, sondern ihm.« Er deutete dramatisch auf seinen Penis, sprach sich von jeder Verantwortung frei.

»Nun, wir müssen etwas tun«, sagte sie, und ihr Körper bebte vor Vergnügen. »Hier, ich werde mich um ihn kümmern. Dann können wir mit diesem Film weitermachen.« Bei diesen Worten nahm sie seinen Penis in ihre Hand und begann ihn, immer noch lachend, kräftig zu wichsen. Sein Lachen flaute ab, bis es sich in ein Stöhnen verwandelt hatte. Eine Stimme schrie weiter: »Schnitt! Schnitt!« Aber niemand schnitt irgend etwas.

Die Schauspielerin fuhr fort, seinen Dicken mit nun nicht mehr so heftigen Bewegungen zu reiben. Ihr Rhythmus wurde langsamer und paßte sich mehr seinen sich unwillkürlich windenden Hüften an. Er lachte jetzt überhaupt nicht mehr. Seine Augen waren geschlossen, und sein Körper warf sich vor und zurück.

Der Anblick meines Filmidols bei der Handarbeit hatte eine starke Wirkung auf mich. Ich wurde selbst naß in den Hosen. Es muß Dan auch erregt haben, denn er rückte näher zu mir her und legte seinen Arm um meine Schultern.

Der große Schwanz auf dem Bildschirm schien noch größer zu werden, schwoll und wurde dunkelrot, als das Streicheln immer weniger spielerisch, sondern wirklich liebevoll wurde. Ich war sicher, der Bildschirm würde jede Minute schwarz werden, aber er tat es nicht. Ich war froh. Ich wollte mehr sehen. Es ist irgendwie erregend, anderen Leuten beim Sex zuzusehen. Und wenn es sich um Filmstars handelt, die man seit Jahren vom Bildschirm her kennt, ist es höchst erotisch.

Ich versuchte mir vorzustellen, wie sich die Schauspielerin dabei fühlte, diesem Supermann einen runterzuholen. Von ihrem Gesichtsausdruck her zu schließen, genoß sie es. Sie war offensichtlich die Art von Frau, die Sex wirklich mochte. Sie starrte mit der gleichen Faszination auf die pochende Erektion wie ich. Während wir beide hinsahen, begann er sich aufzubäumen, machte sich zum Abspritzen bereit.

Die Kamera zoomte in Naheinstellung auf den knolligen Kopf, gerade als der erste wirbelnde weiße Samentropfen herausschoß. Die dicke Flüssigkeit spritzte heraus wie die Ladung einer Kanone. Dann folgte eine weitere. Und noch eine. Ich denke, einem Mann zuzuschauen, wie er kommt, ist ungefähr das Intimste, was man tun kann. Aber diesem bestimmten Mann zuzuschauen, war für mich fast zu aufregend. Ich konnte es kaum noch ertragen.

Ich hörte das Geräusch von heftigem Atem und bemerkte, daß es mein eigener war. Dan muß es ebenfalls gehört haben, denn er zog mich an sich und betastete meine Brust mit seiner Hand. Verführerisch flüsterte er: »Ziemlich heiß, nicht wahr?« Ich spürte meine Nippel an der Innenseite meines BHs steinhart werden.

Zu meiner Enttäuschung wurde der Bildschirm schwarz. Fast sofort flimmerten wieder die Zahlen. »Dies ist die nächste Aufnahme der gleichen Szene«, sagte Tony. »Diese Handarbeit kostete das Studio ein paar tausend Kröten. Sie mußten eine Stunde warten, bevor der Star wieder bereit war zu arbeiten, während alle im Studio weiter bezahlt wurden.«

»Wie viele Leute waren bei den Dreharbeiten dabei?« fragte ich neugierig. Die Vorstellung faszinierte mich.

Tony mit seinem Steuerberatergehirn wußte es genau. »Mit dem Kameramann, dem Produktionsteam und den Gaffern«, sagte er, »waren es siebzehn. Die Schauspielerin nicht gezählt.«

»Siebzehn«, echote ich. »Gott, muß es aufregend gewesen sein, es vor siebzehn Leuten zu tun. Ich kann es mir gut vorstellen.«

»Aufregend?« sagte Celeste. »Ich wäre zu nervös, um erregt zu werden. Aber ich wette, es törnte die Leute, die zusahen, an. Das ist etwas, was mich wirklich erregen könnte.«

Auf dem Bildschirm begann die zweite Aufnahme der Szene wie die erste: Der Schauspieler und die Schauspielerin nackt in enger Umarmung auf dem Bett. Sie küßten sich eine Weile, und dann schlüpfte seine Hand zwischen ihre Körper, um eine ihrer Brüste zu streicheln. Sie wich leicht zurück, so daß wir ihre vollen Rundungen sehen konnten. Ihre Nippel waren kirschrot und hart. Dies mag vielleicht nur eine Filmszene gewesen sein, aber die Nippelerektion war keine Show. Sein Kopf senkte sich, um mit seiner Wange über ihre Brüste zu streichen, bevor er den erigierten Nippel in seinen Mund nahm.

Ich spürte Dans Schenkel sich an den meinen drücken, während er mich eng an sich drückte. Er begann meine Brüste durch mein Hemd hindurch mit seinen Händen zu streicheln. Ich beobachtete die Liebenden auf dem Bildschirm, während mich Dan betastete. Es war so erregend. Als ich fühlte, daß die oberen beiden Druckknöpfe meiner Bluse aufsprangen, schnurrte ich. Als Dan eine Hand hineinstreckte, sprang ein weiterer Druckknopf auf. Ich ergriff die Vorderseite meiner Bluse, zog fest und öffnete so den Rest der Druckknöpfe mit einem Mal.

Der Mund des Filmstars wechselte von einem erigierten Nippel zum anderen, während mich Dan durch den Seidenstoff meines BHs streichelte. Ich hungerte danach, meine Brüste freizulassen. Ich wollte seinen Atem auf ihnen spüren. Ich wollte, daß seine Zunge sie berührte und mit ihnen spielte. Ich wollte fühlen, was die Schauspielerin fühlte. Schnell öffnete ich den Verschluß meines BHs vorne und zog ihn von meinen Brüsten. Dan nahm meine Brüste in seine Hand und drückte sie leicht. Für den Augenblick hatten wir beide vergessen, daß wir nicht alleine waren.

»Oh, Dan«, stöhnte ich, als seine Finger mit meinen bloßgelegten Brüsten spielen. »Oh, ja. Das fühlt sich so gut an.«

Tonys Stimme brachte mich zurück. »Hey, Freunde«, sagte er. »Was macht ihr, gleich hier ficken?«

Ich spürte ein Kitzeln in meiner Pussy. Tony hat vielleicht einen Scherz gemacht, aber seine suggestive Frage erregte mich. Dan wollte seine Hand von meinen Titten nehmen, aber ich hielt sie fest. »Das ist eine heiße Idee«, sagte ich leise und sah Tony und Celeste herausfordernd an.

Celestes Atem war tief und heftig, ihr Busen hob und senkte sich bei jedem Ein- und Ausatmen. »Ich finde auch, daß es eine heiße Idee ist«, sagte sie mit vor Erregung zitternder Stimme. »Warum packst du es nicht an, Marla?«

»Nun, ich habe sicher keine Einwände«, fügte Tony hinzu, wobei seine Stimme eifrig erregt klang.

»Nun ist es an Dan«, sagte ich, befreite seine Hände und lehnte mich zurück, um ihm zu meinen Brüsten vollen Zugang zu geben. Mein Freund zögerte den Bruchteil einer Sekunde lang und fiel dann ohne ein Wort nach vorne, um einen meiner Nippel in seinen Mund zu nehmen und sanft daran zu saugen.

Das Paar auf dem Bildschirm fickte nun, aber wir waren zu sehr mit uns beschäftigt, um ihnen noch länger Aufmerksamkeit zu schenken. Während Dan meine Brüste leckte, schoben seine Hände meine Bluse und meinen BH über meine Schultern und Arme. Es war erregend, sich den beobachtenden Augen unserer Freunde zu zeigen. Dan nahm meine Brüste in seine Hände, während ich ihm aus seinem Jogginganzug half.

Als er nackt war, stand er auf. Sein steifer Schwanz stand gerade von ihm ab. Dann zog er mich auf meine Füße und knöpfte meine Jeans auf. Ich hatte ein unwirkliches Gefühl. Ich konnte nicht glauben, was passierte. Er zog meine Jeans nach unten, und ich stieg aus ihnen aus. Nun hatte ich nur noch meinen weißen Baumwollslip an.

Meine Hand nehmend, drehte mich Dan einmal im Kreis herum, so daß Tony und Celeste jeden Teil von mir sehen konnten. Ich konnte ihre brennenden Augen auf meiner Haut spüren, was mich mehr erregte als irgend etwas je zuvor. Ich war mir des Dreiecks von rotem Haar, das durch den dünnen Stoff meines Höschens schimmerte, überdeutlich bewußt. Ich wollte ganz nackt sein. Ich wollte nichts mehr verstecken.

Ohne auf Dans nächste Bewegung zu warten, streifte ich die Höschen ab und warf sie zur Seite. Ich streichelte meinen krausen Busch und preßte die Handfläche gegen meinen feuchten Schlitz. »Komm, Dan«, flüsterte ich heiser. »Ich will, daß du es mit mir machst, während Tony und Celeste zusehen.« Ich ging zur Couch und legte mich rücklings darauf, brachte langsam meine Beine auseinander, so daß sie dazwischensehen konnten. Die Vorstellung, mich den hungrigen, lustvollen Blicken unserer besten Freunde zur Schau zu stellen, ließ meine Säfte unglaublich fließen.

Dan kam langsam auf mich zu. Bei jedem Schritt schnellte seine Erektion auf und ab. Sein Schwanz war schön, aber aller Augen im Raum, sogar die Celestes, waren auf mich gerichtet.

Dan setzte sich neben mich auf die Couch und starrte in meinen Schlitz. Vorsichtig berührte er meine Lippen mit den Fingern beider Hände und spreizte sie, um meine Pussy in eine blühende Blume zu verwandeln. Ich konnte die Blicke fühlen, als seine Fingerspitzen die feuchten Fleischfalten streichelten und liebkosten. Ich schloß meine Augen vor Lust und zwang sie dann wieder auf, so daß ich die Menschen sehen konnte, die mich anschauten.

Celeste hatte den glasigen Blick von jemandem, der sich in hypnotischer Trance befand. Tony lehnte sich in seinem Sessel nach vorne, um nichts zu verpassen. Als Dan einen Finger in meine Pussy steckte, hörte ich Celeste leise seufzen. Einen Augenblick später saß sie auf Tonys Schoß und küßte ihn, während ihre Augen offen und auf mich geheftet blieben.

Dan bewegte seinen Finger in mich hinein und aus mir heraus, bis er mit der Nässe meines Geschlechts glänzte. Meine Hüften wiegten sich rhythmisch auf und ab, paßten sich dem Tempo seiner Bewegung an. Ich konnte die schlürfenden Geräusche meiner Säfte hören, als sein Finger in sie tauchten. Als ich daran dachte, daß unsere Freunde dieselben Geräusche hören würden, wurde ich noch nässer. Dan steckte jetzt einen zweiten Finger hinein, dehnte mich weiter auf, als wolle er mich für den Angriff seines Schwanzes vorbereiten.

Ich küßte Dans Ohr, badete es mit meiner Zungenspitze und flüsterte so laut, daß es Celeste und Tony hören konnten: »Ich glaube, es gefällt ihnen. Warum fickst du mich nicht jetzt und bietest ihnen wirklich was zum Schauen?«

Dan führte mich mit seinen Händen von der Couch auf den Boden. Er stand mit gespreizten Beinen und dem Rücken zu den Zuschauern auf der Couch über mir. Anmutig ging er auf seine Knie, indem er sich Zentimeter für Zentimeter nach unten senkte, bis ich die Hitze seines Körpers auf meiner Haut spürte. Ich legte meine Fersen auf seine Schultern, als er den Rücken krümmte. Die Spitze seines geschwollenen Penis stieß jetzt an mich. Ich wollte mich nach oben werfen, um ihn mit einem einzigen Stoß zu verschlucken, aber ich wußte, es würde das beste sein, alles Dans hervorragendem Gefühl für das richtige Timing zu überlassen. Er kann die eigentliche Penetration so lange ausdehnen, daß sie ewig zu dauern scheint.

Ich wollte vor hungriger Verzweiflung schreien. Dann fühlte ich den Kopf seines Penis meine Schamlippen spreizen, und dann begrub er seinen riesigen Steifen langsam und Stück für Stück in mir. Ich stöhnte. Irgendwo tief innen war ich mir bewußt, daß unser Publikum atemlos darauf wartete, daß er bis zum Anschlag in mich kam.

Ich habe immer gerne in dieser Stellung gevögelt, weil sie die tiefste Penetration ermöglicht. Ich stöhnte wieder, als ich seine Masse an meinen Muttermund stoßen spürte. Meinen Rücken krümmend, hob ich mein Geschlecht zu ihm hoch, als wollte ich um den letzten Zentimeter seines Schwanzes betteln. Mit einem bestialischen Grunzen rammte er nach vorn und gab mir alles.

Ich sabberte vor Erregung, als er mich so heftig fickte, wie er es mit langen Bewegungen tun konnte. Sein Vorwärtsstoß entlockte meiner Kehle ein Stöhnen, dem einen Augenblick später das Stöhnen von Celeste und Tony folgte. Das Wissen, daß sie zusahen, wie wir auf ihrem Wohnzimmerteppich vögelten, steigerte meine Erregung. Ich hatte bisher noch nicht bemerkt, welch eine Exhibitionistin ich war und wie aufregend es sein konnte, im Mittelpunkt von jedermanns erotischer Aufmerksamkeit zu stehen. Mein ganzer Körper war schweißgebadet. Ich ächzte. Ich seufzte. Ich stöhnte. Ich wurde wild. Ich war wie ein wildes Tier, warf mich heftig vor und zurück, um mich der Gewalt seiner Stöße anzupassen. Unsere Erregung war so intensiv, daß ich wußte, daß keiner von uns es noch lange aushalten konnte. Niemals zuvor hatte ich eine so machtvolle Leidenschaft erfahren. Ich spürte, daß sich mein Höhepunkt aufbaute. Ich kannte Dan gut genug, um zu wissen, daß seiner auch nur noch einen Augenblick entfernt war.

»Oh, Dan«, jammerte ich. »Ich komme. Oh, Tony. Oh, Celeste. Schaut mir zu. Schaut mir zu. Schaut mir zu.« Das war es;

die Wartezeit war vorüber. Wie die Wasserflut bei einem brechenden Damm überkam mich mein Höhepunkt, ertränkte alle Gedanken, riß allen Kontakt mit der Realität mit sich. Für ein paar Augenblicke war ich verloren.

Dans Stimme brachte mich zurück. »Ich komme auch«, ächzte er. Sein Hintern zog sich wild zusammen, als er seinen Samen in meinen Tunnel pumpte. Ich spürte seinen Steifen in mir pochen, und ich war mir plötzlich wieder unseres Publikums bewußt. Ich stöhnte für sie genauso wie für mich selbst. Dan und ich wälzten uns weiter, bis unsere Energie verbraucht war. Ich senkte meine Beine. Mit einem Seufzer rutschte Dan nach vorne, um sich auf mir auszuruhen.

Wir lagen eine Weile so da. Dan hatte seine Augen geschlossen, während ich Tony und Celeste zusah, wie sie sich intensiv küßten. Der Fernsehschirm war schwarz. Tony hörte zu küssen auf und schaute zu uns, als wolle er sich versichern, daß unsere Vorstellung wirklich beendet war. Er stand auf, hob Celeste in seine Arme und sagt: »Wir ziehen uns jetzt in unser Schlafzimmer zurück. Aber wenn ich die Augen schließe, könnt ihr sicher sein, daß ich euch sehe.« Er trug seine Freundin aus dem Zimmer, und weg waren sie.

Dan und ich zogen uns eilig an, eifrig darauf bedacht, so schnell wie möglich nach Hause zu kommen, um uns noch mal zu lieben. Was wir taten. Diese erotische Aufführung für Tony und Celeste hatte uns auf eine Stufe der Erregung hochgeschraubt, die wochenlang nicht nachließ. In gewisser Hinsicht ließ sie nie nach. Dan und ich haben fast jeden Abend phantastischen Sex. Aber zweifellos war der beste Sex, den wir je hatten, an dem Abend, als wir es für ein Publikum machten.

Camping

Neal spielte Fußball, als er auf dem College war, und er sieht immer noch danach aus, obwohl er jetzt zweiunddreißig Jahre alt ist. Sein kraftvolles Muskelspiel und sein flacher Bauch deuten darauf hin, daß er etwas dafür tut, in guter Form zu bleiben. Sein strohblondes Haar fällt ihm auf eine Art über die hellbraunen Augen, die ihn jungenhaft und unsicher erscheinen läßt. Als Rechtsanwalt jedoch ist er als harter Gegner bekannt. Seine Frau Karen, eine High-School-Lehrerin, ist dreiunddreißig. Neal sagte, der beste Sex, den er je hatte, habe auf einem Campingausflug stattgefunden, den er und Karen ganz spontan an einem Wochenende unternommen hatten.

Ich war auf dem College ein ziemlich guter Fußballspieler. Und Karen war Mannschaftsführerin. Sie machte wirklich was her. Ich glaube, wir verloren nach dem College beide das Interesse an Sport. Ich blieb in Form, aber Karen wurde im Laufe der Jahre ein wenig stämmig. Nicht, daß es mich stört. Ich finde Fleisch sexy.

Also, diese Sache passierte letztes Jahr während der Baseball-Weltmeisterschaften. In allen Gesprächen um uns herum ging es um diese Spiele. Unsere Freunde, unsere Nachbarn, meine Geschäftskollegen, alle hatten das Baseballfieber. Alle außer uns.

Ich bin nicht sicher, ob es Karen oder ich war, aber einer von uns beiden hatte die Idee, daß es, da jeder zu Hause vor dem Fernseher saß und das möglicherweise letzte Spiel anschaute, toll wäre, am Wochenende zu verreisen. Wir beschlossen zu zelten. Das machen wir so selten, daß es für uns immer wieder den Reiz des Neuen hat. Ich lieh mir von einem Geschäftskollegen ein Zelt, warf die Schlafsäcke in den Kofferraum des Wagens, und schon ging es aus der Stadt hinaus. Wir planten, das Wochenende mit Bumsen zu verbringen, und waren beide besonders von der Vorstellung erregt, es in einem Zelt zu tun.

Wir fuhren etwa zweieinhalb Stunden. Die Fahrzeit verkürzten wir uns mit Gesprächen über Sex. Karen sagte, sie wolle unbedingt einen abgelegenen Zeltplatz finden, da sie große Pläne für die Nacht habe. Als sie die Dinge beschrieb, die sie mit mir tun würde, wurde ich wahnsinnig erregt. Das war natürlich ihre Absicht. Sie fuhr fort zu reizen, bis ich das Gefühl hatte, mich gleich naß zu machen. Von Zeit zu Zeit langte sie sogar rüber und streichelte mich durch meine Hosen, um meine Erregung zu erhöhen.

Um nicht nachzustehen, begann ich, die unanständigsten Sexspiele zu beschreiben, die ich mir vorstellen konnte, bis ich an der Art, wie Karen atmete, erkannte, daß meine Worte ihre Wirkung nicht verfehlten. So verbrachten wir die ganze Zeit mit einer Art Wettbewerb, wer mit Worten die erotischsten Bilder erzeugen konnte. Am frühen Nachmittag zitterten wir beide vor sexueller Erregung und hatten es eilig, das Zelt aufzuschlagen.

Wir hielten nach Hinweisschildern für Campingplätze Ausschau und zogen mehrere in Betracht, bevor wir uns für einen entschieden. Er lag etwa drei Meilen vom Highway entfernt in einer dicht bewachsenen Hügellandschaft. Die staubige Straße, die dorthin führte, war von einer ansehnlichen Reihe wilder Herbstblumen gesäumt. Ich hielt einen Moment an und stieg aus, um eine große fedrige rosa Blume zu pflücken. Als ich im Wagen zurück war, streichelte ich damit verführerisch Karens Gesicht. Dann berührte ich damit ihre Brüste und küßte die Blume, bevor ich sie ihr gab. Als ich weiterfuhr, wußte ich, daß sie nur noch ans Vögeln dachte. Mir ging es nicht anders.

Am Eingang des Campingplatzes war ein Häuschen mit einem

Schild, auf dem ›Anmeldung‹ stand. Ich parkte davor und ging hinein, während Karen im Wagen wartete. Im Büro saß ein grauhaariger Mann in einem Schaukelstuhl und starrte auf das Baseballspiel im Fernsehen. Ohne aufzusehen, sagte er: »Ich nehme an, Sie sind kein Baseballfan. Jedermann ist zu Hause und sieht das Spiel an. Sie haben den Platz für sich. Stellen Sie Ihr Zelt hin, wo Sie wollen, und bezahlen Sie, wenn Sie abreisen.«

»Wir haben freie Bahn«, sagte ich zu Karen, als ich im Wagen zurück war. Langsam über den Platz fahrend, hielten wir nach einem idealen Areal Ausschau. Jedes war mit einem Eßtisch, einem Wasserhahn und einem Abfalleimer ausgestattet. Obwohl keine anderen Leute auf dem Platz waren, störte Karen, daß die Areale so nah beieinander lagen. Wir fuhren weiter, bis wir oben auf einem kleinen Hügel eine flache Stelle fanden. Hier war es etwas privater, da die flache Stelle nur für zwei Areale ausreichte. Wir nahmen das eine und waren froh, die Einsamkeit zu haben, die wir wollten.

Dem geliehenen Zelt lag eine Anleitung zum Aufbau bei, aber ich brauchte eine Weile, bis ich durchblickte und es aufstellen konnte. Währenddessen breitete Karen unsere Picknicksachen auf dem Tisch aus und pumpte die Luftmatratzen auf. Als wir beide fertig waren, legten wir die Luftmatratzen ins Zelt, rollten unsere Schlafsäcke auf und machten daraus eine große Decke, die für uns beide reichte.

Wir setzten uns an den Picknicktisch, um uns von der Arbeit auszuruhen, als ein Auto über den Platz fuhr, das sein Tempo verlangsamte, als es bei uns vorbeikam. Karen und ich befürchteten, unsere Privatsphäre zu verlieren, aber der Wagen fuhr schließlich weiter. Sie besichtigten offensichtlich, genauso wie wir vorher, den Platz.

Ein paar Minuten später jedoch kam der Wagen zurück und bog in das andere Areal ein. Ich schaute herum, um zu sehen, ob der Rest des Campingplatzes plötzlich voll geworden war, aber außer dem jungen Paar in dem Wagen waren wir die einzigen Menschen hier. Karen und ich sahen uns ungläubig an. Warum mußten sie bei all den leeren Arealen ausgerechnet dieses haben? Ihr Picknicktisch stand genau gegenüber von unserem. Und so, wie unser Zelt stand, würden sie uns den Blick verbauen, ganz gleich, wo sie das ihre aufstellten.

Als sie aus dem Wagen stiegen, flüsterte Karen: »Sollen wir umziehen?«

Daran denkend, wieviel Arbeit es gewesen war, das Zelt aufzubauen, antwortete ich: »Vielleicht bleiben sie nicht. Laß uns ein wenig warten und schauen, was passiert.«

»In Ordnung«, sagte Karen. Sie war wahrscheinlich erleichtert, daß sie die Matratzen nicht noch einmal aufpumpen mußte. »Aber wenn sie nicht abfahren, könnte es sein, daß wir sie umbringen.«

Wir saßen zusammen da und beobachteten finster, wie dieses Pärchen ein paar Dinge aus ihrem Wagen holte. Sie waren beide Anfang zwanzig, schlank und sportlich aussehend. Sie schienen Collegeschüler zu sein.

»Oh, Scheiße«, sagte Karen. »Sie haben ein Zelt. Sie wollen wohl bleiben.«

Während die junge Frau eine Tasche mit Lebensmitteln auspackte, begann ihr Freund, das Zelt aufzustellen. Es bestand aus einem Segeltuchdach mit vier Wänden aus durchsichtigem Moskitonetz – die Art von Zelt, die gewöhnlich als Eßraum im Freien benutzt wird. Ich war erleichtert.

»Mach dir keine Sorgen«, sagte ich zu Karen. »Niemand schläft in so einem Zelt. Sie sind wahrscheinlich nur zum Picknick hier. Sie haben diesen Platz wegen der Aussicht gewählt. Ich bin sicher, sie sind weg, bevor es dunkel wird.«

Der junge Mann hatte das Zelt innerhalb von Minuten aufgestellt. Inzwischen war das Mädchen mit dem, was sie gemacht hatte, fertig und saß mit ihren Füßen auf der Bank auf dem Picknicktisch. Er setzte sich neben sie und küßte sie leicht auf die Lippen.

»Ist das nicht süß«, sagte Karen sarkastisch.

Ich schaute beiläufig hin und bemerkte, daß der leichte Kuß zu einem leidenschaftlichen Geknutsche geworden war. Sein Mund preßte sich hungrig auf den ihren, und seine Arme waren eng um sie geschlungen. Ich konnte sehen, wie sich seine Zunge in ihren Mund arbeitete, um sich mit der ihren zu duellieren. Ich konnte sogar ihr leises, lustvolles Stöhnen hören.

Ich beugte mich zu Karen, um ihr flüsternd vorzuschlagen, sie solle einen Blick auf die Show werfen, aber sie war mir einen Schritt voraus. Sie war offensichtlich bereits von der lustvollen Aufführung hypnotisiert. Ich stupste sie an, und sie wandte ihren Kopf leicht, damit ihr neugieriger Blick nicht zu bemerken war. Mir war klar, daß sie sie jedoch immer noch aus den Augenwinkeln beobachtete.

Es war zu bezweifeln, ob das junge Paar an dieser Stelle bemerkt hatte, daß wir zusahen, denn ihre Augen waren fest geschlossen, und sie waren vollkommen voneinander gefangen. Ich muß zugeben, daß ich die Szene extrem erregend fand. Ich wußte, daß es für Karen auch so war. Meine Frau setzte sich zu mir und rieb ihren Körper spielerisch an dem meinen.

Als ich sie küßte, legte der junge Mann gerade seine Hände auf die Brüste der Frau. Er drückte sie sanft nach hinten, bis ihr Rücken flach auf dem Tisch lag, wobei sich ihre Füße immer noch auf der Bank befanden. Sie weiter küssend, begann er, ungehemmt die Hügel ihrer Brüste mit den Händen zu erforschen. Ich wußte, daß ich jetzt offen hinstarrte.

Die Frau erhob keine Einwände, als er ihre Brüste durch ihren Pullover mit seinen Händen umschloß und jede einzelne langsam und bedächtig streichelte. Daran, wie sich ihre Nippel an dem Stoff abbildeten, sah man, daß sie keinen BH trug. Er knetete sanft ihr Fleisch und entlockte ihrer Kehle leise Lustschreie.

Ich sah Karen an, um mich zu vergewissern, daß sie nichts verpaßte. Jetzt starrte sie auch offen hin, versuchte nicht mehr so zu tun, als sähe sie woanders hin. Ich kehrte zu dem leidenschaftlichen Pärchen zurück und beobachtete es unverhohlen.

Eine seiner Hände bewegte sich langsam über ihren Oberkörper in Richtung des Pulloverbundes. Als sich ihr Körper langsam auf dem Tisch zu winden begann, steckte er seine Hand darunter. Unter dem blauen Stoff des Pullovers konnte ich sehen, wie sich seine Finger über dem Hügel ihrer festen jungen Brust schlossen. Meine Erektion drückte sich gegen meine Hosen, und ich konnte nichts dagegen tun. Nichts, außer auf die schamlose Zurschaustellung der Lust starren.

Ich wendete mich wieder zu Karen und sah, daß sich ihr Gesichtsausdruck plötzlich veränderte. Schnell blickte ich wieder zu unseren Zeltnachbarn und kam gerade recht, um zu sehen, daß er ihren Pullover hochzog und ihre nackten Brüste vollständig bloßlegte. Er streichelte sie leicht und rollte ihre leuchtend rosa Nippel zwischen seinen Fingern. Dann beugte er sich über sie und leckte sanft an dem geschwollenen Fleisch.

Es gefiel mir gar nicht, daß ich den Blick auf ihren nackten Busen verlor, aber sein Kopf verstellte im Moment die Sicht. Automatisch legte ich meinen Arm um Karens Schultern. Ich spürte, wie sie sich an mich kuschelte. Der junge Mann begann, sich rhythmisch von einem Nippel zum anderen zu bewegen, und ließ mich sie so abwechselnd sehen. Naß von seiner Spucke, glänzten sie im weichen Licht des frühen Abends.

Er hörte auf, an ihren Brüsten zu saugen, und begann wieder, ihr Gesicht zu liebkosen und zu küssen. Ich hörte sie kichern und flüstern, aber ich konnte nicht verstehen, was sie sagten. Sie sahen beide gleichzeitig in unsere Richtung und ertappten uns einen Augenblick, bevor wir wegsehen konnten. Aus dem Augenwinkel heraus sah ich, daß sich die Frau aufsetzte und ihren Pullover zurechtrückte. Zu meiner Enttäuschung bedeckte sie sich wieder. Ich hörte sie lachen, und ich war sicher, daß sie über uns lachten.

Das junge Liebespaar machte sich an seinem Picknicktisch zu schaffen, bereitete sich offensichtlich eine Mahlzeit zu. »Zu schade, daß die Show vorbei ist«, meinte Karen. »Ich hatte schon gedacht, daß sie es tatsächlich an Ort und Stelle treiben würden.«

»Nun, ich weiß nicht, wie es dir geht«, sagte ich sanft, obwohl

ich es genau wußte. »Aber ich habe genug gesehen, um mich aufzuwärmen. *Sie* tun es vielleicht nicht, aber *wir* tun es bald. Es wird bald dunkel. Und dann werden wir einigen Spaß haben.«
Wir bereiteten unsere eigene Mahlzeit zu, ohne dem Pärchen weitere Aufmerksamkeit zu schenken. Ich war sicher, sie würden zusammenpacken und abfahren, sobald sie gegessen hatten. Obwohl ich für mich sein wollte, tat es mir ein wenig leid, daß wir nicht mehr sehen würden.

Als wir mit Essen und Abwaschen fertig waren, war es fast dunkel. Karen half mir, unsere Sachen in den Kofferraum zu räumen, und dann gingen wir in unser Zelt. Da wir darin nicht aufrecht stehen konnten, krochen wir in den Schlafsack und wanden uns aus unseren Kleidern. Ich ließ den Zelteingang offen, damit wir die Sterne am Himmel sehen konnten.

Unsere hemmungslosen Nachbarn waren mit dem Abwasch fertig, und ich erwartete nun, daß sie jede Minute ihr Zelt abbauen und ihre Sachen packen würden, um abzufahren. Ich war ziemlich überrascht, als sie statt dessen zwei Schlafsäcke aus ihrem Wagen holten und sie auf dem Boden ihres Zeltes ausrollten. Ich konnte im Mondlicht nur ihre Umrisse erkennen.

»Es sieht so aus, als würden sie bleiben«, flüsterte ich Karen zu. »Zu schade, daß es dunkel ist. Ich wette, wir würden sonst noch etwas zu Gesicht bekommen.« Bei diesen Worten zündete der junge Mann ein Streichholz an. Im Licht der flackernden Flammen konnte ich sie beide klar hinter den durchsichtigen Zeltwänden erkennen. Einen Augenblick später war die Szene hell erleuchtet. Er hatte eine Laterne angezündet und sie an eine Zeltstange gehängt.

Karen und ich bekamen große Augen, als die Frau die Hosenknöpfe ihres Freundes aufmachte und ihm die Hosen über die Hüften zog. Er trug keine Unterwäsche, und sein halb erigierter Schwanz sprang sofort ins Blickfeld. Mit seinen halb heruntergezogenen Jeans stand er da und streichelte ihn, bis er total hart wurde. Dann stieg er aus den Hosen aus, zog sich sein Hemd über den Kopf und posierte total nackt.

Karen versuchte es zu verbergen, aber ich konnte sehen, daß sie vom Anblick seines Ständers total fasziniert war. »Er ist ganz schön groß«, flüsterte ich, um sie wissen zu lassen, daß es mir nichts ausmachte, wenn sie hinsah. »Möglicherweise wird es noch besser, als wir erwartet haben.« Ich spürte die Hand meiner Frau über meinen Schenkel streichen und meinen geschwollenen Penis suchen.

Wir beobachteten, wie der Mann in dem Zelt der Frau langsam den Pullover über ihren Kopf zog. Als sie von der Taille aufwärts nackt war, bog sie sich nach hinten und warf ihre jungen Brüste in unsere Richtung. Sie nahm die blassen Kugeln in ihre Hände und hob sie leicht an, als ob sie sie zu unserem Vergnügen anbieten würde.

»Sie wissen, daß wir zusehen«, flüsterte ich Karen zu. »Sie wollen, daß wir sie sehen. Ich wette, das ist der Grund dafür, daß sie genau hier ihr Zelt aufgestellt haben.«

»Glaubst du das wirklich, Neal?« fragte meine Frau ungläubig.

»Natürlich«, antwortete ich. »Schau mal. Wenn sie wirklich für sich sein wollten, würden sie keine Laterne anzünden. Ich wette, daß sie sie nicht ausmachen werden.«

Ich hatte recht. Ohne uns den Rücken zuzuwenden, nahmen sie sich in die Arme. Wir konnten sehen, wie sich ihre Brüste flach gegen seine Brust drückten und ihre rosa Nippel über seine Haut rieben. Seine Hände machten sich an den Knöpfen auf der Vorderseite ihrer Jeans zu schaffen. Er öffnete sie, während sie sich küßten, und streifte ihr das enge Kleidungsstück über ihre Hüften. Sie trug nun nichts bis auf ein Fähnchen roter Spitze um ihre Lenden. Das zierliche Stoffdreieck rahmte die weißen Melonen ihres Hinterns ein und spannte sich eng über das Tal dazwischen.

Einen Augenblick später fiel er vor ihr auf die Knie und drückte sein Gesicht an ihren Unterleib, wobei er ihr Höschen langsam über ihre wohlgeformten Beine nach unten zog. Ihr krauses Venusdelta war dunkel und geheimnisvoll. Es war deutlich sichtbar, als er seinen Kopf zurücknahm, um es selbst lange und ausführlich zu betrachten. Dann drückte er sich wieder dagegen und liebkoste ihr Geschlecht mit seiner Nase und seinen Lippen. Aus dem glückseligen Ausdruck, der sich auf ihr Gesicht legte, und den lustvollen Geräuschen, die ihrer Kehle entwichen, war zu schließen, daß seine Zunge ihren Schlitz erforschte.

Ich hörte, daß sich Karens Atem vertiefte, während sie sich an mich drückte. Ihre Hand bewegte sich schnell an meiner pochenden Erektion auf und ab und schickte Wellen der Lust durch meinen ganzen Körper. Ich konnte die großen Brüste meiner Frau weich an meiner nackten Brust spüren. Ich konnte den würzigen Geruch ihrer Erregung riechen, während wir dem jungen Paar im hellen Licht ihrer Laterne zusahen.

Die Frau beugte leicht ihre Knie, um sich weiter zu öffnen, langte mit beiden Händen nach unten und griff in sein Haar, um sein Gesicht fester an sich zu drücken. Er hielt ihre Pobacken in seinen Händen, drückte und knetete sie mit seinen in das weiche Fleisch gegrabenen Fingern, während er sie enger an sich zog. Sie begann zu seufzen, und ihr Gesichtsausdruck verriet wilde Leidenschaft.

»Oh«, hörten wir sie wimmern. »Ich komme. Oh, ja, leck mich. Oh, saug mich. Oh, ja, ich komme.«

Karens Fingerspitzen strichen leicht über die Haut meines Hodens und die Basis meines Penis. Schauder der Erregung jagten durch meinen Körper. Sie rollte auf ihren Rücken und zog mich, die Hand an meinem Schwanz, zu sich. Ich stieg auf sie und bewegte meine Hüften nach vorn, während sie mich in sich aufnahm.

Als wir wieder über die Lichtung sahen, ging die Frau gerade auf ihre Hände und Knie. Ihr Gesicht war uns abgewandt, und wir konnten direkt in ihr offenes Geschlecht sehen. Ihr Hintern und ihre Pussy waren unseren hungrigen Augen preisgegeben. Ein paar ihrer Schamhaare wuchsen nach hinten zu ihrem Loch und bildeten einen Rahmen um das uns zuzwinkernde Auge ihres Anus.

Er stand über ihr und starrte auf ihre Nacktheit herunter, wobei er sich selbst beiläufig streichelte, als ob er uns eine Gelegenheit geben wolle, uns ein schönes Bild zu machen, bevor er sie bestieg. Dann ging er hinter ihr in die Hocke und näherte sich ihr mit seinem steifen Schwanz zwischen seinen Fingern Zentimeter für Zentimeter. In dem Winkel, in dem sie ihre Körper darboten, konnten wir ganz deutlich sehen, wie sich die Spitze seiner Erektion ihrem offenen Schlitz näherte. Sich über sie beugend, legte er seine Hände auf ihre Schultern und warf seine Hüften nach vorn, um sich tief in sie zu graben.

Unbewußt paßten Karen und ich uns dem Rhythmus ihrer Bewegungen an. Der Rücken meiner Frau wölbte sich, und ihre Hüften warfen sich nach oben, um meinen Stößen zu begegnen. Ihre Beine waren fest um meine Schenkel geschlungen. Unsere Körper schmolzen zusammen, während wir offen auf das kopulierende Paar starrten.

Das Mädchen ächzte und warf ihren Arsch nach hinten ihrem Liebhaber entgegen. »Ich komme noch mal«, schrie sie. »Ich komme noch mal. Oh, pump deinen Saft in mich. Füll mich damit aus. Komm mit mir. Komm mit mir. Komm mit mir.«

Ihre Worte wurden zu einem rhythmischen Sprechgesang, der ihn zum Orgasmus zu tragen schien. »Ja«, stöhnte er laut. »Gleich spritze ich in dich.« Während er heftig stieß, gab er Geräusche wie ein wildes Tier von sich, das in eine Falle geraten ist und die Kontrolle über seinen Körper verloren hat.

Im selben Moment fühlte ich meinen eigenen Orgasmus beginnen. Ich sah zu Karen hinunter und stellte fest, daß auch sie mich ansah. »Ja«, flüsterte sie. »Ja, Neal. Ich bin auch soweit.«

Als ob mir ihre Worte die Erlaubnis erteilt hätten, die ich brauchte, entlud ich mich sofort in sie. Karen spannte sich und ließ los, Zeichen für ihren Höhepunkt, die ich seit langem kannte. Wir wurden so sehr von unserem eigenen Orgasmus ergriffen, daß wir das andere Paar für ein paar Momente total aus den Augen verloren. Als wir wieder schauten, lag die junge Frau mit dem Gesicht nach unten auf ihrem Schlafsack und der Mann auf ihr. Sein Schwanz war noch in ihr, aber ihre Körper waren bewegungslos.

Karen und ich dösten eine Weile. Als wir ein paar Stunden später aufwachten, war das Licht im anderen Zelt erloschen, und dunkle Nacht umhüllte uns. Wir tauschten uns leise flüsternd darüber aus, was wir gesehen hatten, bis wir wieder ganz heiß waren. Dann schliefen wir noch einmal miteinander. Angetörnt von unserem voyeuristischen Erlebnis, liebten wir uns in dieser Nacht noch zweimal. Als uns die Sonne am nächsten Morgen weckte, war das junge Paar verschwunden, ohne irgendeinen Beweis zu hinterlassen, daß es jemals dagewesen war.

Da der Campingplatz am nächsten Tag ziemlich verlassen blieb, entschieden wir, noch eine Nacht zu bleiben. Am Tag schlüpften wir mehrmals in unser Zelt, um Sex zu machen. Keiner von uns schien genug zu bekommen. Keiner von uns konnte die Bilder, die er gesehen hatten, aus seinem Kopf verbannen.

Bis heute sprechen wir über diese Episode, wenn wir unser Liebesspiel ein wenig aufregender machen wollen. Es hat uns einige unvergeßliche Stunden beschert. Aber ich muß sagen, den besten Sex, den wir je hatten, erlebten wir an diesem Baseball-Wochenende.

Erwachen

Sonia ist durchschnittlich groß, aber sonst ist an ihr nichts Durchschnittliches. Ihr hüftlanger Zopf ist brünett mit langen naturblonden Strähnen. Mit ihren fünfunddreißig Jahren sieht sie gut zehn Jahre jünger aus. Ihre dunkle Haut ist weich und glatt; ihre schwarzen Augen funkeln lebhaft. Sie lächelt schelmisch, als sie von den Ereignissen berichtet, die zu ihrem sexuellen Erwachen führten.

Mittlerweile bin ich erwachsen und habe dies und jenes gelernt. Aber als ich mit zweiundzwanzig Jahren heiratete, war ich so naiv und unschuldig wie ein Kind. Es ist schwer zu glauben, wie jemand in den siebziger Jahren groß werden konnte, ohne mit Sex in Berührung zu kommen. Aber dies war bei mir der Fall. Das Problem war, daß in meiner Erziehung nichts anderes zählte als Religion. Meine Mutter sagte, sie habe im Augenblick meiner Geburt einen Rosenkranz in ihrer Hand gehalten. Ich wäre nicht überrascht, wenn sie auch im Augenblick meiner Entstehung einen in der Hand gehabt hätte.

Ich ging aufs College und verließ es wieder, ohne mehr über das Leben zu wissen als vorher. Ich erhielt meine ganze Erziehung von Nonnen und Priestern. Irgendwann einmal wollte ich sogar selbst Nonne werden.

Ich lernte Philip kennen, als ich zweiundzwanzig war. Er war siebenunddreißig. Er war wie ich katholisch, aber ganz und gar nicht religiös. Seine Frau war bei einem Autounfall gestorben.

Ungefähr zwei Jahre nach ihrem Tod fing er wieder an, sich mit Frauen zu treffen. Zu dem Zeitpunkt, als ich ihn traf, gab es eine Menge Frauen in seinem Leben. Er hatte sogar mit einigen von ihnen eine Weile zusammengelebt. Ich konnte eigentlich nie so recht verstehen, warum er sich für mich interessierte.

Philip sagt, daß es meine Jugend und Unschuld waren, was ihm vor allem gefiel. Er hatte noch nie ein Mädchen wie mich kennengelernt; meine Jungfräulichkeit war für ihn etwas Neues. Heute behauptet er, daß er die ganze Zeit gewußt habe, daß sich hinter meinem unberührten Aussehen eine wilde, sexgierige Tigerin verbarg, die nur darauf wartete, befreit zu werden. Während der ersten Jahre unserer Ehe jedoch mußte er ernstliche Zweifel daran entwickelt haben.

Vor unserer Hochzeitsnacht hatte ich absolut keine sexuelle Erfahrung. Philip wußte das natürlich. Was er nicht wußte, war, daß Sex in meiner Gedankenwelt gar nicht existierte. Ich dachte nicht, daß Sex unangenehm sei; ich dachte einfach überhaupt nicht darüber nach. Ich wußte, wie Babys gemacht wurden, aber das schien alles nichts mit mir zu tun zu haben.

Philip glaubte, er würde mich auf unserer Hochzeitsreise in den Sex einführen, und ich würde selig sein. Er nahm an, ich würde es sofort wunderbar finden, so wie er. Aber es kam anders. Als es soweit war, entdeckte ich, daß mir Sex Angst machte. Ich war so gehemmt, daß ich es nicht einmal zuließ, daß er mich ohne Kleider sah. In unserer Hochzeitsnacht bestand ich darauf, mich im Bad auszuziehen und in einem langen, unförmigen Nachthemd ins Bett zu gehen.

Ich hatte gelernt, daß es meine Pflicht war, die sexuellen Bedürfnisse meines Mannes zu befriedigen, und ich war entschlossen, dieser Verpflichtung nachzukommen. Ich glaubte, es würde so gehen, daß ich mich auf meinen Rücken legte, mein Nachthemd zur Taille hochzog, meine Augen fest schloß und meine Beine spreizte. Ich wich zurück, als er meine Brüste berührte, weil ich nicht verstand, was dies mit seinen sexuellen Bedürfnissen zu tun hatte. Ich denke, ich hielt meinen Atem an, als er wild in mich stieß. Ich erinnere mich nicht daran, Schmerz verspürt zu haben. Ich erinnere mich nicht, überhaupt etwas gespürt zu haben.

Philip war geduldig. Er war sicher, daß ich in kurzer Zeit meine Ängste und Hemmungen verloren haben würde. Aber immer, wenn er versuchte, mich zu lieben, lag ich steif und angespannt unter ihm und hoffte, daß er schnell fertig wurde. Zuerst beklagte er sich nicht darüber, aber nach einigen Monaten zeigte er seine Unzufriedenheit. Nachdem ein Jahr vergangen war, nannte er mich regelmäßig frigide. Vage glaubte ich, daß es stimmte, daß ich einfach nicht dafür gemacht war, Sex zu genießen.

Eines Abends kaufte Philip in einem verzweifelten Versuch, mich zu erregen, einen Pornofilm und bestand darauf, daß ich ihn mit ihm ansah. Wir saßen zusammen im Bett. Als die Vorankündigungen über den Bildschirm flimmerten, war ich ein wenig neugierig darauf, was ich sehen würde. Als ein Paar erschien und sich auszog, wurde es mir ungemütlich. Als sie anfingen, sich gegenseitig ihre Genitalien zu streicheln, war ich so verstört, daß ich Philip bat, es abzustellen.

Er wurde sehr wütend und weigerte sich, meiner Bitte nachzukommen. Er beklagte sich, daß ich nicht einmal gewillt sei, dem eine Chance zu geben. Um mich noch mehr zu erschrecken, fing er an, es sich selbst zu machen. Er sagte, dies würde ihm mehr Lust bereiten, als ich es jemals getan hätte. Erniedrigt rannte ich aus dem Zimmer und wartete auf der Wohnzimmercouch weinend auf das Ende des Films. Ich schlief vorher ein.

Als ich am nächsten Morgen aufwachte, war Philip immer noch wütend. Ohne ein Wort zu sagen, schlug er die Tür hinter sich zu, als er zur Arbeit ging. Ich blieb eine Weile auf der Couch und dachte nach. Ich erkannte, daß ich meine Pflichten als Ehefrau nicht erfüllt hatte, daß es zur Befriedigung seiner sexuellen Bedürfnisse nicht ausreichte, wenn ich meinem Mann erlaubte, seinen Penis ein paarmal die Woche in mich hineinzustecken.

Bei meiner Erziehung zur Frau hatte etwas gefehlt. Mutter

hatte mir beigebracht, zu kochen und die Wäsche zu machen. In der Schule hatte ich gelernt, wie man eine Reihe von Zahlen zusammenzählte, so daß ich gute und preiswerte Einkäufe machen konnte. Aber nichts hatte mich auf Sex vorbereitet. Ich wußte nicht, was ich tun sollte, und ich wußte nicht, was ich fühlen sollte. Ich verstand nicht, was Philip an einem schmutzigen Film fand, oder warum ihn meine Weigerung, diesen anzuschauen, wütend machte.

Vielleicht würde ich es besser verstehen, wenn ich sah, worum es ging. Ich ging ins Schlafzimmer, wo ich die Videokassette auf Philips Nachttisch fand. Mit zitternden Fingern steckte ich sie in den Videorecorder und setzte mich aufs Bett, um den Film anzuschauen. Als das Paar auf dem Bildschirm sich auszuziehen begann, zwang ich mich, hinzusehen. Es war jetzt, wo ich allein war, ein wenig leichter.

Ich versuchte, objektiv zuzuschauen, als sich die Frau entkleidete. Ich bewunderte sogar ihre Körperformen, als sie sie für die Kamera enthüllte. Als sich der Mann auszuziehen begann, betrachtete ich seinen Körper mit offener Neugierde. In seiner knappen Unterwäsche sah er muskulös und attraktiv aus. Als er nackt war, ging die Kamera auf Naheinstellung. Ich fand, daß sogar sein Penis gut aussah..

Ich starrte in stiller Faszination auf ihn und die Frau, als sie sich umarmten und streichelten. Ich konnte sehen, daß sie sich für den Geschlechtsverkehr bereit machten. Aber sie legte sich nicht einfach auf den Rücken und machte die Beine breit. Sie hielt seinen Penis in ihrer Hand und streichelte ihn liebevoll mit offensichtlich freudigem Gesichtsausdruck. Ich hatte Philip nie dort berührt. Der Frau auf dem Bildschirm zusehend, fragte ich mich, ob es sich vielleicht gut anfühlte, dies zu tun. Sie genoß es sicher.

Ich war von den Bewegungen ihres Körpers hypnotisiert. Wenn ich mich Philips Stößen hingab, hielt ich still. Aber die Frau auf dem Bildschirm schien fast zu tanzen. Nicht nur das, sie schien der aktivere Partner zu sein. Ihre Hände auf die Brust des Mannes gelegt, schob sie ihn zum Bett und stieg auf ihn.

Völlig verblüfft sah ich nun, daß sie mit gespreizten Beinen über ihm kniete und ihre Finger benutzte, um seine Erektion in ihre Öffnung zu führen. Als er in ihr war, begannen ihre Hüften rhythmisch im Gleichklang mit seinen sich windenden Bewegungen zu pumpen. Seine Hände gingen nach oben, um ihre Brüste zu drücken, und dies schien ihr Vergnügen zu erhöhen. Sie stöhnte laut, als sie miteinander ritten. Philip machte manchmal solche Geräusche, wenn wir Verkehr hatten, aber ich nie.

Als das Paar auf dem Bildschirm sein Liebesspiel beendet hatte, verspürte ich ein seltsames Prickeln in meinen Lenden und Brüsten. Ich bedauerte es, daß die Szene endete, aber es begann sofort eine weitere. Dieses Mal war eine Frau allein. Sie lag nackt mit gespreizten Beinen auf ihrem Rücken, zeigte sich schamlos der Kamera. Während ich schockiert zusah, begann sie, sich selbst mit ihren Händen zu liebkosen. Als sie ihre Brüste streichelte, wurden ihre Brustwarzen größer und hart.

Manchmal taten meine das auch, ganz von allein. Immer, wenn es geschah, empfand ich einen seltsamen Kitzel. Ich fragte mich, ob sie das gleiche empfand. Erstaunlicherweise erregten mich die Dinge, die ich sah. Da ich dieses Gefühl noch nicht kannte, erschreckte es mich. Aber um sicherzustellen, daß die menschliche Rasse überlebt, muß Gott die sexuelle Erregung stärker als die Angst gemacht haben, sogar bei einem katholischen Mädchen.

Meine Nippel waren nun so hart, daß sie richtig weh taten. Neugierig zog ich mein Nachthemd über meinen Kopf und starrte nach unten. Ich verglich meine erigierten Knöpfe mit denen der Frau auf dem Bildschirm. Nur halb wahrnehmend, was ich tat, begann ich, meine Brüste so zu streicheln, wie sie die ihren streichelte.

Als sie ihre Genitalien berührte, machte ich diese Bewegungen auch nach. Ich entdeckte, daß ich Empfindungen erzeugen konnte, von deren Existenz ich nichts gewußt hatte. Bevor der Film vorbei war, hatte ich zum ersten Mal masturbiert und meinen ersten Orgasmus erlebt. Es war die wunderbarste Erfahrung meines Lebens. Obwohl ich mich schuldig fühlte, konnte ich nicht anders, als es noch einmal zu versuchen. Der zweite Orgasmus war sogar noch heftiger als der erste.

Danach masturbierte ich jeden Tag, während ich stückchenweise den Pornofilm ansah. Ich machte es nun nicht mehr nach, sondern entwickelte meine eigenen Techniken zur Selbstbefriedigung. Ich hatte ständig Orgasmen und entdeckte meine verborgenen erotischen Geheimnisse. Manchmal wünschte ich, daß mich Philip so sehen könnte, daß ich mich ihm so verrucht zeigen könnte, um ihm zu beweisen, daß ich fähig war, seine sexuellen Bedürfnisse zu befriedigen. Aber ich war immer noch zu gehemmt, um meine Entdeckungen mit Philip zu teilen. Ich konnte mir einfach nicht vorstellen, solche Dinge im gleichen Raum vor jemandem, sogar wenn er mein Ehemann war, zu tun.

Er zeigte aber sowieso in den Wochen nach dem Vorfall kein sexuelles Interesse an mir. Wenn ich ihn zu küssen versuchte, schob er mich mit frustrierter Abscheu auf seinem Gesicht von sich weg. »Was willst du denn?« konnte er sagen.

Nun, da ich die sexuelle Lust entdeckt hatte, fürchtete ich, es könnte zu spät sein. Ich erregte meinen Mann nicht mehr. Er faßte mich nachts nicht mehr an und versuchte nicht mehr, mit mir zu schlafen. Ich hatte Angst, er würde es nie mehr wollen.

Dann, eines Nachmittags, hatte ich eine verrückte Idee. Der Frau im Film zuzusehen, wie sie masturbierte, hatte mein Interesse an Sex geweckt. Vielleicht könnte es das Interesse meines Mannes wieder herstellen. Vielleicht würde sich Philip wieder für mich interessieren, wenn er einen Film von mir sah, in dem ich die Dinge tat, die ich gelernt hatte. Der Gedanke daran raubte mir den Atem. Meine Hemmungen begannen zu schmelzen.

Ich holte die Videokamera aus Philips Schrank und stellte sie mit dem Objektiv zum Bett auf das Stativ. Dann legte ich mich auf die Bettdecke und begann, es vor dem Kameraauge zu tun. Zuerst fühlte ich mich etwas unbeholfen. Nach einer Weile jedoch steigerte der Gedanke an das, was ich tat, das Vergnügen, das ich mir selbst bereitete. Meine Erregung wurde stärker.

Danach spielte ich das Band, das ich gemacht hatte, ab. Es anzusehen, erregte mich wieder durch und durch. Mit pochendem Herzen versuchte ich mir vorzustellen, wie es auf Philip wirken würde. An diesem Abend sagte ich ihm nichts davon, bis er sich zum Schlafengehen fertig machte. Dann steckte ich die Cassette in den Recorder, drückte die PLAY-Taste und verließ den Raum.

Nervös saß ich in dem Wissen, daß er mir jetzt dabei zusah, wie ich die intimsten und geheimsten Dinge tat, die eine Frau tun konnte, im Wohnzimmer. Die Vorstellung machte mich ängstlich und erregt zur gleichen Zeit. Nach einer Weile, die mir wie eine Ewigkeit schien, kam Philip ins Zimmer. Er war nackt, und in seinen Augen war ein Funkeln, das ich noch nie vorher bemerkt hatte. »Sonia«, sagte er, »ich habe noch nie in meinem Leben so etwas Erotisches gesehen.«

Zum ersten Mal starrte ich offen auf seine Erektion. Sie war schön. Wie konnte ich so lange gelebt haben, ohne sie berühren zu wollen? Ich streckte meine Hände nach ihm aus, als ich den Raum durchquerte. Meine Erregung hatte sich seit dem Tag aufgebaut, als ich zum erstenmal auf dem Bildschirm einem Paar bei der Liebe zugesehen hatte. Während mein Mann im anderen Zimmer gewesen war und meine lustvolle Darstellung angeschaut hatte, war meine Erregung gestiegen. Ich war nun endlich bereit für ihn.

Ich streichelte seine Männlichkeit, als er vor mir stand. Ich wollte ihn. Ich hungerte danach, seine Hände auf mir zu spüren. Ich sehnte mich danach, seinen Penis mit meinen Fingern in meine Öffnung zu führen, so wie es die Frau mit ihrem Liebhaber im Film getan hatte. Ich dachte sogar daran, ihn zu küssen.

An diesem Abend liebten wir uns auf der Couch und dann auf dem Wohnzimmerboden, bevor wir unseren Weg ins Schlafzimmer nahmen, um es noch einmal zu tun. Ich erhob mich zu Höhen, die ich mir nie hätte vorstellen können, und hatte jedesmal einen Orgasmus. Ich war nicht geschickt, und ich war nicht erfahren, aber ich war willig. Meine Hemmungen verließen mich für immer, machten der Entdeckung Platz, daß Sex mit jemandem, den man liebt, ein wunderbares Geschenk Gottes ist.

Seither habe ich viel über die Kunst des Liebens gelernt. Philip hat auch ein paar Dinge gelernt. Man könnte sagen, daß wir beide jedesmal, wenn wir uns in den Armen liegen, etwas Neues lernen. Der Abend, an dem ich Philip mein intimes Videoband zeigte, war ein Wendepunkt. Im Laufe der Jahre wurde und wird unser Sex immer besser. Wie edler Wein kann er nur mit dem Alter reifen. Aber ich glaube, der beste Sex liegt noch vor uns.

Kapitel 9
Sexuelle Enthaltsamkeit und erotischer Festschmaus

Eine der Eigenschaften, die einen reifen Menschen kennzeichnen, ist die Fähigkeit, Belohnungen aufzuschieben. Ein Säugling leert seine Eingeweide, wann immer er den Drang verspürt. Ein Löwe beginnt mit seinem Festschmaus, gleich nachdem er gemordet hat. Ein erwachsener Mensch jedoch wartet, bis es zeitlich paßt. Wenn wir hungrig sind, kaufen wir im Laden Brot. Aber ganz gleich, wie hungrig wir uns fühlen, gewöhnlich essen wir es erst, wenn wir zu Hause sind. Sogar dann werden wir wahrscheinlich warten, bis wir den Tisch gedeckt und unsere Hände gewaschen haben.

Es gibt viele Gründe dafür, warum wir gewillt sind, unsere Freuden hinauszuschieben. Es mag gesünder sein, auf die richtige Umgebung zu warten. Es mag bequemer oder schicklicher sein. Es mag wichtig sein, unsere Energie wirkungsvoll einzusetzen, indem wir eine notwendige Arbeit aus dem Weg räumen, bevor wir uns entspannt zurücklehnen. Wir müssen vielleicht arbeiten, damit wir unsere Rechnungen bezahlen können. Es gibt jedoch Fälle, bei denen es unseren Genuß steigert, wenn wir die guten Zeiten hinausschieben.

Nach drei Tagen Fasten kann einem ein salziger Cracker wie die beste Mahlzeit erscheinen, die man je hatte. Die Enthaltsamkeit, die unsere Sinne schärft, ist uns vielleicht durch Umstände auferlegt worden, die außerhalb unserer Kontrolle liegen. Wir haben uns vielleicht zum Beispiel im Wald verlaufen oder leiden an einer Krankheit. Andererseits haben wir möglicherweise absichtlich verzichtet, so daß wir, als wir schließlich speisten, besser in der Lage waren, den subtilen Geschmack unserer einfachen Mahlzeit zu schätzen.

Ganz ähnlich kann sexuelle Enthaltsamkeit die darauffolgende erotische Begegnung zu der befriedigendsten Erfahrung aller Zeiten machen. Einige Menschen entdecken dies zufällig, nachdem sie gezwungenermaßen von ihren Geliebten getrennt waren. Andere machen ein Spiel daraus, indem sie absichtlich den sexuellen Kontakt hinausschieben, um ihre sinnliche Erfüllung zu steigern. Die Geschichten in diesem Kapitel werden von Leuten erzählen, die der Meinung sind, daß sie den besten Sex, den sie je hatten, nach geplanten Zeiten der Abstinenz erlebten.

Der Hochzeitsschmaus

Michael ist neununddreißig Jahre alt und ist seit mehr als der Hälfte seines Lebens Musiker beim New Yorker Theater. Der sorgfältige Stufenschnitt seines schulterlangen Haares sorgt dafür, daß seine gute Erscheinung möglichst lange bestehenbleibt. Es ist ein Sechzig-Dollar-Haarschnitt. Seine schimmernden schwarzen Haare stehen in wirkungsvollem Kontrast zu dem Stahlgrau seiner Augen. Er ist schlank und agil und einen Meter achtundachtzig groß. In seinem linken Ohrläppchen glänzt ein Diamanten-Ohrstecker. Als wir nach dem besten Sex fragten, den er je hatte, erinnert er sich wehmütig an seine Hochzeitsnacht vor zehn Jahren.

Ich fing relativ spät an, Schlagzeug zu spielen. Ich war elf. Die meisten Profis beginnen vor ihrem siebten Lebensjahr. Ich lernte jedoch schnell, und als ich fünfzehn war, spielte ich in der Nachbarschaft in einer Rockband. Mit neunzehn bekam ich meinen ersten Job am Broadway im Orchester für ein Musical, das ein Hit wurde. Die Show lief vier Jahre, und ich arbeitete die ganze Zeit. Als sie zu Ende war, bekam ich sofort einen Gig bei einem anderen Musical. Seither ging es so weiter, eine Show nach der anderen, mit niemals mehr als einer oder zwei Wochen Pause zwischen den Gigs.

Dabei traf ich Sandy. Das war vor etwa elf Jahren. Ich war achtundzwanzig, sie siebenundzwanzig. Ein Freund von mir, der in einer neuen Show Saxophon spielte, lud mich zu einer

Party ein, um den Probenbeginn zu feiern. Es war so eine »Party der offenen Tür«, wo die Leute den ganzen Abend kommen und gehen. Sie fand in einer vornehmen Wohnung an der Park Avenue statt.

Sandy fiel mir sofort auf, als sie den Raum betrat. Man könnte sagen, es war Lust auf den ersten Blick. Sie hatte langes, glattes blondes Haar, das weichste, was ich je gesehen habe, und Augen in der Farbe von Saphiren. Einer Traumfigur, groß und schlank, mit kleinen Brüsten und festem kleinen Arsch. Ihre ausgeprägten Beinmuskeln ließen mich ihren Beruf erraten.

Ich ging direkt auf sie zu. »Willkommen«, sagte ich und gab ihr ein Glas. »Ich wette, Sie sind Tänzerin.«

Sie strahlte mich mit einem Lächeln an, das Stahl hätte zum Schmelzen bringen können, und musterte mich gründlich vom Scheitel bis zur Sohle. »Und Sie müssen Schlagzeuger sein«, antwortete sie, während sie den Champagner schlürfte.

»Hey, warten Sie eine Minute«, sagte ich. »Ein Blick auf Ihre herrlichen Beine sagte mir, daß Sie Tänzerin sind. Aber woher wissen Sie, daß ich Schlagzeug spiele?«

Sie lächelte vielsagend. »Vielleicht erzähle ich es Ihnen irgendwann einmal«, sagte sie sanft. »Wenn wir uns besser kennen.« Ihre Stimme war tief und rauh, ihre Worte klangen wie erotische Musik.

»Oh? Glauben Sie, das werden wir?« fragte ich. Meine Gedanken rasten, als ich mich zu erinnern versuchte, ob ich sie schon einmal getroffen hatte. Ich wußte, das war unmöglich, da ich niemals jemanden wie sie vergessen hätte.

Sie war weder verlegen noch abweisend, so wie es in dieser Situation viele Frauen gewesen wären. Sie sah mir einfach in die Augen und sagte: »Ja, ich glaube, das werden wir.«

Sie hatte natürlich recht. Wir redeten und lachten eine Stunde oder so miteinander, wobei wir nur halb wahrnahmen, daß um uns herum eine gutbesuchte Party im Gange war. Nach einer Zeit, die ich für angemessen hielt, schlug ich vor, woanders noch einen Drink zu nehmen, und sie war sofort einverstanden.

Wir fanden eine ruhige Ecke in einer Cocktailbar. Als unsere Drinks kamen, sagte ich: »Nun, denken Sie, wir kennen uns jetzt gut genug? Wie konnten Sie erraten, daß ich Schlagzeuger bin?«

Sandy gab sich geheimnisvoll. »Es könnten Ihre Hände gewesen sein«, sagte sie. »Oder der Rhythmus Ihrer Bewegungen. Aber wahrscheinlich war es einfach, weil ich, als ich Sie mit zwei Gläsern Champagner auf mich zukommen sah, eine Freundin fragte, wer Sie sind.«

Ich lachte herzlich. Sie hatte Sinn für Humor, das gefiel mir. Wir blieben noch eine Weile in der Bar, um unser Gespräch fortzusetzen. Obwohl wir noch in der Werbephase waren, wußten wir, wie der Abend enden würde. Innerhalb weniger Stunden wälzten wir uns in ihrer Wohnung in ihrem Bett.

Wir gingen am nächsten Abend wieder miteinander aus und sahen uns von da an ein paarmal die Woche. Sandy arbeitete in der Tanzgruppe eines Musicals nur ein paar Blocks von meiner Arbeitsstelle entfernt. Wir trafen uns nach der Arbeit, um miteinander zu essen oder einen Drink zu nehmen, und landeten dann in ihrer Wohnung, wo wir uns bis zur Morgendämmerung liebten. Wir verbrachten allmählich immer mehr Zeit miteinander. Wenn wir nicht zusammen waren, dachte ich an sie und sehnte mich nach ihr.

Nach nur drei Monaten fragte ich sie, ob sie bei mir einziehen wolle, und sie war einverstanden. Da ihre Wohnung größer war und zentraler lag als meine, zog ich dann schließlich bei ihr ein. Alles war wunderbar, gleich von Anfang an. Wir aßen zusammen, lachten zusammen, schliefen zusammen und genossen unser Leben. Jeden Abend nach der Arbeit um halb elf eilten wir beide nach Hause, um uns leidenschaftlich zu lieben.

Es gab etwas bei unserer sexuellen Kommunikation, was deutlich machte, daß wir füreinander bestimmt waren. Ich war vorher mit einer Reihe von aufregenden Frauen zusammengewesen. Sie wissen, wie das Showbusiness ist. Aber keine andere hat mich jemals so befriedigt wie Sandy. Zum einen habe ich einen mächtigen Appetit, bin immer hungrig nach Sex. Jeden Abend. Jeden

Morgen. Und mitten am Tag auch, wenn es möglich ist. Keine der anderen Frauen, die ich kannte, konnte mit mir mithalten. Meistens waren sie nach ihrem ersten Orgasmus fertig und rollten sich auf die Seite, um zu schlafen. Ich wollte immer mehr. Oh, einige versuchten, sich an mich anzupassen, aber ich merkte, daß ihre Herzen nicht wirklich dabei waren.

Mit Sandy war es anders. Sie hatte den gleichen starken Sexualtrieb wie ich. Wenn sie sich wenige Sekunden nach ihrem Orgasmus wieder an mich drückte, wußte ich, sie wollte es genauso sehr noch einmal wie ich.

Ich ging gewöhnlich erst abends zur Arbeit, aber sie probte für eine neue Show und mußte jeden Nachmittag arbeiten. Manchmal rief sie mich von den Proben aus an, um mir zu sagen, daß sie eine Pause habe und nach Hause kommen würde. Wenn dies geschah, wartete ich nackt auf sie in unserer Wohnung. Sobald sie die Tür öffnete, sprang ich sie an, zerrte ihr die Kleider vom Leib, während ich sie ins Bett oder auf den Boden zog. Sie hatte normalerweise nicht mehr als zwanzig oder dreißig Minuten Zeit, also fingen wir sofort mit dem Vögeln an und trieben es bis zur letztmöglichen Sekunde.

Abends hatten wir mehr Zeit zur Muße. Manchmal dauerte unser Vorspiel Stunden. Manchmal massierten wir einander oder küßten unsere Körper, bis die Küsse zu oralem Sex wurden. Wir brachten uns gegenseitig zum Rand des Orgasmus, um dann aufzuhören und die Rollen zu tauschen. Sie befriedigte alle meine Bedürfnisse, alle meine erotischen Wünsche. Und ich wußte, daß ich sie befriedigte.

Es war auch nicht nur Sex. Wir waren auch so sehr ineinander verliebt. Wir wußten beide, daß es nur eine Frage der Zeit war, bis wir heiraten würden. Ich brachte das Thema Heiraten auf den Tisch, nachdem wir acht Monate zusammengelebt hatten. Sandy stimmte sofort zu, in ihren Augen standen Tränen des Glücks. Wir machten den Termin fest, reservierten einen Ballsaal in einem Hotel in der Stadt und luden Freunde und unsere Familien ein.

Eines Abends, etwa zwei Wochen vor der Hochzeit, überraschte mich Sandy. Wie gewöhnlich eilte ich gleich nach der Arbeit nach Hause und freute mich auf mehrere Stunden heißen Sex. Aber meine Verlobte hatte andere Vorstellungen. Als ich ankam, war sie immer noch voll bekleidet. Ich bemerkte im Flur unserer Wohnung einen Koffer. Ich war entsetzt. Verließ sie mich? Hatte sie ihre Meinung über das Heiraten geändert?

»Sandy«, fragte ich nervös. »Was ist los?«

»Mach dir keine Sorgen, mein Liebster«, sagte sie mit einer Stimme, die mich beruhigte. »Ich habe über etwas nachgedacht und will es dir sagen.

Weißt du«, fuhr sie fort. »Wie jedes Mädchen auf der Welt, habe ich immer von meiner Hochzeitsnacht geträumt. Ich wollte immer, daß sie etwas Besonderes wird. Aber nach dem, wie wir leben, wird sie gar nichts Besonderes sein. Wir werden zusammen aufwachen, zusammen frühstücken und uns zusammen anziehen, so wie wir es jeden Tag machen. Dann werden wir zusammen zur Hochzeit gehen und danach zusammen nach Hause kommen. Was ist also daran Besonderes?«

Ich verstand, was sie meinte, aber ich konnte mir nicht vorstellen, wie sie es ändern wollte. »Ich glaube, daß du recht hast«, sagte ich. »Aber so ist das Leben in der modernen Welt. Schließlich haben wir fast ein Jahr zusammengelebt. Es gibt nichts, was wir jetzt daran ändern können.«

»Nun, es gibt etwas«, antwortete sie. »Wenn wir ab sofort nicht mehr zusammenleben, kann unsere Hochzeitsnacht etwas Besonderes werden.«

Nun verstand ich den Koffer, den ich gesehen hatte, als ich hereinkam. Es gefiel mir nicht.

»Meine Freundin Kathryn hat eine nette Wohnung am Fluß«, fuhr sie fort. »Sie ist heute morgen nach Europa abgereist und hat mir ihren Schlüssel gegeben. Ich habe es so arrangiert, daß du die nächsten zwei Wochen ihre Wohnung hütest.«

Ich war platt. »Was?« stammelte ich. »Du meinst, du wirfst mich raus?«

»Betrachte es nicht auf diese Weise, Michael«, sagte sie mit beruhigender Stimme. »Sieh es als Investition für unsere Zukunft. Wenn wir zwei Wochen nicht miteinander geschlafen haben, wird unsere Hochzeitsnacht so kochendheiß, daß wir uns für den Rest des Lebens daran erinnern werden.« Während sie sprach, öffnete sie zwei Knöpfe ihrer Bluse. Ich wurde sofort hart.

»Ich weiß nicht«, sagte ich, wobei ich versuchte, logisch zu klingen. »Vielleicht gibt es eine bessere Möglichkeit. Ich meine, zwei Wochen scheinen mir etwas drastisch. Wie wär's, wenn wir einfach übereinkommen, zwei oder drei Nächte vor unserer Hochzeit keinen Sex zu machen?«

»Nein, nein«, sagte sie in dem rauhen Flüsterton, aufgrund dessen ich vor allem bei ihr angebissen hatte. »Ich verspreche dir eine Nacht, die es wert ist, darauf zu warten. Nach zwei Wochen ohne werden wir so heiß sein, daß es nichts geben wird, was wir nicht tun würden.« Sie machte einen weiteren Knopf auf und beugte sich herüber, um mein Ohr zu lecken.

»Laß mich dir ein wenig davon erzählen, was ich im Kopf habe«, flüsterte sie und nahm meine Hand, um sie in ihre offene Bluse zu stecken. Ich nahm ihre Brüste und fühlte ihre erigierten Nippel an die Innenseite ihres BHs stoßen. Ich war so hart, daß es schmerzte. In meinem Schritt pochte es.

Sie fing an, die erregendsten Liebesspiele zu beschreiben, die ich mir vorstellen konnte und die mir eine Nacht voller Glückseligkeit versprachen. Sie sagte mir genau, was sie mit ihren Fingern und ihrer Zunge tun würde. Sie erzählte mir von einem erotischen Tanz, den sie speziell für diese Gelegenheit erfand, einen Tanz, der mich mehr erregen würde, als ich je erregt gewesen war. Sie versprach mir, Dinge zu tun, von denen ich immer geträumt hatte, und andere, von denen ich niemals geträumt hatte. Sie spielte auf Stellungen an, die so ungewöhnlich waren, daß wir sie noch nie ausprobiert hatten. Die ganze Zeit blies sie ihren heißen Atem in mein Ohr und knabberte daran. Ich war so scharf, daß ich alles mitgemacht hätte.

»Okay, meine Liebe«, murmelte ich. »Es ist eine verrückte Idee, aber wenn es das ist, was du willst, werde ich es tun.« Während ich sprach, steckte ich meine Finger in ihren BH, um nach ihren glühenden Nippeln zu suchen. Bevor ich einen fand, rückte Sandy von mir ab und ließ mich mit der leeren Hand halb in der Luft zurück.

»Schnell«, sagte ich. »Laß uns jetzt ins Bett gehen. Wenn es das letzte Mal vor der Hochzeit ist, will ich, daß wir gleich anfangen. Ich werde morgen früh packen.«

»Nein, mein Liebling«, sagte Sandy, ihre Bluse zuknöpfend. »Heute morgen war das letzte Mal vor der Hochzeit. Dein Koffer ist bereits gepackt. Hier ist der Schlüssel zu Kathryns Wohnung. Die Adresse steht hier auf dem Zettel.«

»Was?« platzte ich heraus. »Warum heute abend? Warum können wir nicht noch einmal miteinander schlafen, bevor diese Gefängniszeit beginnt?«

»Nein«, antwortete sie fest und öffnete die Tür. »Du bist jetzt gleich hier draußen.«

»Aber…« Ohne recht zu wissen, wie mir geschah, stand ich plötzlich mit einem Koffer in der einen Hand und dem Schlüssel ihrer Freundin in der anderen vor der verschlossenen Tür unserer Wohnung. Ich wollte mich umdrehen, um zu läuten, aber mir wurde klar, daß sie einen Entschluß gefaßt hatte und es keine Chance gab, etwas daran zu ändern.

In den nächsten zwei Wochen wurde ich langsam verrückt. Wir telefonierten zwei- oder dreimal am Tag miteinander, aber nie mehr als ein paar Minuten. Sie fand immer eine Ausrede, wenn ich sie um ein Treffen bat. Entweder sagte sie, daß sie sehr beschäftigt sei mit den Proben, oder sie behauptete, sie habe zu viele andere Dinge zu tun. Ich vermißte sie schrecklich und zählte die Tage.

Was alles noch schlimmer machte, war, daß ich teuflisch geil war. Ohne irgendeine Vorwarnung war ich vom Festschmaus zum Fasten gekommen. Sandy und ich hatten mehrmals am Tag miteinander geschlafen, und plötzlich war ich auf einer sexuellen

Nulldiät. Ich versuchte es mit Wichsen, aber das war auch nicht das Richtige. Einmal versuchte ich es sogar während eines unterer Telefonate, stellte mir vor, es sei ein wenig wie Vögeln. Sie ertappte mich jedoch sofort aufgrund meiner Atemgeräusche.

»Hör jetzt damit auf«, sagte sie. Verlegen hörte ich auf. Sobald ich den Hörer aufgelegt hatte, beendete ich, was ich angefangen hatte, aber es war einfach nicht genug.

Ich fing an, abends schlecht einzuschlafen, warf mich stundenlang zwischen zwanzig- oder dreißigminütigen Schlummerphasen von einer Seite auf die andere. Meine Erektion schien niemals wegzugehen, und wenn ich mich ruhelos in meinem Junggesellenbett wälzte, verursachte sie mir Schmerzen, wenn sie gegen die Matratze drückte. Ich verlor den Appetit und als Folge davon Gewicht. Ich hatte nicht gewußt, wie sexuelle Enthaltsamkeit an einem Menschen Tag für Tag, Nacht für Nacht nagen konnte.

Ich konnte mich nicht einmal auf meine Arbeit konzentrieren. Ich schlage meine Rhythmen mechanisch, verlasse mich auf Reflexe, die ich in dem Jahr oder so, in dem die Show lief, entwickelt habe. Anstatt an Musik zu denken, dachte ich nur noch an Sex. Das Schlimmste war das Wissen, daß meine Bedürfnisse nicht erfüllt werden würden, wenn die Arbeit beendet oder wenn der Abend vorüber sein würde. Es schien, als hätte ich jahrhundertelang als Mönch gelebt. Dabei waren es nicht einmal zwei Wochen gewesen. Es war die reine Tortur.

An unserem Hochzeitstag selbst konnte ich an nichts anderes denken, als mit Sandy ins Bett zu gehen. Die Trauung war mir gleichgültig. Der Empfang ebenso. Ich wollte, daß der Honeymoon jetzt sofort begann. Ich war wie besessen. Ich war so hungrig nach Sex, daß mein ganzer Körper weh tat. Ich war alles andere als sicher, ob ich in der Lage sein würde, die Hosen meines Hochzeitsanzugs über meinen Steifen zu bekommen.

Ich denke, ich verlor eine Weile den Kontakt mit der Realität. In meinem Kopf war die Hochzeit zu einer Liebesnacht auf einem Bett der Leidenschaft geworden. Als ich in der Empfangshalle ankam und den Raum voller Gäste sah, wurde mir bewußt, daß die Erfüllung unserer Wünsche immer noch etliche ewige Stunden entfernt war. Mein Bruder, der unser Trauzeuge war, dachte, ich hätte die Hosen voll, daß ich es mir noch einmal mit dem Heiraten überlegte. Junge, lag der daneben. Ich wollte diese Zeremonie mehr als alles, was ich je gewollt hatte.

Ich erinnere mich nur noch daran, daß ich hastig brummelte: »Ja, ich will«, und eine Stimme uns für Mann und Frau erklärte. Ich hatte im Hotel ein Zimmer reserviert und wollte sofort nach der Trauung dorthin. Aber es mußten noch dieses endlose Abendessen und die Entgegennahme der Glückwünsche durchgestanden werden.

Alle Gäste aßen und tranken und hatten ihren Spaß. Alle außer mir. Essen und tanzen waren das letzte, was ich im Kopf hatte. Alles, was ich wollte, war, meine Braut in meine Arme zu nehmen, sie zu küssen und eine wunderbare Liebesnacht mit ihr zu verbringen. Als die Band »A Groovy Kind of Love« spielte, riefen alle nach Sandy und mir, damit wir allein zusammen tanzten. Als wir über den Boden glitten, hielt ich meine Frau eng an mich gedrückt, weil ich befürchtete, die Ausbuchtung meiner Hosen würde mich beschämen.

»Laß uns hier weggehen«, murmelte ich. »Alle vergnügen sich. Keiner wird es merken, wenn wir ausbüchsen. Tun das nicht alle frisch Verheirateten?«

»Oh, du Dummer«, sagte sie und kicherte wie eine Jungfrau. »Wir haben noch nicht einmal den Kuchen angeschnitten.« Ich sah, daß sie es genoß zu warten, daß ihr mein Hunger nach ihr gefiel.

Später, als unsere Freunde eine Runde nach der anderen ausgaben, um auf das frisch verheiratete Paar anzustoßen, fragte ich sie wieder, ob wir weggehen könnten. Kokett ihren Kopf schüttelnd, sagte sie: »Unsere Gäste, Michael. Wir dürfen unsere Gäste nicht vergessen.«

Als die Kellner Kaffee einschenkten, beugte sie sich zu mir und flüsterte endlich in mein Ohr: »Nun, mein lieber Ehemann. Nimm mich mit auf unser Zimmer und liebe mich.«

Meine Knie zitterten, als ich aufstand und ihre Hand nahm. Ich versuchte, mich unauffällig erscheinen zu lassen, und führte sie durch die Doppeltüren hindurch zum Aufzug. Mein Herz klopfte zum Zerspringen. Ich drückte und küßte sie, während uns der Aufzug zu unserer Honeymoon-Suite brachte. Nachdem ich die Türe aufgesperrt hatte, hob ich sie hoch und trug sie hinein. »Oh, Gott«, sagte ich. »Das waren die längsten zwei Wochen meines Lebens. So etwas will ich nie wieder durchmachen.«

Sandy lächelte nur. »Es hat sich gelohnt, Liebling«, sagte sie. »Du wirst sehen.« Mit diesen Worten trat sie zurück und hob den Rock und die Unterröcke ihres Hochzeitskleides hoch. Ich sah den Strapsgürtel aus Spitze, an dem ihre Strümpfe befestigt waren, und schnappte nach Luft. Sie trug keine Höschen.

»Ich gehöre jetzt ganz dir«, sagte sie. »Komm und nimm mich.«

Ich fiel auf meine Knie und preßte meine Lippen an die milchige Haut oben an ihren Schenkeln. Als ich sie küßte und daran knabberte, ließ sie ihre Röcke nach unten, so daß ich unter ihrem Kleid steckte. Hungrig verschlang ich ihr Fleisch. In dem Augenblick, als meine Zunge ihren empfindlichen Knopf berührte, hörte ich, daß sie rhythmisch zu stöhnen begann. Sie kam bereits. Offensichtlich war meine Braut genauso hungrig wie ich.

Ohne zu warten, bis sie wieder zu Atem kam, trat sie einen Schritt zurück, sobald ihr Orgasmus vorbei war, und machte meinen Reißverschluß auf. Meine Erektion zärtlich in ihrer liebevollen Hand haltend, beugte sie sich nach vorn und nahm sie in ihren Mund. Innerhalb von Sekunden war ich auf dem Höhepunkt. Dann führte sie mich zum Bett und bedeutete mir, mich daraufzulegen.

»Die Hungerzeit ist vorbei«, sagte sie. »Nun beginnt der wirkliche Festschmaus.«

Sie begann für mich zu tanzen. Langsam und lockend streifte sie Stück für Stück ihrer Kleider ab, während sie sich zu der Musik wiegte, die in ihrem Kopf spielte. Ihre Körperbewegungen waren ungeheuer erotisch, und ich bekam fast sofort wieder einen Ständer. Als sie alle Kleidungsstücke ausgezogen hatte, tanzte sie nackt, wobei sie jahrtausendealte Bewegungen mit ihren Hüften und ihrem Becken machte, die zu sagen schienen: »Fick mich, fick mich.«

Ihr schwingender Körper erregte uns beide, bis wir bereit waren, uns langsam und geduldig und immer wieder zu lieben, bis die Nacht sich in den Tag verwandelte. Manchmal kamen wir einzeln, war einer von uns passiv, während der andere ihm Lust bereitete. Dann tauschten wir sofort die Rollen, so daß der passive Teil zum aktiv Gebenden wurde. Manchmal kamen wir zusammen, bemühten uns um einen gemeinsamen Rhythmus, bis die Ekstase des gleichzeitigen Orgasmus die Luft mit Schreien und Seufzern befriedigten Verlangens erfüllte. Auch danach liebten wir uns weiter, bewegten uns ohne Pause von einem donnernden Höhepunkt zum nächsten.

Irgendwann am folgenden Morgen fielen wir in den Schlaf. Wir klebten aneinander, als würden wir eine weitere Trennung wie die eine, die wir ertragen hatten, befürchten. Als wir aufwachten, liebten wir uns wieder, versuchten verzweifelt, alles nachzuholen, was wir versäumt hatten.

Am Abend fuhren wir zu einem kurzen Honeymoon in der Karibik ab. Wir sahen in dieser Zeit nicht viel außerhalb unseres Honeymoon-Zimmers, wo wir jeden Tag und jede Nacht Stunden damit verbrachten, unseren immerwährenden Appetit zu stillen. Unsere Hochzeitsnacht und die darauffolgenden Tage waren angefüllt mit dem besten Sex, den wir je hatten.

Es besteht kein Zweifel, daß die Zeit der sexuellen Enthaltsamkeit vor unserer Hochzeit unser Verlangen und unsere Leidenschaft auf die Spitze trieb. Obwohl wir zehn Jahre verheiratet sind, haben wir nichts von unserem sexuellen Hunger verloren. Manchmal jedoch, wenn wir unserem Leben eine besondere Würze hinzufügen wollen, enthalten wir uns freiwillig für eine oder zwei Wochen. Wir reden über Sex, nehmen aber keinerlei sexuellen Kontakt auf, bis zu einem vorher festgelegten Tag.

Dann tun wir uns gütlich, verwöhnen uns mit einem erotischen Festschmaus, der immer mit Sandys Schleiertanz beginnt und erst endet, wenn unser gieriges Verlangen gestillt ist.

Wochenendsklave

Mit ihren einen Meter achtundsechzig und ihrem gepflegten und gut geformten Körper ist Gina eine beeindruckende Erscheinung. Ihr langes Haar ist glatt und rabenschwarz. Sie hat grüne Katzenaugen. Gina ist Mitherausgeberin einer Modezeitschrift für junge Frauen. Sie wurde vor etwas mehr als einem Jahr geschieden. Damals war sie zweiunddreißig. Seit ein paar Monaten ist sie mit Frank, einem Diskjockey beim Radio, liiert.

Mein Exmann und ich heirateten mit Anfang Zwanzig und hingen fast zehn Jahre zusammen. Es war schrecklich. Gott sei Dank hatten wir keine Kinder; das hätte die Scheidung noch unschöner gemacht, als sie ohnehin schon war. Wir hatten in unserer Ehe eine Menge Probleme, aber Sex war wahrscheinlich das größte von allen. Die Liebe stand auf der Prioritätenliste meines Exmanns nie ganz oben. Wenn ich etwas in meiner Ehe gelernt hatte, dann, daß das Leben keinerlei Hoffnung auf sexuelle Erfüllung enthielt. Am nächsten kam ich einer Befriedigung, wenn ich masturbierte. Dies tat ich gelegentlich, aber immer mit starken Scham- und Schuldgefühlen.

Tatsächlich entdeckte ich erst, als ich Frank kennenlernte, daß mein sexueller Appetit doch gestillt werden konnte. Frank ist vier Jahre älter als ich und machte etwa zum gleichen Zeitpunkt wie ich eine Scheidung durch. Als wir uns trafen, waren wir, glaube ich, beide hungrig nach Gesellschaft. Frank war in einer Reportage über Persönlichkeiten bei Radiosendern erwähnt, die ich redigierte. Als ich ihn anrief, um ein paar Fakten nachzufragen, lud er mich zum Mittagessen ein.

Sobald er sich zu mir an den Tisch gesetzt hatte, fühlte ich mich von ihm sexuell angezogen. Er war dunkel und geheimnisvoll aussehend, mit einem kompakten Körper und sehr muskulösen Händen. In seiner Stimme war etwas, was sie gleichzeitig beruhigend und erregend machte.

Offensichtlich war er von mir auch angezogen, denn bevor das Mittagessen vorbei war, hatte er mich eingeladen, am selben Tag noch mit ihm zu Abend zu essen. Zögernd nahm ich an. Ich war einsam, aber nach der schrecklichen Erfahrung, die ich gerade hinter mir hatte, war ich nicht gewillt, mich auf irgend etwas wie eine Beziehung einzulassen.

Wir saßen in einem netten Restaurant und teilten uns eine Flasche Beaujolais. Ich fand Frank witzig und unterhaltsam. Aber als er noch einen Nachttrunk in seiner Wohnung vorschlug, sagte ich zur Entschuldigung, daß ich früh nach Hause müsse.

Frank lachte. »Lassen Sie es uns beim Namen nennen«, sagte er. »Ich versuche, Sie ins Bett zu kriegen, und Sie weisen mich ab.« Ich war verlegen, aber er lachte wieder. »Ich bin einfach geradeheraus. Aber ich möchte Sie nicht drängen«, sagte er. »Wie wär's, wenn wir morgen wieder zusammen zu Abend essen?«

Wir gingen in dieser ersten Woche noch zweimal und in der nächsten Woche dreimal miteinander aus. Jedesmal lud mich Frank in sein Bett ein, und jedesmal wiederholte ich meine Weigerung. Es mag heutzutage und in meinem Alter seltsam klingen, aber ich hatte bisher nur mit einem Mann geschlafen. Ich war neugierig, wie es mit Frank sein würde, aber ich war überzeugt, daß alle Männer so unfähig wie mein Exmann waren, die sexuellen Bedürfnisse einer Frau zu verstehen. Nach der zehnten oder elften Verabredung konnte ich meine Neugierde nicht mehr zügeln. Ich war einverstanden, Frank in seine Wohnung zu folgen, aber tief innen war ich auf eine Enttäuschung eingestellt.

Frank überraschte mich. Er war rücksichtsvoll und gründlich. Er küßte und liebkoste mich, bis ich vollständig erregt war. Dann zog er mich langsam und kunstvoll aus. Die Erfüllung seiner eigenen Bedürfnisse zurückstellend, ging er ganz auf mich ein.

Seine Finger fanden meinen empfindlichsten Punkt. Seine Lippen knabberten an allen wichtigen Stellen. Als er in mich kam, war ich nur einen Augenblick vom Orgasmus entfernt. Nachdem ich gekommen war, fuhr er fort, mich zu stoßen, bis ich wieder bereit war. Dieses Mal kam er mit mir. Hinterher lagen wir schweigend mit umeinandergeschlungenen Armen und Beinen da. Ich hatte nicht gewußt, daß Sex so gut sein konnte.

Nach dieser Nacht sahen Frank und ich uns regelmäßig. Keiner von uns war bereit, sich in irgendeiner Form zu binden, aber ich ging mit niemand anderem aus, und er auch nicht. Wir aßen fast jeden Abend zusammen. Danach schliefen wir miteinander, entweder bei ihm oder bei mir. Gelegentlich verbrachten wir die ganze Nacht zusammen, aber die meiste Zeit ging jeder zum Übernachten in seine eigene Wohnung.

Frank war ein wunderbarer Liebhaber. Sex war nicht nur der Abschluß unserer Abendessen. Er machte ihn zu einem Teil von allem, was wir taten. Manchmal rief er mich bei der Arbeit an und flüsterte mir mit heiserer Stimme eine Phantasie zu, die er hatte. Ein anderes Mal beschrieb er die Dinge, die wir die Nacht zuvor getan hatten, wobei er diese rasende Radiosprache benutzte, die gewöhnlich der Ankündigung von Hits vorbehalten war.

Er fand sogar Möglichkeiten, Sportereignisse zu Sexspielen umzugestalten. Wir waren beide eifrige Sportfans und verbrachten viele Abende damit, auf Franks großem Fernsehschirm Sportsendungen anzusehen. Manchmal machten wir Wetten mit erotischen Preisen. Wenn der Stürmer in den Basketballkorb trifft, muß ich Frank einen blasen. Wenn der Schlagmann angreift, muß mich Frank ohne eine Pause fünfzehn Minuten lang vögeln. Solche Sachen.

Gewöhnlich warten wir bis zum Spielende, bevor der Gewinner seinen Preis bekommt. Währenddessen heizt die Erwartung, die sich aufbaut, das nachfolgende Sexspiel kräftig auf. So hat eine dieser Wetten zu dem besten Sex geführt, den ich je hatte.

Es war ein Boxkampf – ein Meisterschaftskampf. Der Herausforderer war etwa fünfzehn Jahre älter als der Champion, und ich sagte vorher, daß letzterer ersteren innerhalb der ersten drei Runden k. o. schlagen würde. Frank beharrte darauf, daß der Kampf unentschieden ausgehen und der Herausforderer in einer Entscheidungsrunde gewinnen würde. Ich war so sicher, daß er falsch lag, daß ich meinen Kopf darauf verwettet hätte.

In einem Anfall von Inspiration schlug Frank den bisher höchsten Einsatz vor. »Ein Wochenende«, sagte er. »Der Verlierer muß ein ganzes Wochenende lang der Sexsklave des Gewinners sein.«

»Okay«, sagte ich süffisant. »Du mußt von der Stunde an, in der am Freitag deine Arbeit endet, bis zwölf Uhr Sonntag nacht alles tun, was ich sage.«

Frank lachte. »Es wird anders herum sein, das schwöre ich dir«, sagte er. »Aber laß es uns ganz klar festlegen. Du setzt auf den Champion, ich auf den Herausforderer. Der Gewinner wird für ein ganzes Wochenende Herr oder Herrin sein. Der Verlierer ist der Sklave und muß alles tun, was der Gewinner sagt.«

»Einverstanden«, sagte ich siegessicher.

Der Kampf endete so, wie es Frank vorhergesagt hatte. Er saß grinsend da. Offensichtlich dachte er über die Dinge nach, die er mit mir vorhatte. Die Vorstellung, seine Sexsklavin zu sein, gefiel mir. Schon der Gedanke an das erotische Wochenende, das vor uns lag, erregte mich.

Wir sahen uns am Donnerstag nicht, da Frank noch spät bei seinem Sender arbeiten mußte. Am Freitag rief er mich mindestens fünfzehnmal an, um mich an meine Versklavung zu erinnern. Der letzte Anruf kam wenige Minuten vor fünf, als ich mich fertig machte, mein Büro zu verlassen. Er rief mich an und sagte mir im Befehlston, daß ich um sechs Uhr in seiner Wohnung sein solle. Er erwarte, daß ich dann bereit sei, ihm zu dienen.

Mit verführerischer Stimme sagte ich ihm, daß ich mich darauf freue. Ich stellte mir eine Art romantischer Unterwerfung vor, bei der er schmale Silberkettchen um meine Knöchel und ein mit Nägeln beschlagenes Halsband um meinen Hals legte, während ich ihm sein Abendessen ans Bett brachte. Dann würde er mich leidenschaftlich lieben, mich zwingen, einen Orgasmus nach dem anderen zu haben.

Frank hatte jedoch eine andere Art von Sklaverei im Sinn. Als ich seine Wohnung betrat, saß er wie ein König auf seinem Thron auf einem Stuhl. Ich ging auf ihn zu, um ihm einen Begrüßungskuß zu geben, als er mir mit einer kurzen Geste mit seiner Hand befahl stehenzubleiben. »Sklavin«, sagte er. »Zieh dich aus!«

Ich spürte am ganzen Leib ein Kribbeln. Seine Stimme war so schroff, sein Ton so dominant. Er klang so unpersönlich, als er mich anwies, meine Kleider zu entfernen, während er einfach da saß und zuschaute. Ich zitterte vor Erregung und langte nach hinten, um den Reißverschluß meines Kleides aufzuziehen.

»Mach es langsam«, befahl er. »Dreh dich um, damit ich sehen kann, wie der Reißverschluß aufgeht.«

Die Vorstellung, daß er so etwas Einfaches wie das genießen würde, erregte mich ungeheuer. Ich hatte das Gefühl, sexy und begehrenswert zu sein. Ich wußte, daß ich am Anfang eines Abends voll erotischen Glücks stand. Mich umwendend gehorchte ich und machte den Reißverschluß so langsam auf, wie ich konnte. Ich versuchte mir vorzustellen, wie die schwarze Spitzen meines BHs und meiner Höschen langsam zum Vorschein kamen. Als es soweit war, daß ich das Kleid ablegen wollte, bellte er: »Stell dich jetzt vor mich hin, Sklavenmädchen. Ich will deine Titten sehen.«

Der brutale Ton seines Befehls entflammte mich. Mich umdrehend, streifte ich das Kleid von meinen Schultern. Als ich zu ihm hinsah, bemerkte ich, daß seine Hosen offen waren. Er hielt seinen Schwanz in seiner Hand und streichelte ihn langsam, während er mich anstarrte. Ich zog das Kleid ganz aus, warf es zur Seite und wartete ab, was er zu tun geruhte.

»Zieh den BH aus«, sagte er. »Und reib deine Nippel.« Jedes Wort erregte mich.

Während er mir zusah, wie ich mich aus meinem BH wand, fuhr er fort, seinen Steifen zu streicheln. Meine Nippel, die gewöhnlich rosa waren, wurden in meiner Erregung knallrot. Ich hatte noch nie so etwas gemacht, nicht einmal in der Phantasie. Lustschauer durchliefen mich, als ich meine Brüste betastete und meine Nippel drehte, um ihm Vergnügen zu bereiten. Ich konnte spüren, daß ich unter seinem hungrigen Blick immer nasser wurde.

»Jetzt die Höschen«, befahl er. »Zieh sie aus, so daß ich deine Pussy sehen kann.«

Ich hatte ein seltsames Gefühl von köstlicher Scham. Er hatte mich viele Male nackt gesehen, aber dies war etwas anderes. Ich fühlte mich wie eine Sklavin auf dem Sklavenmarkt, die von ihrem Herrn inspiziert wird. Frank leckte sich gierig die Lippen, als ich nach dem Bund meines Höschens langte, um die schöne Spitze über meine Schenkel zu ziehen. Ich stieg heraus und stand total nackt vor ihm.

»Reib jetzt deine Pussy«, wies er mich an. »Steck deinen Finger hinein und halte sie auf, so daß ich alles sehen kann.« Er lehnte sich nach vorne und starrte mit durchdringendem Blick auf meinen Schlitz. »Komm näher, Sklavenmädchen«, fügte er hinzu. »Ich will dich richtig sehen.«

Ich machte zwei Schritte auf ihn zu und begann, meine Säfte auf dem angeschwollenen Mund meines Geschlechts zu verreiben. Ich fühlte mich total erregt, gefangen von meiner erotischen Darstellung und seinen erotischen Befehlen. Mein Liebesknopf war hart und geschwollen. Ich hoffte, er würde ihn hervorlugen sehen. Ich stellte mir seine Zunge darauf vor. Ich konnte es kaum erwarten.

»Reib jetzt deine Klitoris für mich«, sagte er. »Und reib sie gut.«

Seinem Wunsch nachkommend, fuhr ich mit meinen Fingerspitzen leicht in kleinen Kreisen um das empfindsame Knöpfchen. Ich hatte seit der Zeit mit Frank nicht mehr masturbiert; es schien mir nicht legitim zu sein. Aber ihn zusehen zu lassen, während ich es tat, war etwas anderes. Es fühlte sich wunderbar an. Ich liebte seine Augen auf mir, als meine Finger meine Lustzentren fanden.

»Das muß jetzt reichen«, sagte er plötzlich. »Und ich fürchte, das ist alles, was du bekommen wirst, bis das Wochenende vorbei ist, meine Sklavin.«

Ich war schockiert. »Du machst Witze«, sagte ich. »Was soll das?«

Er streckte seine Hand aus, um mir etwas zu geben. »Nein, ich mache keine Scherze«, antwortete er. »Zieh jetzt das an.«

Ich hatte nicht gewußt, daß es so etwas gab. Es war eine Art Korsett aus schwarzem Leder. Der Schritt wurde von einem dikken Lederstreifen geschlossen, der hinten angenäht war und vorne mit einem kräftig aussehenden Messingschloß befestigt wurde.

»Was ist das?« fragte ich ungläubig. »Ein Keuschheitsgürtel?«

»Genau«, antwortete er. »Um sicherzustellen, daß die Pussy des Sklavenmädchens am Wochenende nicht angefaßt wird. Zieh ihn jetzt an und komm her.«

Ich kämpfte mich in das mittelalterliche Kleidungsstück und stellte mich vor ihn hin. Er untersuchte es sorgfältig, rüttelte an dem Schloß, um sicherzustellen, daß es richtig zu war. Sich in seinem Stuhl zurücklehnend, sagte er: »Mach es mir jetzt mit der Hand.«

Sein Schwanz ragte aus seinem offenen Reißverschluß. Ich wartete einen Moment, da ich dachte, er würde sich ausziehen wollen, aber er saß regungslos da. Mir wurde klar, daß er erwartete, daß ich ihn so bediente, wie er war. Also kniete ich mich vor ihn hin. Als ich seinen erigierten Penis in meine Hand nahm, fühlte ich ein Schaudern durch meinen Körper laufen.

Ich weiß, daß es seltsam klingt, aber die Vorstellung, ein Sexobjekt zu sein und alles zu tun, was er mir sagte, war herrlich erregend. Als ich ihn gehorsam streichelte, spürte ich das Anschwellen seiner Sexmuskeln an meinen Fingern. Es war erregend, ihn so schnell abheben zu sehen.

»Sehr gut«, sagte er. »Jetzt saug mich, bis ich wieder hart werde.«

Mich über seinen Schoß beugend, fühlte ich, wie sich die lederne Mösenklappe eng an meine Vagina legte. Durch jede Bewegung meines Körpers wurde sie eingezwängt, was meine empfindlichen Häute erotisch stimulierte. Ich nahm seinen schlaffen Penis in meinen Mund, während sich die Hitze in mir aufbaute. Der salzige Geschmack törnte mich noch mehr an.

Ich leckte ihn hungrig und war mir sicher, daß er mich mit Geschlechtsverkehr belohnen würde, wenn ich ihn zu voller Erektion brachte. Es dauerte nicht lange, bis sich sein Schwanz in der Wärme meines Mundes aufrichtete. Als ich spürte, daß er pulsierend zu voller Größe anwuchs, zog ich mich ein Stück zurück und berührte den Kopf leicht mit meiner Zungenspitze.

»Willst du das jetzt nicht aufschließen?« flüsterte ich. »Ich würde dich so gern in mir spüren.«

»Auf keinen Fall«, sagte er. »Du bist meine Sklavin. Mach mich mit deinem Mund fertig.« Immer noch in dem Glauben, daß der Abend mit seinem Steifen in mir enden würde, leckte ich ihn zum Höhepunkt.

»Ich will, daß du mir jetzt mein Bad einläßt«, sagte er, als sein Orgasmus vorbei war. »Dann kannst du mich baden, und vielleicht lasse ich dich in der Wanne sogar noch einmal an mich ran.«

Allmählich glaubte ich, daß er es ernst meinte, als er sagte, meine Pussy solle das ganze Wochenende nicht berührt werden. Als er mit dem Baden fertig war, wußte ich, daß es tatsächlich so war. Er ließ mich seinen Schwanz und seine Eier einseifen und ihn mit schlüpfrigem Schaum reiben, bis er noch mal kam.

Das ganze Wochenende lang gab ich ihm einen Orgasmus nach dem anderen. Ich benutzte alles mögliche, was ihm oder mir einfiel, solange meine Pussy nicht daran beteiligt war. Ich spielte mit seinem Arsch und saugte seinen Schwanz. Ich streichelte ihn mit meinen Fingern und mit meinen Fußsohlen. Ich hielt seinen Steifen zwischen meine Titten und bewegte mich auf und ab, bis sein heißes Sperma in mein Dekolleté schoß. Ich kitzelte seinen ganzen Körper mit meinem langen Haar und blies heißen Atem auf seine Genitalien. Ich küßte seine Lippen und seine Nippel, während ich ihm einen runterholte. Dabei berührte er mich kaum. Ich war vollkommen seine Sklavin.

Er ließ mich den Keuschheitsgürtel die ganze Zeit über tragen, sogar als wir schliefen. Er schloß ihn auf, wenn ich auf die Toilette mußte, und verschloß ihn sofort wieder, wenn ich fertig war. Die Lederklappe über meiner Pussy stimulierte mich fast bis zum Orgasmus und ließ mich an diesem Punkt endlos hängen. Meine Erregung erreichte ihren Gipfel und blieb dort ohne Pause für Stunden.

Der Anblick seines geschwollenen Schwanzes, der in die Luft oder auf meine Brüste und Schenkel spritzte, brachte mich zitternd an den Rand des Abgrunds. Die Dinge, die ich mit seinem Körper machte, ließen mich innerlich vor erotischem Hunger beben. Jeder Augenblick brachte mich noch mehr nach oben, jeder Unterwerfungsakt entflammte meine Leidenschaft noch mehr.

Manchmal ließ er mich glauben, daß er gnädig sein und mir erlauben würde, einen Höhepunkt zu haben. Nur einen kleinen, damit ich ein wenig Erleichterung erführe. Einmal steckte er sogar den Schlüssel in das Schloß meines Keuschheitsgürtels und änderte dann in letzter Minute sadistischerweise seine Meinung. Er neckte und reizte mich, indem er fragte, ob ich gefickt werden wolle. Ich wollte schreien: »Ja, ja, ja. Bitte fick mich. Bitte, oh, bitte, oh, bitte.« Aber bald wußte ich, daß er unbezwinglich war.

Als es Sonntagabend war, schaute ich ständig auf die Uhr und zählte die Stunden. Obwohl mein erotischer Appetit überwältigend war, genoß ich meine Rolle als gehorsame Sklavin. Ich war nie zuvor in einem so intensiven sexuellen Erregungszustand über eine so lange Zeitspanne gewesen.

Die letzten vierundzwanzig Stunden hatte ich in der einen oder anderen Form ständig Sex gehabt. Wenn ich die Freiheit gehabt hätte, einen Höhepunkt zu bekommen, wäre längst alles vorbei gewesen. Statt dessen war die unterdrückte Erregung wie ein endloser Orgasmus. Frank schien dies zu wissen und verstand es, jedesmal, wenn er kam, meine Erregung noch zu steigern.

Um zehn Uhr abends sagte Frank: »Du warst eine so gute Sklavin, daß ich dich belohnen werde.« Als er den Schlüssel in das Schloß meines Keuschheitsgürtels steckte, dachte ich, er würde mich wieder verspotten. Aber dieses Mal drehte er ihn um und öffnete das Schloß. Er zog die Klappe nach unten und befreite mein hungriges Geschlecht aus seinem einengenden Gefängnis. Die frische Luft badete meine feuchten Häute und liebkoste mich wie der Kuß eines Geliebten.

Mit einem erstickten Stöhnen fiel Frank über mich her, drückte sein Gesicht auf das feuchte, haarige Kissen, das meine Pussy umgab. Er begann, mich zu küssen und zu lecken. Seine Lippen und seine Zunge bewegten sich rasend die Länge meines Schlitzes auf und ab. Er war so hungrig nach meinem Geschlecht wie ich nach dem seinen. In dem Augenblick, als seine Zunge den Knopf meiner Klitoris fand, begann mein Höhepunkt. Die Sexualenergie, die sich in mir aufgebaut hatte, verlangte nach Befreiung. Ich schrie meinen erotischen Hunger hinaus, als ich mich an den Bewegungen seines Mundes sättigte.

Mein erster Orgasmus brach noch aus meinem Unterleib, als ich spürte, daß er mich bereits dem zweiten zuführte. Die Wellen der Glückseligkeit waren so mächtig, daß ich meine Finger in sein Haar grub und versuchte, sein Gesicht wegzuziehen, so daß ich wieder zu Kräften kommen könnte. Nicht auf mich achtend, leckte er weiter und hob meinen Geist auf eine Ebene schaudernder Ekstase. Meine leidenschaftlichen Schreie füllten die Luft, als ein Höhepunkt dem anderen folgte. Der zweite hatte kaum aufgehört, als sich schon der dritte aufbaute.

Die Muskeln meines Unterleibs spannten sich, und mein Rücken krümmte sich, um meinen Körper von der Matratze zu heben. Ich preßte meine Schenkel seitlich an seinen Kopf und wand mich wild unter seinen knabbernden Lippen und seiner stoßenden Zunge. Erst nach meinem vierten Orgasmus ließ er mich auf das Bett zurückfallen, um einen Moment auszuruhen, bevor er mich bestieg.

Wie konnte ich nach all diesen wahnsinnigen Höhepunkten noch mehr erleben? Wie konnte ich bereit sein, seinen Schwanz in mir zu spüren? Wie konnte ich so schnell weitere Stimulation aushalten? Irgendwie tat ich es!

Als er langsam in meine bebende Vagina glitt, flackerte meine Erregung wieder auf. Ich nahm überdeutlich wahr, wie sich die Lippen meines Geschlechts teilten, bevor sein gieriger Penis zum Angriff ging. Er füllte mich aus, stopfte mich mit dem dicken Zeichen seiner Männlichkeit.

Das ganze Warten hatte sich gelohnt. Nie hatte sich etwas so explosiv lustvoll angefühlt. Ich umklammerte seinen Rücken, während er rhythmisch in mich hinein- und herausglitt. Jeder Stoß hob mich auf eine höhere Stufe auf dem gefährlichen Aufstieg zur totalen Befreiung. An deren Rand schwankte ich. Ich hatte Angst vor dem letzten Sprung. Ich spürte mein Bewußtsein schwinden. Ich tauchte in den kosmischen Strom ein, meine Säfte flossen ins Nirwana.

Einen schmerzhaften Augenblick lang klammerte ich mich verzweifelt an die Erde. Dann band mich Franks stoßender Schwanz los, ließ mich durch die Weite des erotischen Raums wirbeln. Ich dachte, mein Orgasmus würde ewig dauern. Völlig unbewußt sang ich meine Freuden in den Himmel. Frank gesellte sich zu mir, fügte seine männlichen Laute der Harmonie unserer Erfüllung hinzu.

Später trug mich Frank ins Bad, wo er mich zärtlich ins heiße Wasser legte. Liebevoll badete er mich. Allmählich beruhigten sich meine Sexmuskeln, die sich vor Lust angespannt hatten, bis sie erschöpft waren. Nachdem er mich mit einem weichen dicken Handtuch abgetrocknet hatte, trug er mich ins Bett und hielt mich in seinen Armen, bis ich mit einem Lächeln auf den Lippen in einen erholsamen Schlaf fiel.

Wir hatten seither viel guten Sex, und ich bin sicher, daß wir noch viel mehr vor uns haben. Ich werde jedoch dieses Wochenende nie vergessen. Ich hungerte zweieinhalb Tage in einem Zustand unglaublicher Erregung, bevor ich mich an dem besten Sex sättigte, den ich je hatte.

Kapitel 10
Erotischer Urlaub

Von Zeit zu Zeit muß ein guter Motor überholt werden. Verbrauchte Teile werden ersetzt, repariert und wieder instandgesetzt. Das Äußere wird neu lackiert, die Schalter mit neuen Drähten versehen. Nach dieser Überholung ist das Ding auf eine Art wieder neu. Beim Menschen ist es der Urlaub, in dem er sich erholt und sich erfrischt und nach dem er sich wie neugeboren fühlt. Ohne Erholung würden wir geistig herunterkommen wie Motoren, die eine Überholung brauchen.

Intime Beziehungen brauchen auch gelegentlich eine Überholung. Geliebte, oder Ehemänner und Ehefrauen, können sich so stark mit ihren eigenen Dingen und Aktivitäten beschäftigen, daß sie den Kontakt miteinander verlieren. Ihre Zeitpläne sind so voll von Arbeit und familiären Verpflichtungen, daß keine Zeit mehr für ein erfüllendes Liebesleben zu bleiben scheint. Obwohl es für ihr Zusammenkommen wahrscheinlich eine Rolle gespielt hat, daß sie sich voneinander sexuell angezogen fühlten, kann dies im Kampf darum, die Rechnungen zu bezahlen oder einen bestimmten Lebensstil aufrechtzuerhalten, in Vergessenheit geraten.

Um zu verhindern, daß die Leidenschaft langsam aus einer Liebe entweicht, die einmal voll intensiven Verlangens und tiefer Gefühle war, machen manche Paare einen erotischen Urlaub. Sie planen eine Nacht oder ein Wochenende mit Sex, so wie andere Leute ihre Urlaubsreisen planen. Sie wählen ein bestimmtes Datum und einen Ort aus und reservieren im voraus alles, was nötig ist. Sie arrangieren es so, daß alle Arbeiten erledigt sind, die ihr Liebesabenteuer stören könnten.

Dann widmen sie sich in einem speziell ausgewählten Versteck oder in der Privatsphäre ihres eigenen Schlafzimmers dem Liebesspiel. Indem sie den Druck der Arbeitswelt vergessen und die sinnliche Lust wiederentdecken, verhelfen sie ihren eingerosteten Beziehungen zu neuem Leben. Ihre sexuelle Begegnung wird zur wirklichen Erholung. Menschen, die dies ausprobiert haben, sagen, daß sie in ihrem erotischen Urlaub den besten Sex erlebten, den sie je hatten.

Wochenendausflug

Ellen ist einen Meter zweiundsiebzig groß und ziemlich dünn. Ihr hellbraunes Haar ist halblang und einfach geschnitten. Mit ihren vierundzwanzig Jahren ist Ellen Mutter von zwei kleinen Mädchen von einem und zwei Jahren. Zusätzlich arbeitet sie halbtags als Sekretärin. Diese Doppelbelastung ist wahrscheinlich für ihre Falten um ihre haselnußbraunen Augen und ihren meist müden Gesichtsausdruck verantwortlich. Ihr Mann Chuck macht Auslieferungen für einen über Nacht geöffneten Zustellungsdienst, und geht am Abend auf die Schule, um einen ›Bachelor's Degree‹ zu erwerben. Ellen sagt, daß sie und Chuck ihren besten Sex alle paar Monate hätten, wenn sie sich ein erotisches Wochenende gönnen.

Es ist nicht leicht, zwei Babys mit so geringem Altersunterschied zu haben. Eine arbeitende Mutter zu sein, macht es sogar noch schwerer. Aber heutzutage ist es für eine Familie unmöglich, nur von einem Verdienst zu leben, also habe ich im Grunde keine Wahl. Chuck hilft aus, soviel er kann, aber zwischen der Arbeit und der Schule ist er kaum zu Hause. Wenn er da ist, muß er lernen. Ich bin sicher, daß es besser wird, wenn er die Schule beendet hat. Bis dahin ist dieser Zeitplan allerdings Gift für unser Liebesleben.

Chuck und ich lernten uns auf der High School kennen. Alle fanden, wir seien ein perfektes Paar, und nahmen an, daß wir nach dem Abschluß heiraten würden. Ich glaube, das nahm ich auch an. Deshalb hatte ich keine Schuldgefühle, als wir im letzten Schuljahr anfingen, miteinander zu schlafen.

Das erste Mal machten wir es auf der Couch in Chucks Haus. Wir lernten zusammen, als seine Eltern sagten, sie würden am Abend ausgehen. Sobald sie gegangen waren, fingen wir an, uns zu umarmen und zu küssen. Wie üblich ließ ich Chuck meine Bluse und meinen BH öffnen, so daß er mit meinen Brüsten spielen konnte. Es dauerte nicht lange, bis ich ganz ausgezogen war und Chucks Hände überall auf meinem nackten Körper waren. Es fühlte sich so gut an, daß ich ihn auf die gleiche Weise berühren wollte.

Mit fiebernden Fingern zupfte ich an seinen Hosen vorn herum und versuchte, sie zu öffnen. Chuck war überrascht. Er hatte mich zwar oft ausgezogen, seine Kleider hatte er jedoch immer anbehalten. Diesmal war es anders. Ich holte seinen Dikken raus und streichelte ihn wild. Innerhalb von Minuten war er dann auch nackt.

Wir faßten uns alles andere als zart an, da es uns ungeheuer erregte, endlich so weit zu gehen. Stillos rollten wir umher, bis er auf mir war und sein erigierter Schwanz dicht vor der Öffnung meiner Pussy stand. Einen winzigen Augenblick zögernd, warfen wir uns dann gleichzeitig gegeneinander. Ich spürte, wie seine Erektion ein Loch riß und meine Lenden mit Schmerz erfüllte. Ich wollte schreien, aber sein Mund war so fest auf den meinen gepreßt, daß nichts als ein ersticktes Ächzen herauskam.

Chuck, der nicht wahrnahm, daß ich litt, stieß weiter, bis er bis zum Anschlag in mir begraben war. Gerade als der Schmerz seines Eindringens nachzulassen begann, fing er zu stöhnen an und hatte seinen Höhepunkt. Sekunden später lag er an meiner Seite und schnappte in dem Bemühen, wieder zu Atem zu kommen, nach Luft. Als ich Streifen von blutigem Samen auf meinen Beinen sah, weinte ich. Meine Jungfräulichkeit gehörte der Vergangenheit an.

Wir waren einer Meinung, daß es ein Fehler gewesen war, daß wir es nicht wiederholen würden, bevor wir älter waren und uns etabliert hatten. Aber zwei Stunden später taten wir es wieder. Dieses Mal tat es nicht weh, und das Ficken dauerte erheblich länger, obwohl ich keinen Orgasmus hatte. Da ich nicht wußte, was ich erwarten konnte, war ich nicht enttäuscht. Es hatte sich für mich gut angefühlt.

Danach taten wir es bei jeder Gelegenheit und lernten so mehr über die Wünsche und Bedürfnisse des anderen. Wir wurden immer besser, und es wurde immer schöner. Beim siebten oder achten Mal kam ich nahe genug an einen Orgasmus, um zu erkennen, daß dies etwas war, was geschehen sollte. Eine Woche oder später hatte ich gemeinsam mit ihm einen Höhepunkt. Ich konnte unseren Schulabschluß nicht erwarten, wenn wir endlich heiraten konnten.

Als wir die Schule beendet hatten, fing Chuck an, sich seltsam zu benehmen. Mir ist heute klar, daß er nicht zum Heiraten bereit war. Die Aussicht erschreckte ihn. Jedesmal, wenn ich das Thema ansprach, endete unsere Diskussion in einem Streit. Nach einer Weile brachte er Ausreden, um mich nicht zu treffen. Ein paar Monate nach Schulabschluß sagte Chuck, daß er eine Unterbrechung unserer Beziehung wünsche. Er sagte, das beste sei, wenn wir uns mal mit anderen treffen würden.

Meine Mutter hatte mir immer gesagt, daß ein Mädchen vor der Ehe keinen Sex haben sollte, weil sonst der Mann keinen Grund sehen würde, sie zu heiraten. »Warum sollte er die Kuh kaufen«, pflegte sie zu sagen, »wenn er die Milch umsonst haben kann?« Es sah so aus, als hätte sie recht. Chuck und ich hörten auf, uns zu treffen.

Es war eineinhalb Jahre später, als wir uns auf einer Party wieder über den Weg liefen. In der Zwischenzeit hatte ich mich mit ein paar anderen Jungs getroffen, aber es war niemals zum Sex gekommen. Als ich Chuck auf der Party sah, fing mein Herz zu flattern an. Ich hielt mich so weit wie möglich von ihm fern, da ich sicher war, daß er kein Interesse mehr an mir hatte. Er kam jedoch zu mir her und bat mich, mit ihm zu tanzen.

Als wir tanzten, sagte er, er habe mich sehr vermißt und habe mich anrufen wollen, aber einfach nicht gewußt, was er sagen sollte. Wir tanzten den ganzen Abend miteinander. Nach der Party gingen wir ein Soda trinken. Wir sahen uns wieder regelmäßig, und innerhalb von sechs Monaten waren wir verheiratet.

Zuerst war unser gemeinsames Leben wie ein Urlaub. Chuck fuhr den Auslieferungsbus, und ich arbeitete als Sekretärin. Am Ende jeden Arbeitstages eilten wir in unsere kleine Wohnung, um Sex zu machen und dann zu Abend zu essen und dann wieder Sex zu machen. Wir hatten nicht viel Geld, aber das machte nichts. Wir hatten ein wunderschönes Liebesleben, und das reichte uns.

Die meisten unserer Freunde waren noch immer Singles und lebten bei ihren Eltern. Daher hatten sie Geld für Veranstaltungen und andere Unterhaltungen. Wir brauchten das nicht, weil wir uns selbst unterhielten. Sex war unser Zeitvertreib. Wir entwickelten ihn zu einer hohen Kunst, indem wir uns Spiele ausdachten, die unseren Phantasien entsprangen.

Eines Abends beispielsweise kam ich von der Arbeit nach Hause und fand unsere Wohnung dunkel und ungewöhnlich ruhig vor. Als ich das Licht anmachte, war ich verblüfft, Chuck mit einer Spielzeugpistole in seiner Hand und das Gesicht völlig hinter einer Skimütze versteckt zu sehen. Bevor ich eine Chance hatte, etwas zu sagen, sprang er hinter mich und legte seine Hand über meinen Mund. Die Spielzeugpistole an meinen Kopf haltend, sagte er: »Keine Bewegung oder ich bringe dich um.«

Ich machte gleich mit und zeigte mich verängstigt. »Bitte tu mir nichts«, bettelte ich. »Ich tue alles, was du sagst.«

Die Pistole auf mich gerichtet, befahl er mir, meinen Rock zu heben und den Schritt meiner Höschen auf die Seite zu schieben. Dann zwang er mich, mich auf den Küchentisch zu legen, öffnete seine Hosen und steckte seinen Schwanz in mich. Er fickte mich, ohne daß wir ein einziges Kleidungsstück abgelegt hatten, und die ganze Zeit hielt er dabei die Pistole an meinen Kopf. Nachdem er gekommen war, zog er sich aus mir raus, machte seinen Hosenschlitz zu und verließ die Wohnung. Als er eine halbe

Stunde später wiederkam, benahm er sich, als sei nichts geschehen.

Ein anderes Mal lieh ich mir von einer Freundin, die kleiner war als ich, ein paar Kleider aus. Ich zog sie an, bevor ich mein Büro verließ. Als ich in unsere Wohnung kam, trug ich schwarze Netzstrümpfe und einen kurzen schwarzen Lederrock, der so eng war, daß ich kaum laufen konnte. Ich hatte meinen BH ausgezogen und trug einen engen, weit ausgeschnittenen roten Pullover, der meine Titten praktisch bis zu den Nippeln hinunter zeigte.

Anstatt die Wohnungstür mit meinem Schlüssel aufzuschließen, klopfte ich. Ich hörte Chuck rufen: »Wer ist da?«

Ich antwortete: »Begleitservice«. Als Chuck die Tür öffnete, machte sein erstaunter Gesichtsausdruck langsam einem verstehenden Grinsen Platz.

»Sie haben Ellens Begleitservice angerufen?« fragte ich und rollte meine Schultern, um meine Brüste von einer Seite zur anderen fallen zu lassen. »Ich bin Ihnen zu Diensten. Zahlen Sie bitte im voraus.« Ich nahm den Zehn-Dollar-Schein, den Chuck aus seiner Tasche zog, und steckte ihn in meinen Ausschnitt. Dann trat ich ein und sagte: »Lassen Sie bitte Ihre Hosen runter. Ich habe nicht viel Zeit.«

Gehorsam machte Chuck seinen Gürtel auf und ließ seine Hosen auf seine Knöchel rutschen. Sein Schwanz war bereits erigiert und drückte gegen den straffen Stoff seines knappen weißen Slips. Ganz plötzlich zog ich ihm seine Unterwäsche runter, um ihn zu befreien. Ohne ein weiteres Wort fiel ich auf meine Knie und nahm seinen Prügel in meine Hand.

Ich rieb heftig an ihm auf und ab, versuchte die gefühllosen Bewegungen einer bezahlten Hure nachzumachen. Als ich ihn vor Erregung anschwellen spürte, leckte ich mit meiner Zungenspitze leicht seinen Kopf. Ich fuhr knabbernd an seinem Schaft auf und ab, bis Chucks Atem nur noch stoßweise ging. Dann nahm ich seine ganze Länge ohne weiteres Zeremoniell in meinen Mund und fing gierig zu saugen an.

Ich warf meinen Kopf in einer Fickbewegung vor und zurück, versuchte, ihn so schnell wie möglich abheben zu lassen. Als ich ihn immer weiter schwellen spürte, nahm ich meinen Mund weg und machte ihn fertig, indem ich ihn mit meiner Hand zum Höhepunkt brachte. Bevor sein Schwanz noch richtig weich war, stand ich auf und sagte: »Danke. Rufen Sie wieder mal an.«

Als sich die Wohnungstür hinter mir schloß, konnte ich ihn sagen hören: »Hey, wo gehst du hin?« Ich kam etwa zwanzig Minuten später mit einer Pizza wieder. Ich hatte sie von den zehn Dollar gekauft, die er mir für das Blasen bezahlt hatte.

Gerade als ich dachte, wir würden diese Momente von erotischem Glück für immer miteinander erleben, entdeckte ich, daß ich schwanger war. Wir waren natürlich beide begeistert. Aber ich glaube nicht, daß einer von uns realisierte, welche Veränderung ein Baby in unser Leben bringen würde.

In den ersten paar Monaten der Schwangerschaft waren wir sexuell aktiver als je zuvor. Chuck sagte, mein runder Bauch und meine vergrößerten Brüste würden ihn antörnen. Das machte mich scharf. Chuck kaufte einen Vibrator aus Plastik, der uns viel Freude machte. Wir spielten stundenlang mit ihm und fickten fast jeden Abend. Wir erfanden neue Sexspiele, die wir auf meinen schwellenden Zustand maßschneiderten.

Als sich die Zeit der Entbindung näherte, fühlte ich mich unbeholfen und unansehnlich. Nachdem ich zu arbeiten aufgehört hatte, verringerte sich unsere sexuelle Aktivität drastisch. Dann wurde Helen geboren, und der Sex verschwand von unserer Bildfläche. Zuerst lag es daran, daß ich das Interesse verlor. Aber selbst als ich es wiedergewann, hatten wir einfach keine Zeit.

Das Baby schien all meine Energie und Aufmerksamkeit zu erfordern. Es schlief nie und verlangte immer, gefüttert, gehalten oder gewindelt zu werden. Was uns blieb, war, uns ein wenig Zeit für einen schnellen Fick vor dem Schlafengehen zu stehlen. Keiner von uns fühlte sich dabei wirklich befriedigt.

Viel zu schnell wurde ich wieder schwanger. Kurz nachdem

Charlene geboren war, wurde uns klar, daß wir finanziell nicht überleben konnten, es sei denn, ich ginge wieder zur Arbeit. Als ich auf meine alte Halbtagsstelle zurückkehrte, sah es allmählich so aus, als würden wir den Sex vollständig aufgeben. Die Mädchen waren altersmäßig so nahe beieinander, und Babys sind so fordernd, so daß ich ständig mit ihnen beschäftigt war.

Chuck begann mit seiner Abendschule. Bei allem – der Schule, unseren Jobs, die Babys zu einer Tagespflege bringen und wieder abholen und sich um sie kümmern, wenn wir zu Hause waren – hatte keiner mehr die Kraft oder die Zeit für Sex. Nicht, daß wir aufhörten, es zu wollen. Weit davon entfernt. Ich erinnere mich, wie ich an meiner Schreibmaschine bei der Arbeit saß, in die Luft starrte und über die Zeiten nachdachte, als Chuck und ich uns das ganze Wochenende zu lieben pflegten. Ich stellte mir ausgeklügelte erotische Szenen vor, erinnerte mich an Spiele, die wir gespielt hatten, und erfand neue in meiner Phantasie.

Eines Abends, als er in der Schule eine Zwischenpause hatte, rief mich Chuck an, um zu fragen, wie es den Kindern geht. Ich hatte gerade eine Sexphantasie. Sie hatte mit Handschellen zu tun. Ich war so geil, daß ich Chuck bat, die Schule sausen zu lassen und nach Hause zu kommen, um mich zu ficken. »Tut mir leid, Liebling«, sagte er. »Du weißt, daß ich das nicht kann. Ich muß jetzt los oder ich komme zu spät zur nächsten Stunde.«

»Warte«, flehte ich ihn an. »Ich habe eine echt heiße Idee.« Ich versuchte ihm von meiner Phantasie zu erzählen, aber er schnitt mir das Wort ab.

»Keine Zeit jetzt«, sagte er. »Schreib es auf oder so was. Ich werde es lesen, wenn ich nach Hause komme.«

Ich war frustriert, konnte ihm aber keinen Vorwurf machen. Das Leben war für Chuck genauso hart wie für mich. Also nahm ich ein Stück Papier und schrieb eine Fesselphantasie auf, komplett mit Ketten, Fesseln und Peitschen.

Als Chuck später nach Hause kam, war er zu müde, um sie zu lesen. »Leg es hierhin«, sagte er, auf eine Glasvase auf dem Nachttisch deutend. »Ich werde es morgen früh lesen.«

Mittlerweile war ich so müde, daß es mir nichts ausmachte.

Am nächsten Morgen, als sich Chuck ans Lesen machte, nahm sein Gesicht einen wehmütig-erregten Ausdruck an. »Das ist toll«, sagte er. »Zu schade, daß wir keine Zeit mehr haben. Aber laß uns diese Idee festhalten.« Plötzlich leuchtete sein Gesicht auf. »Warum sammeln wir unsere Phantasien nicht in dieser kleinen Vase? Auf diese Weise werden wir bereit sein, wann immer sich die Gelegenheit bietet.«

Das war der Anfang unseres neuen Sexspiels. Ich schrieb meine Wünsche auf rosa Zetteln nieder, und Chuck schrieb die seinen auf Blau. Die meiste Zeit warfen wir sie direkt in die Vase, ohne sie dem anderen zu zeigen. Nach ein paar Monaten war die Vase bis zum Rand voll. Manchmal spekulierten wir darüber, ob mehr rosa oder mehr blaue Zettel drin waren.

Eines Abends tippte Chuck an die Vase und sagte: »Ich denke, es ist Zeit, mit dieser Sammlung etwas zu machen.«

»Das finde ich auch«, sagte ich. »Aber was?«

Er sagte mir, daß er mit seiner Mutter ausgemacht habe, daß sie am nächsten Wochenende die Kinder nahm. »Wir ziehen abwechselnd Zettel aus der Vase«, sagte er. »Ich nehme rosa und du blau. Wir müssen alles tun, was die Phantasie erfordert.«

Es schien, als würde das Wochenende nie näher rücken. Als es endlich da war, war ich völlig fertig. Ich winkte, als Chucks Mutter mit den Kindern in ihrem Wagen davonfuhr. Sobald sie außer Sicht war, drehte ich mich um, um Chuck anzusehen. Er stand mit der Vase in der Hand anzüglich grinsend da.

»Laß uns ins Schlafzimmer gehen«, schlug er flüsternd vor. »Ich mache eine von deinen.« Er schüttelte die Vase und langte hinein, um ein zusammengefaltetes Stück rosa Papier herauszufischen. Als er es las, breitete sich langsam ein Lächeln über seinem Gesicht aus. Er gab mir den Zettel und ging auf die Toilette.

Ich schaute auf die Worte, die ich etwa vor sechs Wochen geschrieben hatte. »Binde mich ans Bett und binde mich erst wieder los, wenn ich drei Orgasmen gehabt habe.« Als ich aufsah, stand Chuck mit vier dicken Schnüren in seiner Hand vor mir.

Ich zog mich schnell aus, legte mich mit dem Rücken aufs Bett und spreizte meine Arme und Beine, so daß er mich an den Hand- und Fußgelenken an die vier Ecken des Bettrahmens binden konnte. Als er damit fertig war, rüttelte er an den Knoten, um zu sehen, ob sie mich wirklich festhielten. Ich war nun eine Gefangene in meinem eigenen Bett.

Nackt daliegend und hilflos festgenagelt, fühlte ich mich total verletzlich. Chuck konnte alles tun, was er wollte, um mich zum Orgasmus zu bringen. Es gab für mich nichts zu tun, außer dazuliegen und es entgegenzunehmen. Ich bebte am ganzen Körper vor Erregung. Mit großen Augen sah ich, wie er seine Kleider ablegte, an die Seite des Bettes trat und auf mich hinuntersah.

Sein Schwanz war steif und geschwollen, stand gerade von ihm ab. Ich konnte sehen, wie an seinem Schaft eine Vene rhythmisch pulsierte. Langsam streichelte er seinen Schwanz, während seine Augen über meinen festgebundenen Körper wanderten. Ich wußte, daß er darüber nachdachte, was er mit mir tun würde.

Sich neben mich auf die Matratze setzend, legte er seine Hände leicht auf meine Schultern. Er umschloß sie ganz, bevor er mit seinen Fingern weich über meine Arme bis zu meinen Handgelenken strich. Die Leichtigkeit seiner Berührung war aufreizend. Ich konnte spüren, daß meine Nippel hart wurden, die dunklen Scheiben um sie herum sich vor Erregung kräuselten.

Er beugte sich vor und atmete warm auf meine erigierten rosa Knöpfe, ohne sie zu berühren. Gleichzeitig erforschten seine Finger meine Armbeugen, wanderten hinunter auf die Seiten meines Oberkörpers, liebkosten die Riffe, die meine Rippen bildeten, und schlenderten über die hervorstehenden Stellen an meinen Hüften. Seine Hände strichen in einem zufälligen Muster über meinen nackten Körper. Eine kitzelte die Falte unter meiner Brust, während die andere die Konturen meiner Waden oder Schenkel nachzog. Ich fühlte, daß meine Pussy unter seinen Berührungen vor Verlangen feucht wurde.

Seine Hände kehrten zu meinen Brüsten zurück und kreisten enger um meine Nippel. Ich wollte, daß er sie anfaßte und drückte, sie drehte und rieb, aber er fuhr fort, mich zu necken. Ich hörte mich seufzen, als er eine Brust in seine Hand nahm. Ich stöhnte, als seine Hand weiterreiste. Seine Finger zogen Achten über meinen Bauch, machten kleine Figuren um meinen empfindlichen Nabel und streiften einen Punkt genau über der Linie meines Schamhügels.

Er begann, die Finger einer Hand in Spiralen um meine Pussy zu bewegen, machte mich damit rasend vor Sehnsucht. Meinen Rücken krümmend, versuchte ich, mich nach oben gegen seine mich auf die Folter spannende Hand zu drücken. Ich wollte seine Finger in mir spüren. Ich wollte es verzweifelt.

Er neckte mich jetzt mit beiden Händen. Eine spielte leicht mit den Locken meines Schamhaars, zwirbelte ein paar Strähnen um seine Finger, bevor er zu der Weichheit meines Unterbauchs zurückkehrte. Die andere Hand streichelte die Innenseiten meiner Schenkel und langte dann unter mich, um einen forschenden Finger an die Runzeln meines Anus zu legen.

Seine Berührung kam meinem erhitzten Lustzentrum ständig näher, aber er hielt sich noch zurück. Wäre ich nicht gefesselt gewesen, hätte ich mich an ihn geworfen, hätte meine Arme und Beine eng um ihn geschlungen, ihn gezwungen, meine Bedürfnisse zu befriedigen. Aber ich war hilflos.

Meine Pussy tropfte vor Nässe, wobei die Säfte meiner Erregung die rosa Fleischfalten befeuchteten, die meine Öffnung bewachten. Ich war von einem unersättlichen Bedürfnis nach Erfüllung besessen. Meine Klitoris war geschwollen und erigiert, hart wie Gummi und um Aufmerksamkeit bettelnd. Ich wußte instinktiv, daß sie unter ihrem schützenden Hütchen hervorlugte, rot und glänzend.

Seine Finger fuhren leicht über die Lippen meiner Pussy, schickten ihre Hitze in rasenden Wellen in mein Innerstes. Seine Finger kamen näher. Näher. Gleich würde er mich dort berühren. Vielleicht berührte er mich; ich war nicht sicher. Ja. Seine Finger glitten neben meiner Klitoris entlang, preßten mein eigenes Fleisch gegen sie. Ich fühlte den erigierten kleinen Knopf dicker werden, härter. Dann spielten seine Fingerspitzen mit seinem Kopf, und ich spürte, wie ich explodierte. Ich heulte auf, als mein Körper von der sexuellen Spannung befreit wurde, die sich so lange aufgebaut hatte. Waren es Minuten? Oder waren es Monate?

Meine Augen schlossen sich fest. Ich rollte meinen Kopf von einer Seite zur anderen, bäumte mich auf unter den Stößen erhitzten Hochgefühls, die durch meinen Körper jagten. Ich schnappte nach Luft, seufzte und heulte vor Lust. Als mein Orgasmus seinen Höhepunkt erreichte, glitt ich über die Grenze, driftete zur Erde zurück, als sei ich an einem großen seidenen Fallschirm aufgehängt.

Lange Zeit später öffnete ich meine Augen und sah Chucks befriedigtes Lächeln. »Das war einer«, sagte er. »Du hast noch zwei vor dir. Dieses Mal komme ich gleich zur Sache.« In die Schublade des Nachtkästchens greifend, holte er den weißen Plastikvibrator heraus, den wir fast vergessen hatten. Er hielt ihn mir einen Augenblick vors Gesicht, um mir einen Ausblick auf mein nächstes Vergnügen zu geben. Dann machte er den Schalter an, um ihn zum Summen zu bringen.

Im Gegensatz zu der verführerischen Langsamkeit, mit der er mich das erste Mal erregt hatte, setzte er die Spitze des Vibrators sofort auf meine Klitoris. Obwohl das kleine Organ gerade ruhte, erwachte es sofort zum Leben, war unmittelbar erigiert. Chuck hielt den Vibrator direkt darauf, bewegte ihn in kleinen Kreisen, wobei er ihn immer in Kontakt mit meinem pulsierenden Knopf hielt.

Ich hatte nicht geglaubt, daß es das zweite Mal so schnell gehen würde, aber es war so. Die Wolken des Orgasmus' bildeten sich innerhalb weniger Augenblicke. Als der Damm einmal gebrochen war, war die Flut nicht mehr aufzuhalten. Ich schien ewig zu kommen. Mein Bewußtsein wurde vom Sturm der erotischen Ekstase hinweggerissen. Als es vorbei war, gab ich einen befriedigten Seufzer von mir.

Chuck stellte den Vibrator ab und begann, mit seiner nun

ruhigen Spitze die äußersten Lippen meiner Pussy zu streicheln. »Nein, Chuck«, bettelte ich. »Noch nicht. Es ist zu früh.« Ich wollte meine Beine zusammendrücken, um einen Moment Ruhe zu gewinnen, bevor er sich wieder an mir zu schaffen machte. Aber die Schnüre, die mich an die vier Ecken des Bettes fesselten, machten dies unmöglich. Ich konnte nichts tun, als mich der Stimulation zu überlassen, die er mir bot.

Ich spürte, daß er das Plastikglied zwischen die Lippen meiner Pussy steckte und mich langsam damit fickte. Unwillkürlich warf ich mein Becken hoch, um mich dafür zu öffnen. Unglaublich, ich wollte noch mehr. Und ich wollte ihn in seiner ganzen Länge in mir spüren. Mein Bedürfnis erkennend, bewegte ihn Chuck Stück für Stück tiefer, füllte mich mit der Dicke des Sexspielzeugs.

Als es in mir, so weit wie es ging, begraben war, fuhr er damit heraus und herein, als sei es sein Schwanz. Ich spannte meine Unterleibsmuskeln an, verengte die Wände meiner Pussy um ihn herum, verstärkte die Reibung. Ich sah zu, wie er sich tiefer beugte, bis er schließlich seine Lippen auf meine Klitoris, die schon wieder erigiert war, preßte. In dem Moment, als er den pochenden Kopf in seinen Mund saugte, stellte er den Vibrator an.

Ich war von der Flut der Empfindungen überwältigt, die mein bebendes Becken erfüllten. Ich fühlte mich gleichzeitig gefickt und geleckt, und jeder Nerv meines Geschlechts kribbelte vor Erregung. Mit lauten Schreien der Leidenschaft füllte ich die Luft. Ein weiterer Orgasmus baute sich in meinen zuckenden Lenden auf.

Die fließenden Säfte meiner Erregung badeten meine Klitoris, als Chuck mit seiner Zungenspitze immer wieder über ihre Spitze fuhr. Die Kombination seines Leckens und der ständigen Vibration in meinem Unterleib verhalfen meinem Höhepunkt zum Durchbruch. Mich durch die Mauer des Widerstands ziehend, erfüllte er meinen Körper mit schaudernden Spasmen sexueller Erfüllung.

Als mein dritter Orgasmus endete, fiel ich in die Kissen zurück und atmete tief. Ich war vollkommen befriedigt, und doch bereit zu noch mehr Sex. Nun wollte ich Chuck Lust bereiten, so wie er mir Lust bereitet hat. Ich wollte in ihm sein drängendes Bedürfnis wecken, ihn zum Explodieren bringen, indem ich eine seiner Lieblingsphantasien ausführte.

Nach einer kurzen Ruhepause band mich mein Mann los, und ich griff in die Vase, um einen seiner blauen Zettel herauszuholen. Seinen Anweisungen folgend, schlug ich seinen Hintern wiederholt, bis er knallrot leuchtete, und saugte dann an ihm, bis er abhob. Danach zog er ein weiteres rosa Papier. Und nach diesem zog ich noch ein blaues. Als das Wochenende vorbei war, war die Vase halb leer.

Während wir auf Chucks Mutter warteten, einigten wir uns, so bald wie möglich wieder an einem Wochenende unsere erotischen Phantasien auszuleben. Seither haben wir es geschafft, unser Leben zu würzen, indem wir uns jedes siebte oder achte Wochenende unseren Sexspielen widmen. Für uns führen diese erotischen Ferien zum besten Sex, den wir je hatten.

Hochzeitstag

Henry ist neunundvierzig Jahre alt. Sein braunes Haar ist von ein paar Silberfäden durchzogen. Er ist einen Meter achtzig groß und leicht übergewichtig. Seine lebhaften grauen Augen sind von Lachfalten umrahmt, was den Eindruck vermittelt, daß er ständig lächelt. Henry ist Zahnarzt. Er enthüllt zwei perfekte Reihen leuchtend weißer Zähne, als er vom fünfundzwanzigsten Hochzeitstag mit seiner Frau Yvette erzählt.

Es mag lustig klingen, aber die Idee zu diesem Abenteuer kam mir eines Tages vor etwa zwei Jahren, während ich den Zahn eines Patienten aufbohrte. Wenn Sie kein Zahnarzt sind, können Sie sich wahrscheinlich nicht vorstellen, wie langweilig und uninteressant es ist, den ganzen Tag damit zu verbringen, Füllungen zu machen. Man lächelt und sagt dem Patienten, daß es überhaupt nicht weh tun wird. Dann eine schnelle Spritze ins Zahnfleisch und dann bohren, bohren, bohren.

So geht es acht oder zehn Stunden am Tag, jeden Tag der Woche. Am Ende des Nachmittags ist mir nur noch danach, mich endlich zu Hause vor den Fernseher zu werfen. Aber vielleicht ist das Leben so. Man wird älter, und die Praxis läuft immer besser, und man stellt fest, daß man einfach keine Zeit mehr hat, um stehenzubleiben und an einer Rose zu riechen. Yvette ist verständnisvoll und beklagt sich nie darüber, aber ich bin sicher, daß sie sich ein wenig vernachlässigt fühlt.

Wir haben nicht so oft Sex, wie wir es gerne wollten. Und

wenn wir es tun, ist es viel zu oft wie irgendein Akt der Pflichterfüllung, den wir erfolgreich in unsere Zeitpläne einbauen. Für mich ist die beste Art von Sex die romantische Art mit einem langen Vorspiel, so daß es sich wirklich wie ein Liebesakt anfühlt, und nicht nur wie eine mechanische Paarung. Aber wir scheinen dafür meist keine Zeit mehr zu haben.

Das war natürlich nicht immer so. Als Yvette und ich uns kennenlernten, gingen wir beide in New York City zur Schule. New York ist eine laute, schmutzige, überfüllte Riesenstadt, ganz anders als hier an der Westküste. Aber trotz des Gewühls kann man romantische Zeiten erleben, wenn man weiß, wo.

Ich erinnere mich an einen Sommerabend, als ich Yvette mit einem Abendessen bei Kerzenlicht al fresco im Herzen der Stadt überraschte. Ich kochte und servierte ihr eine üppige Mahlzeit auf dem Dach des Wohnhauses, in dem ich lebte. Ich lieh mir vornehmes Chinageschirr und ein Tischtuch aus, um ein Gefühl von Luxus zu erzeugen. Yvette benahm sich, als wären wir im besten Restaurant in der Stadt.

Nachher hatten wir in meiner Wohnung wunderbare Liebesstunden. Ich rede nicht nur über Sex. Dieses Gefühl von Romantik ist es, was den Unterschied ausmacht. Wir hatten unser Leben immer romantisch gestaltet. Manchmal, wenn es regnete, fuhren wir zum Strand und saßen einfach im Wagen, hielten uns an den Händen und genossen die stürmischen Meereswellen. Wir küßten und streichelten uns ein wenig, um uns für die Nacht der Leidenschaft aufzuwärmen, die ganz sicher folgte.

Es ist gut, daß Romantik nicht viel kostet, denn ich hatte damals kein nennenswertes Einkommen. Das hielt uns jedoch nie davon ab, eine tolle Zeit miteinander zu haben. Ich erinnere mich, wie wir einmal einen ganzen Samstagnachmittag damit verbrachten, zusammen in einem Sprudelbad zu sitzen und Champagner zu trinken. Es war billiges Zeug, aber wir wußten das Beste daraus zu machen. Ich denke, wir haben uns an diesem Nachmittag in diesem seifigen Wasser mit schlüpfrigen und rutschigen Körpern viermal geliebt.

Nun, vor etwa einem Jahr also, arbeitete ich an einem Patienten, als ich von den Zeiten träumte, als Yvette und ich uns oft einen ganzen Tag oder eine Nacht für die Romantik und die Liebe genommen hatten. Ich wünschte, es könnte wieder so sein. Mir fiel ein, daß unser fünfundzwanzigster Hochzeitstag nur noch wenige Wochen entfernt war, und beschloß, etwas zu tun, um diese alten Gefühle wieder einzufangen. Wir feiern unseren Hochzeitstag üblicherweise, indem wir zum Essen ausgehen und vielleicht ins Theater. Aber dieses Mal wollte ich romantische Liebesstunden zum Thema unserer Feier machen.

Ich erinnerte mich an eine Werbung, die ich kürzlich in einer dieser exklusiven, aber leicht schlüpfrigen Zeitschriften gesehen hatte. Die Werbung war für ein Feriengebiet, das seine Unterkünfte als »luxuriöse Honeymoon-Häuschen« bezeichnete. Ich blätterte alle Zeitschriften in meinem Wartezimmer durch, bis ich die fand, die ich suchte, und holte telefonisch nähere Auskünfte ein.

Ich erfuhr von dem für die Reservierungen zuständigen Hotelsekretär, daß jedes der Häuschen direkt am Meer lag und so gebaut war, daß der Blick aufs Meer voll ausgenutzt wurde. Sie hatten alle heiße Redwood-Wannen, Podiumsbetten und Terrassen. Die Atmosphäre klang genau so, wie ich es mir vorgestellt hatte. Der Preis war astronomisch, fast eintausend Dollar am Tag, aber Gott weiß, daß ich es mir jetzt leisten kann.

Am Abend fragte ich Yvette, wie es ihr gefallen würde, an unserem Hochzeitstag eine ganze Nacht der sexuellen Ekstase miteinander zu erleben. Ich erzählte ihr von meiner Sehnsucht nach unseren romantischen Gefühlen von früher und meiner Hoffnung, wir würden sie in dem Honeymoon-Häuschen wiederfinden. Es war genau das, was wir getan hätten, als wir uns kennenlernten, wenn wir nicht immer so pleite gewesen wären. Yvette sprang sofort an. Sie sagte, auch sie sehne sich nach dieser Art von Liebe, die wir so genossen hatten, als wir jünger waren. Am nächsten Morgen buchte ich das Häuschen.

Als der Tag immer näher rückte, begeisterte uns die Idee

immer mehr. Ich kaufte ihr als Geschenk eine wunderschöne Diamantenhalskette. Am Abend vor der Abreise ging ich zu dem besten Kaufhaus in der Stadt und kaufte noch ein luxuriöses Negligé. Es war aus weißer Seide, mit feiner weißer Spitze eingefaßt, und erinnerte mich an ihr Hochzeitskleid. Die Erinnerung an Yvette als Braut versetzte mich in einen Rausch der Romantik.

An unserem Hochzeitstag ließ ich einen Floristen den hinteren Teil meines Wagens mit einem Blumenmeer füllen. Es müssen Hunderte gewesen sein. Der Duft würde uns vollkommen einhüllen, während wir zu unserem romantischen Rendezvous fuhren. Als Yvette in den Wagen stieg und die Pracht sah, schnappte sie vor entzückter Überraschung nach Luft, und ihre blauen Augen leuchteten.

Langsam und gemütlich fuhren wir die Straße oberhalb der Küste entlang. Zu unserer Linken schimmerte das Meer in tiefem Kobaltblau. Zur Rechten lagen sanfte Hügel mit leuchtend grünen Wäldern. Alles stand in eindrücklichem Kontrast zu Yvettes langem goldenen Haar. Es war perfekt. Alles, woran ich denken konnte, waren die Stunden, die wir bald in den Armen des anderen, uns leidenschaftlich liebend, verbringen würden.

Es war später Nachmittag, als wir bei der Ferienanlage ankamen. Ein Diener in Uniform half Yvette beim Aussteigen. Während wir die Anmeldeformalitäten erledigten, fuhr er den Wagen zu unserem Häuschen und brachte die Blumen ins Zimmer. Ein anderer Diener fuhr uns in einem leichten Einspänner mit Sitzen aus weichem braunen Leder zu unserem Häuschen.

Das Häuschen selbst war phantastisch. Es lag, vollkommen von Bäumen umgeben, völlig abgeschieden da. Der Diener öffnete die kunstvoll geschnitzte Mahagonitür und führte uns hinein. Der Raum war wunderschön, wie für die Liebe gemacht.

Das erste, was einem auffiel, war die Aussicht. Die Wand, die zum Meer ging, war vom Boden bis zur Decke verglast. Nichts behinderte den Ausblick. Das blaue Wasser schien direkt vor unseren Füßen zu beginnen und sich endlos auszudehnen, bis es im dunstigen Horizont verschwand. Der heiserer Schrei der Seevögel, die langsam vorbeizogen, war in Harmonie mit dem melodischen Rauschen des Meeres.

Unsere Koffer waren für uns ausgepackt und die Blumen in dem ganzen luxuriösen Raum verteilt worden. Die Art-Deco-Möblierung war sparsam, so daß das große Podiumbett völlig den Raum beherrschte. Vor der Glaswand war eine heiße Redwood-Wanne in den Boden eingelassen, die bereits gefüllt war. Das warme Wasser dampfte und blubberte und lud die Liebenden ein, ungeahnte sinnliche Freuden zu genießen.

Als der Diener ging, gab er mir eine Speisekarte und sagte: »Sie können das Abendessen bestellen, Sir, wann immer Sie es wünschen.«

Sobald wir allein waren, nahm ich Yvette in meine Arme. Ich war bereits von dem Gedanken an das, was vor uns lag, erfüllt, und die Wärme ihres festen, schlanken Körpers steigerte die Erregung noch. Ich fühlte meinen Schwanz pochen. Als Yvette ihre Lippen an mein Ohr preßte und flüsterte: »Es ist wunderbar«, war ich nicht sicher, ob sie sich auf den Raum bezog oder auf meinen Ständer, der gegen ihre Schenkel drückte. »Ich bin so froh, daß du mich hierher gebracht hast.«

»Ich wollte etwas Besonderes«, flüsterte ich. »Und ich habe für diese Gelegenheit noch etwas ganz Besonderes für dich.« Ich gab ihr das mit Goldpapier eingewickelte Päckchen mit dem Negligé, das ich gekauft hatte.

»Oh, Henry, ist das schön«, sagte sie, als sie das Hemd aus der Schachtel nahm. »Ich kann es kaum erwarten, es anzuziehen.«

»Warum solltest du warten?« fragte ich. »Warum ziehst du es nicht jetzt gleich an? Ich würde es gern an dir sehen.«

Ein paar Minuten später, als sie in der prunkvollen Wäsche aus dem Ankleideraum kam, wurde ich ganz schwach vor Liebe. »Du siehst wunderschön aus«, murmelte ich. »Es erinnert mich an unsere Hochzeitsnacht. Sie ist heute fünfundzwanzig Jahre her, aber es kommt mir vor, als sei sie gerade letzte Woche gewesen. Und ich bin heute genauso aufgeregt wie damals, daß ich dich heute nacht besitzen werde.«

»Oh, Henry«, antwortete sie. »Du gibst mir das Gefühl, jung und lebendig zu sein. Wir werden heute eine wunderbare Liebesnacht erleben. Nichts könnte sie schöner machen.«

»Nun«, sagte ich langsam. »Vielleicht doch.« Während ich sprach, trat ich hinter sie und holte das Diamantkollier aus meiner Tasche. Ich führte sie zum Spiegel, so daß sie zusehen konnte, wie ich es ihr umlegte. Als die Juwelen an ihrem Hals funkelten, drehte sie sich um und küßte mich wieder, dieses Mal mit brennender Leidenschaft. Leicht fuhr sie mit ihrer Zungenspitze über meine Lippen. Dies war nur ein Versprechen auf die Dinge, die noch kommen würden.

Als unser festliches Abendessen serviert wurde, ging die Sonne gerade über dem Pazifik unter. Drei Kellner kamen und bereiteten am Fenster einen Tisch mit feinem Chinaporzellan und Waterford-Kristallgläsern. Bevor sie gingen, füllten sie das Essen auf unsere Teller und entzündeten Kerzen auf glänzend polierten silbernen Kerzenhaltern. Wir sahen auf das Meer, während wir fürstlich speisten und den erlesenen Wein tranken.

Als die Kellner wieder erschienen, hörten wir leise Musikklänge. Auf dem Strand vor unserem Fenster spielte ein Trio eine Serenade für Verliebte. Yvette ergriff meine Hand. »Du bist wunderbar, Henry«, murmelte sie. Ich spürte, daß ich wieder eine Erektion bekam.

Wir sahen den Kellnern zu, wie sie unsere Crêpes mit eleganten Bewegungen bereiteten, die zu der Musik, die draußen spielte, choreographiert hätten sein können. Yvettes Gesicht schimmerte im Licht des entflammten Desserts, und die tanzenden Schatten umspielten die Kurven ihres Körpers unter dem seidenen Negligé. Ich konnte es kaum erwarten, bis die Kellner gingen und ich sie in meinen Armen halten konnte.

Als sie weg waren, stand ich von meinem Stuhl auf, um mich hinter sie zu stellen. Ich streichelte ihr Haar und ihre Schultern, als sie sich und mich abwechselnd mit kleinen Stückchen Crêpes fütterte. Ich spürte, wie meine Erregung stieg. Aus dem vertieften Rhythmus ihres Atems konnte ich schließen, daß auch sie erregt wurde. Ich schob meine Hand in das Oberteil ihres Negligés und zog die Kurven ihrer runden Brüste nach. Ich hörte sie seufzen.

Sie stand auf, wandte sich zu mir und ließ sich in meine Arme sinken. Instinktiv begannen sich unsere Hüften zu wiegen, preßten sich unsere Becken aneinander, während wir uns umarmten. Ihre Haut war weich und zart und schrie nach meiner zärtlichen Berührung. »Danke, daß du meine Frau bist«, murmelte ich und bewegte meine Hände langsam über ihren Körper, um die Weichheit ihrer Pobacken und ihrer Brüste zu tasten. Ich fühlte mich wieder wie ein geiler Junge.

Ohne unsere heißen Küsse zu unterbrechen, streifte ich die Träger von Yvettes Negligé von ihren Schultern. Sie wand sich sinnlich, bis das Kleidungsstück von ihrem Körper glitt, um am Boden um ihre Füße herum ein seidenes Spitzenknäuel zu bilden. Das durch das Fenster hereinströmende Mondlicht beleuchtete die schwellenden Kurven ihres Busens. In dem dämmrigen Licht konnte ich sehen, wie sich die rosigen Kreise ihrer Brustwarzen zusammenzogen und sich die Spitzen ihrer Brüste, die noch immer bemerkenswert fest und jugendlich waren, aufrichteten. Ich preßte mein Gesicht auf sie.

Ich leckte ihre geschwollenen Knöpfe, schloß meine Lippen über ihnen und saugte leicht. Ich konnte das Anschwellen meiner Männlichkeit fühlen. Ich wollte nackt sein, so wie sie. Schnell erhob ich mich und zog mich aus. Dann nahm ich meine Frau bei der Hand, führte sie zu der heißen Wanne und half ihr in das dampfende Wasser. Die Wanne war brusttief, und ihre Brüste schwammen auf der Wasseroberfläche, mit ihren Nippeln erotisch auf mich zeigend.

Der Kellner hatte eine Flasche Champagner geöffnet und sie in einem Eiskübel mit zwei edlen Kristallflöten neben der heißen Wanne hinterlassen. Ich griff nach der Flasche, goß den Champagner ein und überreichte ein Glas Yvette. »Auf weitere fünfundzwanzig glückliche Jahre«, sagte ich. Wir stießen an und nippten an dem köstlichen Getränk.

»Du bist schöner denn je«, fügte ich hinzu, wobei ich das heiße Wasser um uns und zwischen unseren nackten Körpern sprudeln spürte. Als wir uns küßten, drückte sie sich an mich. Ihre Brustwarzen bohrten sich heiß in meine nackte Brust, und ihre Hand suchte nach meinem Steifen. Wir blieben eine Weile so, küßten und streichelten uns in der einhüllenden Behaglichkeit des heißen Wassers.

Ihre Hand strich liebevoll über die pochende Härte meiner Männlichkeit. Die Kombination ihrer Berührung mit den Wasserblasen, die an meiner Haut entlangstrichen, hob mich in einen Zustand pulsierender Erregung. Ich streichelte ihren Bauch und bewegte meine Hand absichtlich tiefer, bis meine Finger dem nassen Pelz ihres Hügels begegneten. Die Öffnung unter ihrem dichtgelockten Dreieck war feucht. Ich steckte einen Finger hinein und schauderte, als ich feststellte, daß es innen sogar noch feuchter war. *(unterm Wasser garantiert!)*

Ich nutzte die Tragkraft des Wassers aus und hob sie vorsichtig hoch, wobei ich ihre Beine um meine Hüften legte. Meine Erektion stellte sich auf, um ihre weibliche Öffnung zu suchen, genoß die heiße Flüssigkeit, die um sie herumwirbelte und blubberte. Ich legte meine Hände an ihre Taille und führte sie langsam nach unten, bis sie direkt auf der Spitze meines pochenden Gliedes saß.

Mit einem Seufzer senkte sie sich auf mich und begrub meinen Steifen mit verführerischer Langsamkeit in ihrem Tunnel, bis ich tief in ihrer Wärme ruhte. Stück für Stück, fast nicht wahrnehmbar, zog sie sich an meinem Penis hoch, so weit, daß ich für einen Augenblick befürchtete, wir würden den Kontakt verlieren. Als sie die Spitze erreichte, ließ sie sich wieder nach unten sinken und hüllte mein pulsierendes Fleisch ein.

Unwillkürlich bewegten wir uns im Rhythmus der Wellen, die sich rauschend am Strand brachen. Der Mond schien auf unsere sich windenden Körper, beleuchtete das Wasser, das um uns sprudelte und uns das Gefühl gab, als würden wir uns direkt im Meer befinden. Wir waren beide von der Schönheit des Augenblicks überwältigt, aber noch mehr von der steigenden Erregung in unseren bebenden Lenden. Ohne Vorwarnung begann mein Höhepunkt. Dann, als hätte jemand Unsichtbarer das Stichwort gegeben, schloß sich Yvette mir an. Gemeinsam erzählten wir dem Mond und den Sternen von der Herrlichkeit unserer Vereinigung.

Nachdem die Wellen der Ekstase vorüber waren, blieben wir eng umschlungen und badeten in der Flüssigkeit des Verlangens. Ich wurde innerhalb weniger Minuten wieder hart. Als sie meine Erektion bittend bei sich anklopfen spürte, summte sie zustimmend. »Henry«, sagte sie bewundernd. »Du hast ja Energie wie ein Teenager. Nimm mich noch mal. Oh, ja, nimm mich noch mal.«

Sie in meinen Armen haltend, stand ich auf und stieg aus der Wanne. Ich trug sie durch den Raum zu dem riesigen Podiumbett und legte sie sanft darauf nieder. Sie stöhnte und streckte ihre Hände nach mir aus, umfaßte meinen Nacken mit ihren liebevollen Armen.

Ich senkte meinen nackten Körper auf sie. Meine suchende Rute fand sofort ihren Weg. Als ich in sie glitt, preßte ich mich auf ihren Körper, suhlte mich in der sinnlichen Weichheit ihrer Brüste an meiner nassen Haut. Wir bewegten uns lange miteinander, steuerten langsam auf den Gipfel der Lust zu und zogen uns absichtlich zurück, um das Vergnügen zu verlängern. Als wir schließlich unseren sehnsuchtsvollen Kontakt nicht länger halten konnten, kamen wir beide zusammen wild und eng umschlungen wie zwei junge Geliebte.

Hinterher lagen wir Seite an Seite in der Nacht, genossen den mondscheinbeleuchteten Meeresblick und streichelten uns gegenseitig voller Bewunderung. Irgendwann in der Morgendämmerung liebten wir uns wieder. Dieses Mal feierten wir die Jahre, die wir damit verbracht hatten, unsere Körper kennenzulernen, voller Gelassenheit, zeigten unsere Fähigkeit, den Phantasien des anderen zu entsprechen und die Bedürfnisse des anderen zu befriedigen. Als die Sonne aufging, taten wir es wieder, hießen den neuen Tag als Beginn unseres zweiten gemeinsamen Vierteljahrhunderts willkommen.

Ich verdiene meinen Lebensunterhalt immer noch mit Zähnebohren. Und es gibt immer noch Abende, an denen ich nichts anderes will, als mit Yvette an meiner Seite vor dem Fernseher zu sitzen. Aber wir scheinen die Ekstase der romantischen Liebe wiederentdeckt zu haben. Dieser Ausflug an unserem Hochzeitstag war für uns eine erotische Wiedergeburt, inspirierte uns, die leidenschaftliche Erregung, die uns an erster Stelle zusammengebracht hatte, wiederzubeleben. Wir sprechen manchmal darüber, flüstern uns im Bett zärtliche Worte ins Ohr, wenn wir mit dem Lieben beginnen.

In unserem Alter ist es ziemlich schwierig, eine einzelne Erfahrung herauszugreifen und sie als die beste zu bezeichnen. Aber zweifellos zählt dieser erotische Urlaub in dem Honeymoon-Häuschen zu unseren besten sexuellen Erlebnissen.

Nachwort

Alle suchen nach dem Geheimnis für guten Sex, als ob es irgendwelche magischen Rezepte gäbe, die zu größerer erotischer Lust führten. Aber das Geheimnis sexueller Erfüllung ist, daß es kein Geheimnis gibt. Guter Sex ist nicht einfach das Ergebnis davon, daß man die Geschlechtsorgane richtig zusammenbringt oder die Finger und die Zunge an genau die richtigen Stellen legt. Es geht nicht nur einfach darum, am heißen Punkt zu knabbern oder zu lernen, den Geschlechtsverkehr auf eine bestimmt Anzahl von Stunden auszudehnen.

Die Faktoren, die Sex gut und befriedigend machen und die guten Sex sogar noch besser machen, bestehen aus einer schwer definierbaren Kombination. Diese Kombination variiert von einem Paar zum anderen. Einige dieser Faktoren sind solche Allgemeinplätze, daß sie kitschig klingen – Kerzenlicht und sanfte Musik beispielsweise. Andere sind wirkungsvoll, weil sie ungewöhnlich sind, so wie die besondere Erregung, die manche Menschen erleben, wenn sie sich in der Öffentlichkeit lieben.

Auch wir profitieren von diesem Buch. Indem wir uns den Sex anderer Leute ansahen, den diese als ihren besten, den sie je hatten, bezeichneten, lernten wir Möglichkeiten kennen, unseren eigenen zu verbessern. Anstatt Ihnen jedoch nur einfach zu sagen, wie Sie Ihr Sexualleben optimal gestalten können, beschlossen wir, Ihnen zu zeigen, wie es anderen Menschen gelang. Und das ist es, was wir gemacht haben. Um unsere Informanten vor Schwierigkeiten zu bewahren, haben wir einige

Namen und Orte geändert. Um das Lesen einfacher und flüssiger zu machen, haben wir hier und da ein paar Sätze geändert. Zum größten Teil jedoch haben wir die Erinnerung an die besten sexuellen Erlebnisse so dargestellt, wie sie uns von Menschen aus Fleisch und Blut berichtet wurden.

Unser Ziel war es, Ihnen aufregende Ideen zu liefern, damit sie Ihr eigenes erotisches Leben bereichern können, so daß jedesmal, wenn Sie Liebe machen, Ihnen danach ist, zu sagen: »Das war der beste Sex, den ich je hatte.« Wir haben unsere Arbeit getan. Der Rest liegt in Ihrer Hand.

GOLDMANN

Frauen heute

Autorinnen von heute definieren den Begriff Weiblichkeit jenseits gängiger Klischees neu und schreiben mit Witz und Selbstironie über Liebe und Leben, Erotik und Romantik. Ein zeitgemäßer Typ Frauenliteratur: emanzipiert, poetisch, provokant, unterhaltsam und anspruchsvoll zugleich.

Kristin McCloy, Zur Hölle mit gestern 9365

Ingeborg Middendorf, Etwas zwischen ihm und mir 9164

Julie Burchill, Die Waffen der Susan Street 9810

Helen Zahavi, Schmutziges Wochenende 41125

Goldmann · Der Taschenbuch-Verlag

GOLDMANN

Frauen heute

Autorinnen von heute definieren den Begriff Weiblichkeit jenseits gängiger Klischees neu und schreiben mit Witz und Selbstironie über Liebe und Leben, Erotik und Romantik. Ein zeitgemäßer Typ Frauenliteratur: emanzipiert, poetisch, provokant, unterhaltsam und anspruchsvoll zugleich.

Amy Tan,
Töchter des Himmels   9648

Almudena Grandes,
Lulú   41101

Margaret Diehl,
Die Männer   9435

Blanche McCrary Boyd,
Wilde Unschuld   42010

Goldmann · Der Taschenbuch-Verlag

Lust und Liebe

Alexander Lowen
Lust
10367

Alexander Lowen
Liebe und Orgasmus
11356

GOLDMANN

GOLDMANN

Körper und Wohlbefinden

Bade dich gesund!   10380

Bauchtanz   13650

Luna-Yoga   13535

Das Stretching-Handbuch   13517

Goldmann · Der Taschenbuch-Verlag

SANFTE KÖRPERERFAHRUNG UND MASSAGE

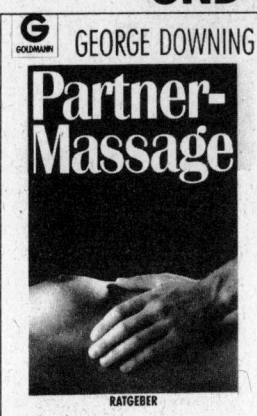

George Downing
Partner-Massage
10742

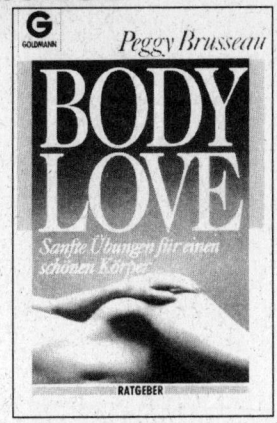

Peggy Brusseau
Body Love
10477

Klaus Moegling (Hrsg.)
Sanfte Massagen
10412

George Downing
Massage und Meditation
10460

GOLDMANN

GOLDMANN

Der Ratgeber-Verlag

Fit for Life – Mut zur Veränderung. Anerkannte Fachleute helfen, das persönliche Leben besser zu gestalten. Ratgeber zu Gesundheit und Freizeit, Beruf und Familie, Recht und Bildung weisen den Weg und machen aktiv.

Fit fürs Leben
Fit for Life   13533

Das Mieter Lexikon   13657

Loving Touch   13600

Das neue Testprogramm   13586

Goldmann · Der Taschenbuch-Verlag

GOLDMANN

Sexualität und Partnerschaft

Liebesdüfte	10471
Sex for One	10475
Weibliche Sexualität	13636
Loving Touch	13600

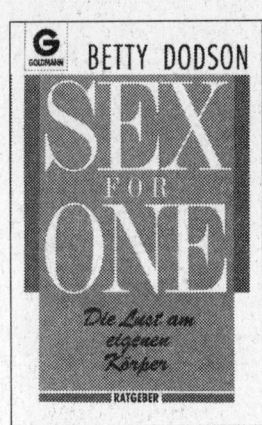

Goldmann · Der Taschenbuch-Verlag

GOLDMANN

Gerald G. Jampolsky

Die Macht der Liebe befreit nachhaltig von allen Ängsten! Der amerikanische Autor bietet Rat für schwierige Lebensphasen.

Die Kunst zu vergeben — 13590

Wenn deine Botschaft Liebe ist — 13611

Lieben heißt die Angst verlieren — 10381

Goldmann · Der Taschenbuch-Verlag

GOLDMANN

Fit fürs Leben

Fit for Life – die Bestseller von Harvey und Marilyn Diamond. Über 1 Million verkaufte Exemplare!

Fit fürs Leben 13533

Fit fürs Leben 13621

Fit for Live Das Kochbuch 30570

Goldmann · Der Taschenbuch-Verlag

GOLDMANN TASCHENBÜCHER

Fordern Sie das kostenlose Gesamtverzeichnis an!

Literatur · Unterhaltung · Bestseller · Lyrik

Frauen heute · Thriller · Biographien

Bücher zu Film und Fernsehen · Kriminalromane

Science-Fiction · Fantasy · Abenteuer · Spiele-Bücher

Lesespaß zum Jubelpreis · Schock · Cartoon · Heiteres

Klassiker mit Erläuterungen · Werkausgaben

****

Sachbücher zu Politik, Gesellschaft,

Zeitgeschichte und Geschichte; zu Wissenschaft,

Natur und Psychologie

Ein Siedler Buch bei Goldmann

****

Esoterik · Magisch reisen

****

Ratgeber zu Psychologie, Lebenshilfe,

Sexualität und Partnerschaft;

zu Ernährung und für die gesunde Küche

Rechtsratgeber für Beruf und Ausbildung

Goldmann Verlag · Neumarkter Str. 18 · 8000 München 80

Bitte senden Sie mir das neue Gesamtverzeichnis.

Name: _____

Straße: _____

PLZ/Ort: _____